Für Ihre beiden
Kinder (oder mehr)
in Zukunft alles
Gute
wünschen die Mütter
des Spielkreises.
August 85

TERESA BLOOMINGDALE

Wie geht es dir? Mir geht es gut — das ist die Hauptsache!

PAUL ZSOLNAY VERLAG
WIEN · HAMBURG

Berechtigte Übersetzung aus dem Amerikanischen von
Ina Pope

Originaltitel: Murphy must have been a Mother!

Umschlag und Einband: Maria Blazejovsky
Fotosatz: Die Redaktion, Wien
Druck und Bindung: Wiener Verlag
Printed in Austria
ISBN 3-552-03700-4

CIP-Kurztitelaufnahme der Deutschen Bibliothek
Bloomingdale, Teresa:
Wie geht es dir? Mir geht es gut das ist die Hauptsache! / Teresa Bloomingdale. (Berecht. Übers. aus d. Amerikan. von Ina Pope). — Wien; Hamburg: Zsolnay, 1985.
Einheitssacht.: Murphy must have been a mother! (dt.)
ISBN 3-552-03700-4

Für meinen geliebten Lee,
gestern,
heute,
und allezeit.

INHALT

EINLEITUNG 7

1 Die Schrecken der Schule 11

2 Der Bazillus und ich 21

3 Mein liebster Sport 31

4 Zu Lande und in der Luft 42

5 Panik auf dem Podium 51

6 Vier Augen sind besser als zwei 63

7 Schöne Literatur 72

8 Die Karrierefrau 85

9 Küchengespräche 95

10 Ein Besenstiel, ein verbogener Kleiderbügel, und? 105

11 Wie ich durch Geschirrspülen reich wurde . . 113

12 Das vierzigste ist doch ein sehr gutes Jahr . . 121

13 Hier ist's grün... 128

14 Wer ist der Patient? 137

15 Liber Weihnachtsmann... 148

16 Kommunikationsschwierigkeiten 155

17 Theaterzauber 163

18 Dame im Unglück 171

19 Kleidersorgen 181

20 Über Horoskope 190

21 Der Stoff, aus dem Athleten sind 196

22 Der Untergang des CIA 205

23 Wie man Mütter einschüchtert 214

24 Requiem für eine Sockenfresserin 222

25 Nennt mich Großmama! 230

EINLEITUNG

„Wenn irgendwo etwas schiefgehen kann, dann geht es bestimmt schief." – Murphy'sches Gesetz

Wenn man heute versucht, ein Kind großzuziehen, ist das ein wenig so, als versuchte man, am Weihnachtsabend ein Dreirad zusammenzusetzen. Wenige von uns sind für diese Aufgabe geschult; wir haben offenbar nie das richtige Werkzeug; das verdammte Ding will und will nicht so, wie wir wollen; wir neigen dazu, unseren Ehegespons dauernd dafür verantwortlich zu machen, daß er diese lächerliche Idee überhaupt aufs Tapet gebracht hat; und wir haben nie genug Zeit, diese Aufgabe so auszuführen, daß wir am Ende zufrieden sind mit unserem Werk.

Und doch machen wir weiter, und irgendwie, entweder durch Herumprobieren oder durch genaue Untersuchung des Objektes (was Zeitvergeudung ist, die Anleitungen gelten immer für ein anderes Modell), oder vielleicht einfach dadurch, daß wir unser Bestes geben und unserem eigenen Urteilsvermögen vertrauen, wird die Aufgabe endlich gelöst. Durch ihre Eltern (oder vielleicht auch nur, um ihnen eins auszuwischen) werden aus den meisten Kindern vernünftige, ausgeglichene, ja sogar reizende Erwachsene, wenigstens bis zu dem Zeitpunkt, an dem sie versuchen, ihr eigenes „Dreirad" zusammenzusetzen.

Ich arbeite schon seit mehr als zwanzig Jahren an zehn solchen „Projekten", und zu meinem Erstaunen scheinen sich alle gut zu entwickeln. Ich glaube, ich sollte meinen Erfolg als Mutter meinen Eltern, meinem Mann und meinem Gott zuschreiben; aber wie die Dinge liegen, verdanke ich eine ganze Menge auch Mrs. Murphy.

Sie kennen Mrs. Murphy; das ist die Dame, die folgendes Gesetz aufstellte: „Wenn nur irgendwo etwas schiefgehen kann, dann geht es bestimmt schief." (Nein, Mrs. Murphy hat das nicht so geschrieben; hätte sie's geschrieben, würde es lauten: „Wenn irgendwo etwas schiefgehen kann, lassen Sie's lieber gleich bleiben.")

Ich liebe Mrs. Murphys Gesetz, denn bevor ich es kennengelernt hatte, war ich der Meinung, daß ich die einzige wäre, der alles schiefging. Aber allen Menschen geht oft etwas schief, besonders anscheinend denjenigen von uns, die Kinder großziehen, oder ihren Ehepartner lieben, oder ein Heim für eine Familie einrichten, und vielleicht eine Karriere für sich selbst planen. Bei uns scheint so vieles schiefzugehen!

Dieses Buch handelt von Dingen, die Müttern mißlingen. Oh, ich könnte ein Buch schreiben über Dinge, die gutgehen, denn meine Kinder *sind* gut (manchmal), und mein Mann *ist* wunderbar (meistens), und mein Haus *ist* in Ordnung (zu Weihnachten und zu Ostern, und wenn meine Mutter zu Besuch kommt), und sogar meine Karriere ist soso-lala geworden (außer Sie stehen gerade im Buchladen, lesen das hier und haben bereits beschlossen, daß Sie es nicht kaufen werden); aber ein solches Buch wäre so langweilig! (Und so kurz!)

Nein, besser ein Buch über Dinge, die schiefgehen, in jeder Familie... Ihrer, meiner, vielleicht sogar in den Familien unserer Mütter (obwohl ich das bezweifle; schließlich hatten unsere Mütter *vollkommene* Kinder). Auf den folgenden Seiten behandle ich so lächerliche Unannehmlichkeiten wie:

- Ungeheuer, die kleinen Kindern zum Kindergarten folgen, und
- Ausflüge, die man nie machen sollte, und
- Geburtstage, die keiner will, und
- Gras, das rettungslos verwöhnt ist (ja, wirklich, Sie lesen richtig), und
- Abfalleimer, die zurückmaulen, und
- Wäsche, die einfach so daliegt, und
- Briefe, die man besser verbrennen sollte, und
- Kostüme, die nicht einmal Dior entwerfen könnte, und
- Leute, mit denen wir uns abfinden müssen, ob wir wollen oder nicht, und
- andere verrückte Sachen, die Müttern passieren, die

das unmögliche Unterfangen auf sich nehmen, Kinder großzuziehen, oder für immer mit demselben Mann zu leben, oder eine Küche sauberzuhalten, oder eine Karriere aufzubauen, während sie gleichzeitig all das oben Erwähnte versuchen.

Mrs. Murphy hat recht, wissen Sie. Wenn nur irgendwo etwas schiefgehen kann, dann geht es bestimmt schief. Aber wenn nie etwas schiefginge, wie würden wir dann wissen, was gutgeht?

1

Die Schrecken der Schule

„Der rascheste Weg, die Bauchschmerzen eines Kindes zu kurieren, ist, es an der Eingangstür stehen und zusehen zu lassen, wie der Schulbus abfährt.“

In jedem Herbst, wenn Fünfjährige im ganzen Land bei dem Gedanken an ihren ersten Schultag in Schrecken geraten, wird die Nation von einem Ausbruch von Feigheit heimgesucht. Werde ich allein gehen müssen? Wird mich unterwegs ein Ungeheuer erwischen? Werde ich die Schule finden? Wird mich die Lehrerin hereinlassen, oder wird sie sagen: „Du gehörst nicht hierher; geh weg!“? Werden mich die anderen Kinder auslachen? Werde ich die Toilette finden? Werde ich den Weg zurück nach Hause finden?

Wirklich, dieser erste Schultag kann erschreckend sein für ein kleines Kind.

Vorausgesetzt, es ist ein Junge.

Kleine Mädchen haben überhaupt keine Angst davor, zum erstenmal zur Schule zu gehen. Sie sind sehr weltklug, sogar was die Vorschule betrifft: haben sie denn nicht im letzten Frühjahr die einschlägige Versammlung besucht und sämtliche Leute kennengelernt und alles über die Lehrerin und das Klassenzimmer und die anderen Kinder erfahren? War es nicht lustig, zu schwatzen und zu spielen und mit den anderen Mädchen Telefonnummern zu tauschen, und sie dann den ganzen Sommer lang anzurufen, um das bevorstehende große Ereignis zu planen — die *Schule?*

Nun ja, auch die kleinen Jungen besuchten die Vorschul-Versammlung, aber sie saßen die ganze Zeit über nur stoisch schweigend da und weigerten sich, die Existenz auch nur irgendeines Anwesenden zur Kenntnis zu nehmen, einschließlich ihrer eigenen.

Ich habe nie verstehen können, warum kleine Jungen solche Angst davor haben, in die Vorschule zu gehen, aber fast alle haben Angst, sogar diejenigen, die in ihrer Vorschulzeit die Schrecken der Umgebung gewesen waren.

Ich erinnere mich an einen vierjährigen Knaben, der so keck war, daß er einmal einen siebenjährigen Kameraden zu einem Kampf herausforderte und gewann. Der Sieg stieg ihm zu Kopf, und dann bildete er sich ein, daß er der Stärkste in seinem Block wäre, er höhnte und verspottete jeden, der ihm in die Quere kam, ob es Gleichaltrige waren, ihre Eltern, oder seine eigene Mutter.

Doch als dann dieser kleine Wüterich in die Schule gehen sollte, klammerte er sich an meine Knie und heulte: „Laß mich nicht gehen, Mama; ich will nicht zur Schule gehen! Irgendwas ganz furchtbar Schreckliches wird mir passieren, wenn ich gehe!"

Da er den Sommer damit verbracht hatte, die Hälfte der Kinder der ersten und zweiten Klasse zu terrorisieren, denke ich, daß er vielleicht nicht ganz unrecht hatte.

Als das Kind schon beim Anblick eines Schulbusses hysterisch wurde, sagte sein Vater:

„Ich werde ihn am ersten Tag zur Schule fahren. Vielleicht wird es dadurch leichter für ihn, daß er mit Daddy fortfährt!" Und tatsächlich, unser kleiner Sohn kletterte fröhlich in Papis Wagen, winkte mir, seinen kleinen Brüdern und seiner kleinen Schwester, und fuhr zu meiner größten Überraschung friedlich Richtung Schule.

Zwanzig Minuten später waren sie zurück.

„Ich konnte es nicht tun“, sagte mein Mann. „Ich konnte ihn einfach nicht dortlassen. Das arme Kind war so verängstigt! Ich mußte ihn den ganzen Weg bis zum Klassenzimmer zerren. Auch als er die anderen Kinder sah, wollte er nicht zu brüllen aufhören. Die Lehrerin sagte mir, ich sollte ihn einfach dalassen, er würde sich schon beruhigen. Aber ich konnte das nicht. Der arme Kleine war zu Tode erschrocken!“

Ich sah den „armen Kleinen“ an, er sah mich an, und obwohl kein Sterbenswörtchen zwischen uns fiel, verstand er mich.

„Gib mir die Wagenschlüssel“, sagte ich zu meinem Mann. „Du bleibst jetzt bei den kleinen Kindern; ich bin gleich zurück.“ Komm schon, Wüterich; deine Stunde hat geschlagen!

Wir fuhren zur Schule; mein Sohn stieg gehorsam aus dem Wagen, wandte sich um und sagte fröhlich: „Wiedersehen, Mami; danke für's Mitnehmen!“

Dann ging er brav ins Schulgebäude hinein, und während ich wegfuhr und mir zu meiner Festigkeit gratulierte, schritt mein Wüterich an seinem Klassenzimmer vorbei, sah sich das Gebäude an, mauste einen Napfkuchen aus der Cafeteria, verriegelte sämtliche Klotüren von innen und beschloß seine „Besichtigungstour“ damit, daß er den Feueralarm auslöste.

Von diesem Tag an liebte er die Schule. (Das Gefühl beruhte nicht auf Gegenseitigkeit.)

Als nun sein jüngerer Bruder ins Vorschulalter kam, waren wir in ein neues Haus gezogen, eines, das in Gehdistanz zur Schule lag. So mußten wir uns nicht um eine Fahrgemeinschaft kümmern, oder wegen eines überfüllten Busses sorgen. Wir mußten nur unseren Fünfjährigen dazu bewegen, daß er diese acht furchterregenden Blocks entlang zu Fuß ging.

Die Tatsache, daß Kinder in unserer Nachbarschaft seit Jahren diese Strecke gegangen waren, überzeugte ihn nicht von deren Sicherheit. Wir gingen am Abend mit ihm den Weg zur Schule, zeigten ihm, wie ruhig es in der Nachbarschaft war: kein starker Verkehr, keine wilden Tiere, keine Ungeheuer, die ein kleines Kind tyrannisieren konnten, aber es nützte nichts: er weigerte sich beharrlich zu gehen.

Ihn hinzufahren kam nicht in Frage. Wir hatten nur ein Auto, in dem mein Mann jeden Morgen ins Büro fuhr. Daß der Kleine mit unseren älteren Kindern zur Schule ging, war ebenfalls unmöglich; er hatte Nachmittagsunterricht, und die älteren Kinder kamen zum Mittagessen nicht nach Hause. Er mußte also allein gehen.

Aber er wollte nicht.

„Ich kann nicht zur Schule gehen!" schrie er, während sich seine großen blauen Augen mit Tränen füllten. „Dort oben an der Ecke wartet ein Gorilla, der will mich fressen! Du kannst ihn nicht sehen, aber er ist da! Er versteckt sich, wenn Erwachsene in die Nähe kommen. Willst du, daß ich von einem Gorilla gefressen werde?"

Nach zehn Tagen hatte ich so gut wie alles getan, was ich tun konnte: bestochen, gefleht, gedroht, ihn ausgesperrt... nur um zu entdecken, daß er um drei Uhr immer noch unter den Büschen nebenan saß und darauf wartete, daß es Zeit wäre, nach Hause zu kommen.

Dann, eines Nachmittags, als er auf den Verandastufen herumtrödelte und mich anflehte, ihn nicht in den sicheren Tod zu schicken, kam einer seiner kleinen Klassenkameraden die Straße heraufgelatscht und beschwatzte ihn irgendwie dazu, zur Schule zu gehen. Von diesem

Tag an ging unser Sohn nur zu Schule, wenn Tommy es ihm sagte, und zu meinem Entzücken tat Tommy das auch, jeden einzelnen Tag, das ganze Jahr lang.

Wo immer du heute bist, Tommy, wisse, daß du meiner unendlichen Dankbarkeit gewiß sein kannst, obwohl ich doch noch eine Bitte habe. Dein Freund geht nun seit achtzehn Jahren zur Schule, und spielt immer noch „Ene-Mene-Mu" mit seinen Kollegen vom College. Würde es dir etwas ausmachen, bei der Universität von Nebraska vorbeizuschauen und dieses Kind dazu zu überreden, daß es seine Abschlußprüfungen macht?

Der einzige von unseren sieben Söhnen, der freiwillig zur Schule ging, war der, von dem wir ganz sicher waren, daß er nicht gehen würde. Da er mit schwerem Asthma auf die Welt gekommen war, hatte dieser Junge sein halbes Leben auf meinem Schoß verbracht — keuchend, nach Luft ringend und mich anflehend, ich sollte ihm helfen, zu atmen. Sogar als er schon die Injektionen bekam, die ihm das Atmen erleichterten, wollte er mich nicht aus den Augen lassen, so sicher war er, daß ich allein sein Asthma kurieren könnte. Als er zu laufen begann, folgte er mir von Raum zu Raum und blieb jede Minute des Tages in meiner Nähe, wenn ich ins Badezimmer oder in mein Schlafzimmer ging, setzte er sich im Flur auf den Boden, den Rücken gegen die Türe gelehnt, um sicher zu sein, daß ich nicht ohne sein Wissen „verschwinden" würde. Wenn ich das Haus für ein paar Stunden verließ, fand ich ihn bei meiner Rückkehr am Fenster wartend und nach mir Ausschau haltend. Es war erschütternd, und als er sich dem Schulalter näherte, machte ich mir Sorgen, daß er es nicht ertragen könnte, einen ganzen Vormittag ohne seine Mutter zu sein.

Die Lage wurde durch den Umstand kompliziert, daß wir wieder umgezogen waren, und er in eine neue Schule gehen mußte; keines von seinen Geschwistern hatte diese Schule besucht, und sie würden auch nicht im Schulbus mit ihm fahren.

Am ersten Schulmorgen kleidete er sich still und folgsam an, aß sein Frühstück und umklammerte fest meine Hand, während wir zur Ecke gingen, um auf den Bus zu warten.

Als der Bus am Straßenrand hielt, beugte ich mich besorgt zu ihm, um mein Kleines zum Abschied zu küssen, und küßte leere Luft. In dem Moment, in dem sich die Bustür geöffnet hatte, war mein „Mamajunge" hineingesprungen, ohne auch nur „Bis später, Mami" zu rufen. Ich winkte, aber er sah mich nicht; er war zu beschäftigt damit, neue Freunde zu finden. Er liebte den Bus, er liebte die Kinder, er liebte die Schule, und er hatte nie wieder einen Asthmaanfall. Seine Ärzte waren zu freundlich, um daraus zu folgern, daß das Kind allergisch gegen seine Mutter war!

Meine Töchter hingegen eroberten die Vorschule mit der ganzen Selbstsicherheit von Oberschülern, die nach einem schrecklich lanweiligen Sommer zu Hause aufs College zurückkehren. Niemand mußte sie begleiten, überreden, bedrohen oder bestechen, damit sie zur Schule gingen. Die Schule war das Ereignis, auf das sie gewartet hatten, so lange sie zurückdenken konnten. Sie hatten keine Bedenken, keine Befürchtungen, keine Ängste... das alles sparten sie für die High School auf.

Die Mühe, einen kleinen Jungen in die Vorschule zu schicken, ist ein Kinderspiel (wie ist man nur auf diesen Ausdruck gekommen? Nichts ist gewaltsamer, explosiver und zerstörerischer als ein Kinderspiel!), verglichen mit der Vorbereitung eines jungen Mädchens auf die High School.

Wir haben eine Tochter, die im letzten Herbst in die High School eintrat, und ich dachte eine Zeitlang, ich würde einen Polizisten anheuern müssen, der sie zur Schule schleppte.

„Findest du's nicht aufregend, daß du jetzt mit der High School anfängst?“ fragte ich sie, als sie einen Brief ihres Studienberaters zur Seite schob.

„Oh, sicher“, antwortete sie mit dem ganzen Enthusiasmus eines überführten Verbrechers, der die Vorzüge der Strafanstalt Leavenworth erörtert.

„Das klingt nicht sehr begeistert“, sagte ich. „Ist irgendwas los?“

„Ich habe nichts anzuziehen!“

„Das weiß ich, Schatz, und ich habe dir gesagt, daß wir nächsten Samstag einen Einkaufsbummel machen. Wir besorgen ein paar hübsche Pullover und Röcke, vielleicht eine Kniebundhose, und ein Paar neue Jeans. Ich lade dich sogar auf ein paar von diesen Alligator-Shirts ein!“

„Oh, Mutter, du hast wirklich keinen blassen Schimmer!“ seufzte sie. „Wenn ich diese Kniebundhose trage, kann ich keine Alligator-Shirts tragen! Alle würden mich auslachen! Außerdem kann ich jetzt sowieso keine Kleider kaufen!“

„Warum nicht? Die Schule beginnt nächste Woche.“

„Ich weiß, aber ich kann keine Klamotten für die Schule besorgen, solange ich nicht zur Schule gehe und sehe, *welche* Klamotten ich besorgen soll. Was ist, wenn ich in Jeans auftauche, und alle anderen Mädchen tragen Röcke? Ich würde sterben!“

„Dann trag einen Rock!“

„Und finde alle anderen in Jeans vor? Das kann ich nicht riskieren!“

„Warum rufst du nicht Kathleen an und fragst sie, was sie anziehen wird?“ schlug ich vor.

„Machst du Witze? Sie würde denken, ich hätte keine eigene Meinung! Ich glaube, ich werde einfach am ersten Tag die Schule schwänzen und bei den Mädchen spionieren, die in die Schule gehen, damit ich sehe, was sie tragen.“

Das Kleiderproblem wurde schließlich gelöst, als ein anderes „neues Mädchen“ unsere Tochter anrief und nach vielem Räuspern und Stocken und Herumreden endlich fragte:

„Was ziehst du am ersten Tag in die Schule an?“ (Tapferes Mädchen! Was ist schon dabei, wenn sie keine eigene Meinung hat? Sie hat Mut!)

Die Mädchen kamen schließlich überein, Blue Jeans zu tragen (keine Markenzeichen) und weiße Strickhemden (keine Alligatoren), weiße Söckchen und College-Schuhe. (Und das sind die Mädchen, die sich acht Jahre lang darüber beklagt haben, daß sie einheitliche Uniformen tragen mußten!)

„Gott sei Dank ist das geregelt“, sagte unsere Tochter. „Also, wenn ich jetzt nur noch jemanden finde, mit dem ich zur Schule gehen kann...“

„Warum gehst du nicht mit Kathleen?“ fragte ich.

„Ihre Mutter fährt sie“, sagte sie anklagend, aber vergeblich.

„Warum rufst du dann nicht dieses neue Mädchen weiter oben in der Straße an? Die, die dich wegen der Kleider angerufen hat?“ schlug ich vor. „Frag sie, ob sie mit dir zur Schule gehen will.“

„Das kann ich nicht, Mutter!“ rief sie. „Sie würde denken, ich wäre aufdringlich! Schließlich, wenn sie mit mir zur Schule gehen wollte, hätte sie etwas gesagt, als sie mich anrief! Können wir aufhören, darüber zu reden, Mami? Du machst mich nervös!“

Ich mache *sie* nervös!

In Wahrheit waren wir beide nervös, und ich konnte sehen, wie besorgt sie darüber war, an diesem ersten Tag allein zur Schule gehen zu müssen.

Endlich kam der schreckliche Morgen, und während sie in ihrem Frühstück stocherte, gestand sie:

„Ich hab wirklich gedacht, irgend jemand würde mich anrufen und mich bitten, mit ihr zur Schule zu gehen. Ich glaube, niemand mag mich."

„Magst du deine Freundinnen?" fragte ich.

„Natürlich mag ich meine Freundinnen! Was hat das damit zu tun?"

„Du hast keine von ihnen angerufen, um sie zu fragen, ob sie mit dir zur Schule gehen möchten. Vielleicht nehmen sie an, daß du sie nicht magst!"

„Du verstehst einfach nicht, Mami. Du verstehst einfach nicht."

In diesem Augenblick klingelte das Telefon, und eine schüchterne Stimme bat, Ihre Hoheit sprechen zu dürfen.

„Es ist für dich." Ich übergab meiner Tochter den Hörer.

„Hallo", sagte sie. „Oh, hi. Ja, ich glaube schon. Ich sollte eigentlich einen Haufen Leute an der Ecke treffen, aber ich bin sowieso schon spät dran, also werde ich zu ihnen hinunterrufen, daß sie vorausgehen sollen, und dann warte ich auf dich. Was hast du an? Jeans? Klasse! Bis später!"

Irgendwie überstand unsere Tochter diese furchtbare erste Woche der High School, deren Schrecken nur ein Jugendlicher verstehen kann. „Mit wem soll ich meinen Lunch essen?" („Wenn ich mich zu einer Gruppe setze, werden sie denken, ich bin eine Klette; wenn ich mich allein hinsetze, werden sie denken, ich bin eine Niete!") — „Wie freundlich soll ich zu den Lehrern sein?" („Wenn ich zu freundlich bin, werden sie denken, ich will mich einschmeicheln; wenn ich unfreundlich bin, werden sie denken, ich bin unzugänglich") – „Wenn ich einen Jungen sehe, den ich kenne, soll ich zuerst sprechen oder soll ich warten, bis er mich anspricht?" („*Lächeln?* Und jedermann in der Schule denken lassen, daß ich eine Kokette bin? Mutter, du bist unmöglich!") – „Ich habe überhaupt nichts anzuziehen!" („Ich weiß, aber ich habe meine Jeans und meine Kniebundhose und meine Overalls und meine Röcke und meine anderen Hosen und meine Kilts und meine Haremshosen schon getragen! Was soll ich *anziehen*?")

Ja, diese erste High-School-Woche kann für ein junges Mädchen fürchterlich sein, doch im Lauf der Zeit wird sie sich anpassen und lockerer werden, und sogar zu der Weltklugheit des Vorschulalters zurückfinden.

Das wurde mir gestern morgen klar, als eine andere unserer Töchter, eine „intellektuelle Oberschülerin", in Bermuda-Shorts zum Frühstück herunterkam.

„Keine Schule heute?" fragte ich, als sie sich mit Joghurt und Diät-Toast an den Frühstückstisch setzte.

„Na klar", antwortete sie. „Warum fragst du?"

„Die Shorts", sagte ich. „Tragen die Mädchen in eurer Schule Bermuda-Shorts?"

„Von heute an ja", erwiderte sie und fegte zur Tür hinaus, um sich drei Freundinnen anzuschließen, die geduldig auf sie warteten.

Jede Mutter möchte, daß ihre Kinder in der Schule selbstbewußt und beliebt und glücklich sind. Wieso ist mir dann das Vorschulkind lieber, das meine Knie umklammert, und der Halbwüchsige, der an meiner Schulter weint?

2

Der Bazillus und ich

> *„Wenn* sie *heftige Kopfschmerzen, hohes Fieber, einen rauhen Hals und einen quälenden Husten hat, ist das sehr lästig... (obwohl er eventuell doch vorschlägt, daß sie einen Arzt aufsuchen möge). Wenn* er *Kopfschmerzen, Fieber, Halsweh oder Husten hat, ist es eine Krise... (und sie wird eventuell vorschlagen, daß er einen Anwalt aufsuchen soll)."*

Letzte Woche hatte ich einen meiner seltenen Kämpfe mit dem Bazillus auszufechten; das ist dieser kleine Krankheitserreger, der ein- oder zweimal im Jahr zuschlägt, und wenn wir dann am Morgen aufwachen, fühlen wir uns so krank, daß wir am liebsten sterben möchten. Natürlich geht es nicht ans Sterben, oder auch nur ins Krankenhaus; Mütter kommen lediglich ins Krankenhaus, um zu entbinden, oder um Mitgliedern ihrer Familie Zahnbürsten, Transistorradios oder Pfefferoni-Pizzen zu bringen.

Nein, der Bazillus macht eine Mutter nicht krank genug, daß sie ins Krankenhaus gehen könnte, aber er sorgt dafür, daß sie sich elend genug fühlt, um im Bett zu bleiben. Obwohl wenige Mütter auch nur das tun können. Die meisten Mütter, die mit Rückenschmerzen, verdorbenem Magen, Migräne oder vielleicht nur einem fürchterlichen Kater aufwachen (den ich noch nie gehabt habe, aber gerne ausprobieren würde), fühlen den Drang, sich aus dem Bett zu schleppen, um das Baby zu füttern, das Frühstück für die Familie zu machen, oder die Socken des Ehemannes zu suchen.

Ich jedoch bin keine solche Märtyrerin. Wenn der Bazillus mich heimsucht, gebe ich nach; ich bin überzeugt, daß meine Stunde gekommen ist — wenn schon nicht zum Sterben, dann zumindest, um bis nach sieben zu schlafen. Ich sorge mich nicht zu sehr wegen meiner Krankheit, auch wenn ich vielleicht erbrechen muß und benommen bin und zu schwach zum Laufen, denn obwohl die Ärzte behaupten, daß es für das vom Bazillus ausgelöste Leiden keine bekannte Ursache oder gar Heilung gibt, sind mir beide bekannt. Der Bazillus tritt als Folge der „Ich hab's bis hierher!"-Haltung auf und kann ganz einfach bekämpft werden, indem man faul im Bett liegt, sich räkelt und ein gutes Buch liest. Es sind keine Medikamente nötig, obwohl empfohlen wird, daß Mutter sich solcher Gespräche enthält, die sich darum drehen, wer an der Reihe ist, das Geschirr zu spülen, oder darum, wer ihr gesagt hat, daß sie meinen Kaschmir-Pullover anziehen kann?, und daß sie sich völlig von Kochen, Putzen und Kontroversen jeglicher Art fernhält (sogar Schiedsrichtertätigkeit ist absolut verboten).

Als ich noch eine sehr junge Mutter war, zwei Babies in den Windeln und zwei Kleinkinder hatte, die noch nicht alt genug für die Vorschule waren, befiel mich der Bazillus nie... oder vielleicht doch und ich erkannte ihn nicht. Der Bazillus hat eine verblüffende Ähnlichkeit mit der morgendlichen Übelkeit (die bei mir ein chronischer Zustand war), und wenn der Bazillus auftrat, nahm ich immer an, es wäre eben ein neuerlicher Fall von „Da haben wir's wieder". Mein Mann bedauerte es zwar, mich krank zu sehen, doch er sorgte sich nicht allzu sehr, wenn ich am Morgen mit dem Bazillus erwachte, solange ich am nächsten Morgen nicht wieder damit erwachte!

Ich bin zu hart gegen meinen Mann. Nein, wirklich, in diesen recht schlimmen Jahren, in denen alle zehn Kinder Babies, Kleinkinder oder Halbwüchsige waren, zeigte sich mein Mann immer sehr besorgt, wenn ich krank war. An jenen schrecklichen Morgen, an denen ich mit Übelkeit, Schwindelgefühl oder einfach Unpäßlichkeit erwachte, bestand er darauf, daß ich im Bett blieb, während er die Dinge in die Hand nahm. Er kleidete sich dann rasch und leise an, schloß die Kinderzimmertür, damit ich die Babies nicht schreien hörte, und trieb die anderen Kinder in die Küche hinunter, wo er das tat, was man von den meisten Ehemännern unter den gleichen Umständen erwarten kann: er ging ans Telefon und rief Großmama an.

Da meine Mutter zweihundertfünfzig Kilometer weit entfernt wohnte, konnte sie schwerlich in den Wagen springen und herkommen, um das Frühstück zu machen, doch sie beruhigte ihn und sagte ihm, wie man das Brot in den Toaster steckt und den Haferbrei in die Schüssel leert.

Es war mir immer unangenehm, wenn ich den Bazillus bekam, oder irgendeine andere Krankheit, bei der man im Bett bleiben muß – nicht, weil mein Mann so hilflos war, sondern weil er es nicht war. Statt die ganze Sache unserem Zwölfjährigen zu übertragen (der so tüchtig war, daß er mit der linken Hand eine Anstalt für schwererziehbare Kinder hätte leiten können... und heute oft behauptet, daß er das auch getan hat) und ins Büro zu fahren, wo er hingehörte, nahm sich mein Mann den Tag frei und blieb daheim, um den Haushalt zu führen.

Ich erinnere mich... Eines Morgens, als die Kinder

alle noch klein waren, erwachte ich mit einer Nebenhöhlenentzündung und Kopfschmerzen. Diese Kopfschmerzen waren anders als alle Kopfschmerzen, von denen Sie je gehört haben (*alle* Nebenhöhlen-Kopfschmerzen sind anders als jegliche Kopfschmerzen, von denen Sie je gehört haben; fragen Sie nur jemanden, der mit den Nebenhöhlen zu tun hat). In meinem Kopf hämmerte es, die Ohren dröhnten mir, mein Gesicht fühlte sich an wie ein einziger riesiger Zahnschmerz, und mein Mittelohr hatte offenbar die Nacht auf einem Karussell verbracht, denn als ich zu gehen versuchte, winkte mir der Schlafzimmerboden ein freundliches Willkommen zu. Ich sank mit gemischten Gefühlen ins Bett zurück. Ich konnte gewiß einen Tag Ruhe brauchen, aber wer würde sich um die Kinder kümmern?

„Mach dir nur deswegen keine Sorgen!“ sagte mein Mann, als ich ihm ächzend die schlechte Nachticht mitteilte. „Ich werde mich um alles und alle kümmern; du ruh dich nur aus.“ Ich stöhnte dankbar, und er ging fort, um die Schlacht zu schlagen. Ich war gerade in schmerzerfüllten Schlaf gesunken, als es klopfte.

„Mami“, sagte mein Zehnjähriger, „Daddy will wissen, wo das Brot ist; es ist keines in der Brotbüchse.“

„Natürlich ist das Brot nicht in der Brotbüchse“, sagte ich (wer könnte schon sechs Laibe täglichen Brotes in einer Brotbüchse unterbringen?). „Es ist in der Speisekammer, auf demselben Regal wie der Haferbrei.“ Mein Sohn murmelte ein rasches „Danke; schlaf weiter“, und schloß die Tür.

Zehn Minuten später klopfte es wieder.

„Mami?“ fragte mein Achtjähriger. „Schläfst du?“

„Jetzt nicht“, seufzte ich. „Warum? Was ist los?“

„Daddy will wissen, wo der Haferbrei ist; er findet nichts anderes als giftige Haferflocken.“

„Giftige Haferflocken?“ fragte ich. „Was sind giftige Haferflocken?“

„Du weißt schon, der Gesundheits-Haferbrei, den du gekauft hast; Daddy sagt, er schmeckt wie schmutziger Sand, und er will wissen, wo du den *guten* Haferbrei hast.“

„Ich *habe* keinen guten Haferbrei“, sagte ich. „Ich kaufe ihn, aber alle essen ihn am selben Tag noch auf. Ihr könnt ebensogut die Haferflocken essen, weil ich nichts anderes kaufen werde, bis sie aufgebraucht sind.“

„Okay“, meinte er, „aber bereite dich darauf vor zu hören, wie alle rebellieren.“

Ich hörte kein Rebellieren, doch ein paar Minuten später vernahm ich ein neuerliches Klopfen.

„Mutter?“ fragte meine unerhört tüchtige Tochter. „Würdest du bitte Daddy sagen, wenn er mir nur aus dem Weg geht, mache ich Spiegeleier für alle?“

„Das sag *du* ihm“, seufzte ich, während ich versuchte, nicht an die Unordnung zu denken, die sie jedesmal hinterläßt, wenn sie sich in meiner Küche breitmacht.

„Danke“, sagte sie energisch. „Ich wollte nur sagen können, daß du's gesagt hast.“

Mein verwirrter Geist versuchte noch immer, den Sinn dieses Satzes zu erfassen, als ein weiteres Kind in mein Zimmer guckte.

„Mama“, sagte mein Vierjähriger, „Daddy will wissen, wo du die Pfannkuchen-Mischung hast.“

„Pfannkuchen? Ich dachte, Mary wollte Spiegeleier machen.“

„Mary ist in ihrem Zimmer. Sie hat alle Eier fallenlassen, als Jim und Mike zu raufen anfingen und sie über den Haufen rannten.“

„Warum hat Daddy dann Mary auf ihr Zimmer geschickt?“

„Weil sie eine große Flasche Milch genommen und über Mike geschüttet hat, dann konnte Mike nichts sehen, und Jim hat ihn richtig verhauen."

„Na, und was hat Daddy mit Mike und Jim gemacht? Er hat sie doch sicher nicht auf ihr Zimmer geschickt... alle beide zusammen!"

„Aber nein. Er hat Jim hinausgeschickt, damit er die Scherben von dem Fenster wegfegt, durch das Mike gefallen ist, und er hat Mike ins Badezimmer geschickt, damit er sich das Blut abwäscht."

„Ich glaube, ich sollte lieber aufstehen", ächzte ich, doch bevor ich meine zitternden Füße auf den schwankenden Boden setzen konnte, erschien ein weiteres Kind auf der Bildfläche und sagte:

„Mama, du wirst am Telefon verlangt. Es ist Großmama."

„Guten Morgen, Mutter", sagte ich ins Telefon. „Wie geht's dir?"

„Mir geht's gut, Liebes", antwortete sie. „Ich möchte nur wissen, wo die Beruhigungstabletten sind."

„Die was, Mutter? Sagtest du Beruhigungstabletten?"

„Richtig. Du erinnerst dich doch an diese kleinen roten Pillen, die mir dein Arzt gegeben hat, als ich das letzte Mal dort war, um dir mit den Kindern zu helfen; wo hast du sie hingetan?"

„Verzeih mir, Mutter. Ich dürfte im Halbschlaf sein. Aber würdest du mir bitte sagen, warum du um sieben Uhr dreißig morgens anrufst, um nach einem Medikament in *meinem* Haus zu fragen, da du doch in *deinem* Haus bist, zweihundertfünfzig Kilometer weit weg?"

„Oh, ich habe dich nicht angerufen, Teresa. Lee hat mich angerufen. Er wollte dich nicht stören, und er dachte, ich wüßte vielleicht, wo du das Verbandszeug und das Heftpflaster aufbewahrst, und als ich ihn fragte, warum er das brauchte, sagte er es mir, und nachdem er es mir gesagt hatte, fand ich, daß er lieber eine Beruhigungstablette nehmen sollte. Also, wenn du mir nur sagst, wo sie sind, sage ich es ihm, und er kann eine nehmen, und du kannst wieder schlafen!"

Sicher kann ich. Gleich nachdem ich die Eier aufgewischt habe, und die Glasscherben, und das Blut, und die giftigen Haferflocken (denn ich wußte, die Kinder folgten ihrem Motto: „Wenn du sie nicht essen willst, verschütte sie!"). Ich wälzte mich aus dem Bett, warf einen Morgenmantel über und wankte in die Küche hinunter.

„Brauchst du Hilfe?" fragte ich meinen Mann, während ich ihm liebevoll zusah, wie er versuchte, Haferbrei in Babys Mund zu stopfen und gleichzeitig Butter auf den Toast eines Kleinen zu streichen.

„Nein", sagte er. „Was ich wirklich brauche, ist ein Kuß. Hast du noch immer den Bazillus?"

„Ich habe keinen Bazillus. Ich habe nur eine Nebenhöhlenentzündung und Kopfschmerzen; es ist völlig ungefährlich, mich zu küssen."

„Ungefährlich vielleicht, aber Zeitverschwendung."

„Also, danke vielmals! Was meinst du mit Zeitverschwendung?"

„Na ja, was ich wirklich brauche, ist eine gute, ansteckende Krankheit. Nach diesem Morgen habe ich einen Nachmittag im Bett verdient!"

Als die Jahre vergingen und die Kinder älter wurden, gelang es mir allmählich, mich dem Bazillus vollständig auszuliefern und mit reinem Gewissen im Bett zu bleiben, da ich wußte, daß die Kinder imstande waren, sich das Frühstück selbst zu machen, und mein Mann seine Socken selbst finden konnte. Mein Mann ist ein bemerkenswerter Mensch. Im Zeitalter des Chauvinismus ge-

geboren und in dem Glauben erzogen, daß der Platz einer Frau in der Küche und der Platz eines Mannes im Büro ist, hat er sich in bewundernswerter Weise an die moderne Idee vom „Rollentausch“ und der „partnerschaftlichen Verantwortlichkeit“ gewöhnt, was bedetuet, daß er seine eigenen Socken finden kann, wenn schon nicht meine. Es war interessant zu beobachten, wie ein Mann, der zwar zehn Kinder gezeugt, aber niemals ein Erdnußbutter-Sandwich gestrichen hatte, sich zu einem Menschen entwickelte, der mit ruhiger Selbstverständlichkeit gebratene Rippchen mit einer eigenen Spezialsauce zubereitete, oder einen Schub Kekse hervorzauberte, oder sogar etwas tat, das wirklich Talent erfordert: er öffnete eine Büchse mit meinem längst schon erneuerungsbedürftigen Büchsenöffner. Mein Mann liebt es sehr, in der Küche zu arbeiten, was mein Herz eigentlich höher schlagen lassen sollte. Tatsächlich aber bereitet es mir Kopfschmerzen, denn wie so viele Männer, die wegen ihres hervorragenden Organisationstalents eine leitende Stellung in ihrem Beruf erreicht haben, ist mein Mann ein absoluter Horror in der Küche.

Gestern morgen, als ich mit dem Bazillus erwachte, war ich zu krank und schläfrig, um zu wissen, was ich sagte, als ich dem Drängen meines Mannes, ich sollte im Bett bleiben und mich ein wenig ausruhen, nachgab. Als ich dann wenige Stunden später erwachte, stürzte ich in höchster Panik in die Küche. Meine schlimmsten Befürchtungen erwiesen sich als gerechtfertigt. Mein Mann war gerade dabei, meine Küche „aufzuräumen“.

„Was hast du getan?“ jammerte ich, als ich den Kühlschrank öffnete, um den „Schaden“ zu begutachten. Es war noch schlimmer, als ich angenommen hatte: Er hatte zusammen mit dem schimmeligen Speck und dem geronnenen Hüttenkäse auch das Roastbeef weggeworfen, das mit Sicherheit noch für einen Schmorbraten gereicht hätte.

„Eine schon längst fällige Reinigungsarbeit!" sagte er. „Das ist es, was ich getan habe. Heiliger Moses, wie lange ist es schon her, daß du diesen Backofen gereinigt hast?"

„Oh Gott!" wimmerte ich. „Sag mir nicht, daß du den Backofen gereinigt hast. Jetzt wird der Thermostat überhaupt nicht mehr funktionieren!"

„Er hat *vorher* nicht funktioniert", sagte er. „Ich habe ihn repariert." Großartig. Jetzt würde ich meine Zeiteinteilung total neu gestalten müssen; ich kann mich nicht mehr daran erinnern, wie lange ein funktionierender Backofen zum Backen braucht!

„Und schau, wie sauber die Speisekammer ist!" sagte er stolz. „Ich habe alle Sachen, die du jeden Tag verwendest, auf die am leichtesten erreichbaren Regale gestellt."

Wie erklärt man einem Zwei-Meter-Mann, daß die obersten Regale für eine um zwei Kopf kleinere Frau nicht unbedingt erreichbar sind?

Aber das Schlimmste sollte noch kommen. Er hatte meine Allerlei-Lade ausgeräumt.

„Ich muß dich leider fragen", sagte ich. „Wo hast du die Sachen hingetan, die in dieser Lade waren?"

„Ich hab sie weggeworfen", antwortete er. „Lauter Plunder. Da waren abgebrochene Buntstifte und alte Zeugnisse und verbogene Gabeln und Monopoly-Hotels und ein halbes Kartenspiel und wenigstens ein Dutzend Gegenstände, die absolut unidentifizierbar waren, und da sie sich schon seit Monaten dort befanden, nahm ich an, daß sie nicht wichtig wären."

„Du verstehst nicht. Solange die Dinge in der Allerlei-Lade liegen, *sind* sie nicht wichtig; sie mögen vielleicht sogar Plunder sein. Aber wirf sie weg, und plötzlich kommst du drauf, daß sie unbedingt nötig sind, um das

Haus zusammenzuhalten! Bereite dich auf eine Katastrophe vor!“

„Tatsächlich bin ich auf gar nichts vorbereitet“, sagte er, während er sich plötzlich hinsetzte. „Ich fühle mich miserabel; ich glaube, ich werde krank.“

Ein Ehemann mit Bazillus. Das *ist* eine Katastrophe.

3

Mein liebster Sport

„Wenn Gott gewollt hätte, daß Frauen Badeanzüge und Tennisdressen tragen, hätte er die Zellulitis nicht geschaffen."

Als mein Gynäkologe nach der Geburt meines letzten Babys verkündete, daß die Zeit des Gebärens für mich vorüber sei, war ich schrecklich niedergeschlagen. Oh, ich war nicht niedergeschlagen, weil ich keine Babies mehr bekommen konnte; wenige Mütter von zehn Kindern finden eine solche Nachricht unerfreulich. Ich war niedergeschlagen, weil ich wußte, wie meine Freundinnen auf die Nachricht reagieren würden, und sie erfüllten meine Erwartungen wirklich zur Gänze.

„Das ist phantastisch!" sagte meine Freundin Barb, als ich ihr erzählte, daß ich nie wieder Umstandskleider tragen müßte. „Jetzt kannst du anfangen, ein bißchen Spaß am Leben zu haben! Ich sehe zu, daß du in unsere Bowlingmannschaft aufgenommen wirst. Wir fangen erst im September zu spielen an, dann bist du wieder in Form und kannst einen Vormittag pro Woche von diesem Baby weg. Du wirst es herrlich finden!"

Ich schätzte ihren Enthusiasmus zwar, doch zweifelte ich an ihren Prophezeiungen. Meine Erfahrungen als Bowlingspielerin waren beschränkt, aber nicht so beschränkt, daß ich mich nicht daran erinnern konnte, wie ungeschickt ich in diesem angeblich so lustigen Sport war. Ich für mein Teil konnte nie verstehen, warum es so viele Leute großartig finden, eine sechzehn Pfund schwere Kugel nach einem Haufen Kegel zu schmeißen, die viel weiter weg sind als sie scheinen und die meiner Überzeugung nach halb am Boden festkleben.

Meine einzige Erfahrung mit einer Bowlingbahn (vielleicht war es diese Bezeichnung, die mich voreingenommen machte; meine Mutter sagte mir immer, ich sollte nicht zu nahe an die Bahn gehen) erwarb ich während meiner Collegezeit, als wir Studenten uns in der Forty Bowl, einer Kombination von Restautant, Bar und Kegelbahn, nahe dem College zu treffen pflegten. Ich hatte absolut kein Interesse am Bowling, doch da ich ein lebhaftes Interesse am anderen Geschlecht hatte (es gab viele Studentenverbindungen der Mediziner in der Nachbarschaft, und die Medizinstudenten besuchten ebenfalls die Forty Bowl), verbrachte ich so manchen Samstagnachmittag im Restaurant, aß Hamburger oder schlürfte in der Cocktailbar heimlich eine Cola. („Heimlich" tat ich aus zwei Gründen: da ich unter einundzwanzig war, befand ich mich unerlaubt in der Bar; außerdem wollte ich diesen weltgewandten Medizinstudenten nicht zeigen, daß ich lediglich Coca-Cola trank.) Gelegentlich spazierte ich dann auch zur Bowlingbahn, aber nur um zu beobachten... die Jungen, nicht das Bowling.

Wie auch immer, eines Nachmittags beschwatzten sie mich, für eine andere Sportskameradin einzuspringen, und bevor das Spiel zu Ende war, hatte ich beinahe eine schwere Körperverletzung begangen. Damals wurden die Kegel von Hand aufgestellt; kleine Jungen waren dazu engagiert, nach jedem Treffer, oder wenn alle Kegel abgeräumt waren, auf die Bahn zu springen, die Kugel zu retournieren, die Kegel wieder aufzustellen und dann wieder aus der Bahn zu springen. Sie waren zwar flink, aber ich war noch flinker. Ich hatte einen furchbaren Hang zu vergessen, daß diese Kinder da waren, und wenn mir meine Kugel einmal zurückgeschickt worden war und ich die aufgestellten Kegel sah, warf ich meine Kugel wieder und ließ den Kegeljungen kaum Zeit, sich aus dem Staub zu machen. Das belebte das Spiel ungemein, wenn schon nicht für mich, so doch für die Kegeljungen.

Offen gesagt, ich weiß nicht, worüber sich alle so aufregten; ich habe kaum einen Kegeljungen getroffen. Ich habe übrigens auch kaum einen Kegel getroffen. Nur allzu oft machte meine Kugel auf halber Bahn eine geheimnisvolle Wendung und rollte schließlich kraftlos die Rinne zum Kugelrücklauf hinunter. Ich brauche wohl nicht zu sagen, daß ich nie wieder zum Bowling aufgefordert wurde, und so konnte ich den Rest meiner Forty-Bowl-Karriere mit dem verbringen, was ich am besten beherrschte: mit dem Essen von Hamburgern, dem Schlürfen von Cola und dem Flirten mit den Studentenkollegen.

Schließlich heiratete ich einen von ihnen (obwohl er Rechtsanwalt ist, nicht Arzt), und in den nächsten Jahren gelang es mir, jeglichem Sport dadurch auszuweichen, daß ich mich in einem fortwährenden Zustand der „Erwartung“ befand. Schwangerschaft war die perfekte Entschuldigung, um jede Leibesübung zu meiden, besonders den Sport, der mir wirklich keine Freude macht, außer als Zuschauerin — was anstrengend genug sein kann! Also kam es erst ein Jahrzehnt, nachdem ich Barb kennengelernt hatte, dazu, daß sie mir vorschlug, ihrer Kegelrunde beizutreten.

„Es ist ein Mordsspaß“, sagte Barb nicht sehr überzeugend. „Wir spielen jeden Donnerstag vormittag, und dann gehen wir alle zum Mittagessen. Du wirst es herrlich finden!“

„Wie wär's, wenn ich euch nur zum Mittagessen treffe?" schlug ich vor. „Wirklich, Barb, ich bin keine große Sportlerin. Und außerdem habe ich keine Bowlingkugel."

„Du kannst dir eine leihen", sagte sie. „Das ist wahrscheinlich ohnehin eine gute Idee, bis du eine findest, die dir liegt."

Liegen? Wie kann einem nur etwas liegen, das sechzehn Pfund wiegt und das man mit drei Fingern hochhebt!

„Aber ich habe keine Schuhe!" wandte ich ein.

„Die Schuhe kannst du dir auch leihen", sagte sie. „Hör auf mit deinen Ausreden! Du wirst mitkommen, ob es dir gefällt oder nicht! Ich werde dich beim erstenmal abholen, dann können wir eine Fahrgemeinschaft organisieren."

Ich kam mit, aber es gefiel mir nicht. Es war ein größeres Fiasko als in der Forty Bowl.

Etwas, was ich bezüglich des Bowling vergessen hatte, war die Tatsache, daß Schuhe nicht das einzige Kleidungsstück sind, das sorgfältig bedacht werden muß. Man kann zwar im Notfall in irgendwelchen Schuhen mit Gummisohlen spielen, nicht aber, unter keinen Umständen, in einem wadenlangen Trapezrock.

„Warum trägst du einen Rock?" fragte Barb, als sie mich abholte. „Hast du keine lange Hose?"

„Nein, ich habe keine lange Hose", antwortete ich. „Ich trage nie lange Hosen, und du würdest es auch nicht tun, wenn du obenrum Größe sechsunddreißig und untenrum Größe achtundvierzig hättest. Und das sollte auch genugsam erklären, warum ich immer Trapezröcke trage."

„Es erklärt vielleicht die Trapezform", meinte Barb, „aber warum diese Länge?"

„Offenbar hast du in letzter Zeit meine Beine nicht gesehen, Barb“, erwiderte ich und erschauerte bei dem Gedanken daran, was zehn Schwangerschaften aus meinen einstmals schlanken Beinen gemacht hatten. „Wenn ich sie schon nicht in langen Hosen verstecken kann, will ich sie wenigstens so weit wie möglich mit einem Rock verdecken.“

„Okay“, meinte Barb, „aber du wirst es vielleicht schwierig finden, in dieser Ausstattung zu spielen.“

Ich fand es tatsächlich schwierig, doch der Rock war das geringste meiner Probleme. Zwar wirbelte er und schwang und verhedderte sich zwischen meinen Beinen, doch behinderte er mich nicht annähernd so stark wie meine Schleimbeutelentzündung. Wenn jemand ein Dutzend Jahre damit verbracht hat, schwere Babies hochzuheben, widerspenstige Kleinkinder durch die Gegend zu zerren und die Hand gegen flinke Halbwüchsige zu erheben, dann sind seine Schultermuskeln nicht allzu geeignet dafür, eine riesige Bowlingkugel zu schleudern.

Damit war ich nicht einmal schlecht. Verhältnismäßig gesehen, nämlich. (Im Verhältnis zu meinem Rekord in der Forty Bowl: zwei Kegel – ein Kegeljunge.) In vier Spielen warf ich eine Gesamtzahl von zweiundzwanzig Kegeln. Na ja, zwanzig davon befanden sich in der nächsten Bahn, aber das war kaum meine Schuld. Alle schrien mir dauernd zu: „Drehen! Drehen! Laß sie nicht in die Rinne fallen!“ Also warf ich die Kugel nicht in die Rinne; ich warf sie geradewegs darüber hinweg.

Ich hielt mich einen ganzen Winter lang in diesem Bowlingteam, das am Ende der Saison aus irgendeinem seltsamen Grund beschloß, sich aufzulösen. Es war wirklich eine Schande; da hatten sie nun jahrelang zusammengespielt. Ich frage mich, warum sie es aufgaben?

Da also diese Episode beendet war, begann ich mich darauf zu freuen, mich meinem allerliebsten Sommersport hinzugeben: auf meiner Veranda zu sitzen, Limonade zu schlürfen und meinen Kindern zuzusehen, wie sie einander beim Badminten schlugen. aber ich hatte etwas vergessen; ich würde diesen Sommer nicht schwanger sein, und deshalb keine Entschuldigung haben, den ganzen Sommer lang einfach so herumzusitzen und nichts Anstrengenderes zu tun, als den Punktestand zu kontrollieren.

Überdies waren meine Freundinnen nicht gesonnen, mir dieses wunderbare, schwelgerische Faulenzen zu gestatten.

„Du wirst dick, wenn du den ganzen Sommer herumsitzt“, sagte meine Freundin Jean. „Warum fängst du nicht mit Golf an? Es ist ein herrlicher Sport für Frauen; nicht zu anstrengend, und doch eine ausgezeichnete Körperübung. Wie wär's damit?“

„Ich habe keine Schläger“, antwortete ich mit einem Gefühl von *dé jà vu.* (Hatte ich das nicht schon beim Kegeln durchgemacht?)

„Ich habe noch eine Garnitur“, sagte sie. „Mein Männchen hat mir zu Weihnachten neue Schläger geschenkt; du kannst meine alten nehmen.“

„Aber ich habe keine Golfschuhe“, wandte ich ein.

„Wir besorgen dir ein Paar“, meinte sie. „Sie sind diese Woche im Diskontladen im Abverkauf.“

„Aber ich habe nichts anzuziehen!“ Ich begann zu verzweifeln.

„Schneide einen von diesen verdammten Midis ab“, sagte sie, indem sie auf meinen bis unters Knie reichenden Rock aus grober Baumwolle deutete. „Also, was sagst du?“

„Jean“, sagte ich entschlossen, „ich will nicht Golf spielen!“

„Natürlich willst du Golf spielen", entgegnete sie unerbittlich. „Jeder will Golf spielen! Man spielt nur nicht, wenn einem das Selbstvertrauen fehlt, und das ist auch bei dir der Fall, möchte ich wetten. Komm morgen früh mit mir hinaus zum Club, und ich gebe dir ein paar Lektionen."

Ich glaube, das ist einer der Gründe, warum ich Frauensport nicht mag; er findet immer am Morgen statt. Ich für mein Teil kann am Morgen nicht mehr tun als den Kaffee eingießen, das Brot in den Toaster stecken und die Morgenzeitung vom Boden aufheben. Ich konnte mir gewiß nicht vorstellen, wie ich durch den Morgentau schlurfte, und darauf wartete, bis ich für den Abschlag an die Reihe kam, dann nach einem kleinen Ball schlug und diesem Ball dann hügelauf und hügelab nur zu dem einzigen Zweck folgte, um neuerlich nach ihm zu schlagen. Ich sagte Jean, sie solle es vergessen.

Jean wollte ja, aber mein Mann nicht.

„Warum hast du abgelehnt?" fragte er, als ich den Fehler machte, ihm von Jeans Idee zu erzählen, daß ich mit Golf beginnen sollte.

„Aus drei einfachen Gründen", antwortet ich. „Ich kann nicht Golf spielen, ich mag nicht Golf spielen, und ich will nicht Golf spielen."

„Sei nicht dumm", sagte er. „Jeder will Golf spielen." (Das muß man den Golfern lassen; sie sind ihrem Sport treu ergeben.) „Du wirst Golf lieben, wenn du es einmal gelernt hast. Ich werde dich unterrichten! Komm schon; wir gehen jetzt sofort und kaufen dir eine Garnitur Damenschläger, ein Paar Golfschuhe, eine Kappe, Handschuhe... und anständige Kleidung!"

Da ich meinem Mann nichts abschlagen kann (eine Tatsache, die wohl ziemlich klar auf der Hand liegt), ließ ich es zu, daß er mich ins Sportzentrum schleppte und für den Golfsport ausstattete. Welch ein Fehler! Als wir erst einmal das ganze Geld ausgegeben hatten, fühlte ich mich verpflichtet zu spielen, nicht nur ein Spiel, sondern die ganze Saison.

Die ersten paar Male spielte ich Golf etwa so, wie ich Krocket spiele. Ich beugte mich über dem Ball, rollte ihn mit meinem Schläger zurecht, und hui... wo landete er? Gleich da drüben; er blieb stets auf dem Boden.

„Was du brauchst, ist Kraft", sagte mein Mann. „Hör auf, dir so viele Gedanken darüber zu machen, *wohin* du den Ball schlagen sollst, und konzentriere dich mehr darauf, *wie* du ihn schlägst. Gib ihm richtig eins drauf!"

Also gab ich ihm richtig eins drauf und bekam vom Platzwärter fünfundzwanzig Dollar Strafe aufgebrummt. (Wieviel kann es eigentlich kosten, ein paar kleine Rasenziegel zu ersetzen?)

Endlich, nach vielem Üben, gelang es mir, den Ball in eine vernünftige Distanz zu schlagen, wenn schon nicht in eine vernünftige Richtung. (Meine Golfbälle hatten einen Hang zum „Wenden", genau wie meine Bowlingkugeln.) Ich weiß nicht, wie viele Bälle ich in dieser Saison verlor, doch mein Mann sagte mir, daß ich einen einzigartigen Rekord auf diesem Gebiet aufgestellt habe. Laut meinem Caddy schlug ich zweihundertsechsunddreißig Bälle in Sandfänge, einhundertsiebenundsiebzig auf den unebenen Boden am Rasenrand, neun in den Swimmingpool des Clubs und einen auf den Vordersitz eines Autos, das auf einer angrenzenden Landstraße vorbeifuhr. Erstaunlicherweise wurde niemand verletzt, zumindest nicht von meinen Golfbällen. Und es tut mir leid wegen des Caddys, aber es war seine eigene Schuld, daß er so nahe stand, da er doch sehr gut wußte, daß ich dazu neige, mitten im Schwung den Schläger loszulassen.

Schließlich erfaßte ich das Wesentliche am Golf, und

in der zweiten Saison spielte ich schon ziemlich gut. Zumindest erreichte ich neunzig. Nicht schlecht, wie?

Gerade, als mir Golf Spaß zu machen begann, war diese Sportart auch schon passé; pötzlich fing jeder, der irgend etwas war, mit Tennis an. Ich hatte noch nie Tennis gespielt, aber ich war einmal ein As in Badminton gewesen, und das ist praktisch dasselbe, nicht wahr?

Nein, das ist es nicht. Eines sagen sie einem nicht über Tennis: Die Schläger wiegen jeder ungefähr hundertachtzig Pfund. Und zwar dann, wenn Sie in einem vollklimatisierten Club spielen. Draußen, bei achtunddreißig Grad Hitze, wiegen sie eine halbe Tonne.

Wer hat eigentlich die falsche Idee verbreitet, daß es *Spaß* macht, auf einem Betonplatz hin und her zu rennen und Bälle über ein Netz zu schmettern? Ich werde Ihnen sagen, wer: igendeine Puppe mit tollen Beinen, die weiß, wie großartig sie in einem Tennisdreß aussieht: die war's.

Ich bin überzeugt, Tennis ist nicht wegen des Spiels populär, sondern wegen der Kleidung. Es sind die Inserate, die faszinieren, nicht die Bälle. Sie wissen, was ich meine: die Bilder in all diesen Society-Magazinen, auf denen ein großer, gutaussehender Bursche zu sehen ist, in sexy weißen Shorts, Polohemd und weißem Pullover, den er ach so lässig um die Schultern geworfen trägt. (Ich wette, er hat zwanzig Minuten gebraucht, bis er die Ärmel *so* um den Hals geschlungen hatte.) In einer Hand hält er ein handbespanntes Rakett („Auf den besten Plätzen in Gebrauch; nur fünfhundert Dollar plus Steuer"), und seine andere Hand ruht beziehungsvoll auf der Schulter eines schönen Mädchens in einem Tenniskleid von Dior, das einen betörend flüchtigen Blick auf ihren berüschten Po und einen etwas längeren auf ihre wunderschönen Beine gestattet.

Der Jammer mit einer solchen Anzeige ist: wir glauben alle, wir sehen genauso aus wie sie, oder wir würden genauso aussehen wie sie, wenn wir nur diese Dressen und diese Raketts hätten.

Als vernünftigem, realistischen Menschen gelang es mir stets, solchen Inseraten auszuweichen, bis ein neuer Faktor hinzukam: ein winziger Anflug von Grau, in seinem Haar genauso wie in ihrem, plus einigen ach so kleidsamen Fältchen um die Augen. Da schnappte die Falle zu. Klar, ich mußte mit Tennis anfangen, wenn ich schon in den Inseraten abgebildet war!

Meine Tennislaufbahn war leider von kurzer Dauer. Da ich meinen Mann nicht zum Spielen überreden konnte, beschwatzte ich seinen besten Freund. Wir spielten zehn Minuten im Club, beendeten aber nicht einmal ein einziges Spiel, denn in dieser Zeitspanne rief mein Mann zweimal an und fragte, wann ich nach Hause käme und wie es nur möglich wäre, daß wir keine Erdnußbutter mehr hätten; zweimal kamen einige von meinen Söhnen von den Swimming-pools herbeigerannt, von Wasser triefend, und fragten, ob sie etwas zu essen haben könnten; einmal ertönte ein schriller Schrei meiner Tochter, die auf den Platz stürzte, um mich zu fragen, ob ich den „süßen neuen Tennislehrer gesehen" hätte, und ein weiterer Schrei vom Parkplatzwächter, der mir verkündete, daß irgend jemand gerade in meinem Wagen davongefahren sei. In dem ganzen Durcheinander verlor ich die Übersicht über den Spielstand, den Ball und meinen Partner, der aufgegeben hatte und in die Bar auf ein Bier gegangen war. (Er hatte es schon zur Hälfte ausgetrunken, bevor ich ihn vermißte.)

Ich glaube, ich bin eben kein sportlicher Mensch. Ich kann nicht einmal schwimmen, ein Umstand, den ich immer bereut habe, aber nie so sehr wie in diesem Sommer, als unsere Nachbarn einen Swimming-pool bauten und uns einluden, ihn jederzeit zu benützen.

„Der Pool ist wunderschön“, sagte ich zu Shari, als sie ihn mir stolz an dem Morgen zeigte, an dem er endlich fertig war, „und ich freue mich sehr über deine Einladung, aber ich schwimme nicht, und das nicht nur deswegen, weil ich in einem Badeanzug lächerlich aussehe; sondern wenn ich im Wasser bin, sinke ich wie ein Stein zu Boden und bleibe da, bis mich jemand rettet.“

„Du brauchst nicht zu schwimmen, um den Pool zu genießen“, sagte Shari. „Komm so rüber, und wir setzen uns an den Rand des Beckens und schlürfen Pfefferminz-Whisky. Die Kinder beim Schwimmen beaufsichtigen zu müssen, ist die beste Ausrede, um einfach dazusitzen und zu schlürfen!“

Ich glaube, ich habe soeben meinen Lieblingssport entdeckt.

4

Zu Lande und in der Luft

„Keine Familie sollte eine Autoreise unternehmen, wenn die Zahl ihrer Kinder die der Autofenster übersteigt."

Viel wurde schon über die Wirkung geschrieben, die manche Dinge auf Menschen haben — wie zum Beispiel Alkohol, Drogen, Tabak, Koffein und sogar andere Menschen, aber noch nie habe ich ein Wort über einen Faktor gelesen, der beinahe bei jedem Menschen, der ihm ausgesetzt ist, radikale Persönlichkeitensveränderungen bewirkt.

Ich spreche vom Reisen.

Was geschieht mit Menschen, wenn sie „unterwegs" sind? Die nettesten, liebenswürdigsten, vernünftigsten Leute scheinen sich in dem Moment zu verwandeln, in dem sie sich auf Rädern, Schienen oder zehntausend Meter hoch in der Luft befinden.

Ich gebe zu, daß meine Erfahrung als Reisende sehr beschränkt ist (wenn auch nicht beschränkt genug). Als Mutter von zehn Kindern bin ich sehr wenig gereist, weil ich es nicht ertrug, die Kinder allein zu lassen, als sie klein waren, und es nicht wagte, sie allein zu lassen, als sie groß wurden. Noch schlimmer, als sie allein zu lassen, war aber, sie mitzunehmen.

Es mag zwar einigen so vorkommen, als führte ich meine Kinder nie irgendwo anders hin als in die Kirche, ins Krankenhaus oder zum Verkehrsgericht, doch die Wahrheit ist, daß ich sie oft zu einem Besuch ihrer Großeltern mitgenommen habe.

Ich beging einen schweren Fehler, als ich heiratete. Ich legte eine zu große Entfernung zwischen mich und meine Eltern. Das störte meine Eltern auch nicht zu sehr, bis sie Großeltern wurden. Während sie nun mehr als genug von mir gesehen hatten, schienen sie nie genug von ihren Enkelkindern sehen zu können. Meine Mutter war wunderbar, denn sie machte mehrmals im Jahr die Reise von St. Joseph, Missouri, nach Omaha, um ihre lieben kleinen Enkel in die Arme zu schließen; aber mein Vater, der als Herausgeber der Tageszeitung von St. Joseph beschäftigt war, bestand darauf, daß der Berg zu Mohammed kommen müßte. Und, glauben Sie mir, diese sagenhafte Reise eines Berges muß eine Lappalie gewesen sein im Vergleich zu der meinen... Besonders, als die Kinder mir zahlenmäßig überlegen waren und ihr Vater Ausreden erfand, um zu Hause zu bleiben.

„Warum nimmst du nicht die Kinder und besuchst deine Eltern?“ pflegte er von Zeit zu Zeit vorzuschlagen; und wie ein Idiot tat ich das auch.

Unser erstes Baby zu Oma und Opa mitzunehmen, war ein ziemlich einfaches Unterfangen, denn Baby schlief während der ganzen Fahrt, ins Schlummerland gewiegt von der sanft schaukelnden Bewegung des Zuges. Doch Baby spielte mir einen Streich; es wurde zum Kleinkind. Und Kleinkinder, das weiß jede Mutter, schlafen niemals, schon gar nicht auf Reisen, und ganz bestimmt dann nicht, wenn Mama will, daß sie schlafen, damit sie dem neugeborenen Baby mehr Aufmerksamkeit widmen kann.

Erst nachdem unser zweites Baby geboren war, entdeckte ich die verändernde Wirkung des Reisens. Unser zweiter Sohn, der, wenn er zu Hause war, schlief wie der sprichwörtliche Säugling, zeigte nicht die gleiche Reaktion auf die schaukelnde Bewegung des Zuges wie sein älterer Bruder. Er schlief nicht. Statt dessen erbrach er, wieder und wieder. Das gab mir ein bißchen zu tun auf dieser dreistündigen Fahrt, besonders, da ich auch noch ein Kleinkind mithatte. Zu Hause pflegte dieses Kleinkind leidenschaftliche Unabhängigkeit an den Tag zu legen, indem es darauf bestand, nach seinem Gutdünken spielen zu dürfen, allein und unbeaufsichtigt. Voll Selbstvertrauen, selbstsicher und extravertiert, war dieser Junge über seine Jahre hinaus reif... bis er die Worte „Alles einsteigen" hörte. Dann verwandelte er sich in ein verschrecktes Baby, weinte, klammerte sich an mich und kletterte während der ganzen Fahrt auf mir herum. So hatte ich denn ein Baby, das in meinem Schoß brüllte, und ein zweites, das über meine Schulter hinweg erbrach, ein Erlebnis, das die sanfteste Mutter in eine rasende Irre verwandeln kann, und es oft auch tat.

Man sollte deshalb meinen, daß ich aufhörte, Kinder im Zug mitzunehmen. Doch das tat ich nicht; ich unternahm diese Fahrt mindestens einmal im Jahr und fügte jedes Jahr ein neues Baby hinzu, zur äußersten Verwirrung des Schaffners, der sie im Auge behalten mußte. Im fünften Jahr reiste ich mit vier Söhnen (im Alter von ein, zwei, drei und vier Jahren) und einer neugeborenen Tochter, die mein Herzblatt war, weil sie — anders als ihre schrecklichen Brüder — selten schrie, außer wenn sie auf Reisen war, und dann heulte sie die ganze Fahrt über von hier nach dort und zurück.

Zu dieser Zeit aber hatten ihre Brüder schon aufgehört, sich an mich zu klammern. Sie waren erfahrene Reisende geworden, und der Zug war ihnen wie ein zweites Zuhause, was vielleicht erklärt, warum sie entschlossen waren, ihn zu zerstören. Sie schmierten Schokolade auf die Sitze, schütteten Limonade auf den Boden, steuerten ihre Spielzeugautos kreuz und quer durch den Mittelgang, belästigten sämtliche Passgiere und zogen eine Spur von winzigen Spielsachen, Bonbonhüllen und Farbstiften durch halb Iowa, indem sie sie durch die Zugtoilette spülten, weil es so lustig war, sie auf die Gleise fallen zu sehen.

Trotz des Umstandes, daß die Bloomingdale-Kinder ein- oder zweimal im Jahr die Reisenden terrorisierten, ist nichts Wahres an dem Gerücht, daß wir an der Einstellung des Zuges „Burlinghton Zephir“ schuld waren. Tatsächlich versicherte mir der Schaffner einmal, daß er von einer Familie gehört hätte, die sogar noch mehr Bruch in diesem Zug gemacht habe als wir. Ich beging den Fehler, ihn zu fragen, wer das gewesen sei.

„Ihr Name war James“, sagte er. „Frank und Jesse.“

Besagter Schaffner war selbst ein Beweis meiner Theorie, wonach das Reisen den Menschen verändert. Ich war in meiner Collegezeit oft und oft in diesem Zug gefahren, und dieser Schaffner war höchst hilfreich gewesen, ein sanfter, freundlicher, geduldiger Mensch. Doch nachdem ich meine Kleinen fünf- oder sechsmal auf seiner Strecke mitgenommen hatte, mußte ich feststellen, daß er sich in einen zitternden, nervösen, giftigen alten Kauz verwandelt hatte. Eine wahre Schande. Aber das kommt vom Reisen, denke ich.

Es tat mir leid, den Zug in die Geschichte eingehen zu sehen, denn das war wirklich die ideale Art, mit Kindern zu reisen. Da hatten sie Platz zum Herumlaufen; da konnten sie endlos Wasser aus der Wasserleitung an jedem Ende des Waggons trinken; sie bekamen kleine Imbisse oder Mahlzeiten im Speisewagen; die Toiletten und Waschräume waren groß genug, daß eine Mutter eine

Windel wechseln oder einem Kleinkind Trainingshosen anziehen konnte; die Sitze waren breit genug für ein Baby *und* ein Kleinkind; aber was das Beste war: es gab einen Schaffner, der ständig im Dienst war, um jedes Kind, das sich schlecht benahm, zur Räson zu bringen.

Wie das Eisenbahnfahren hat auch das Fliegen einen Effekt auf die Persönlichkeit der Menschen. Haben Sie jemals Leute in einem Flughafen beobachtet? Größtenteils sind das heitere, glückliche Wesen, die sich unbändig auf die bevorstehende Reise freuen. Sie stehen am Flugsteig herum, verabschieden sich lachend oder zärtlich von denen, die sie zurücklassen, zeigen ein freundliches, herzliches Lächeln denen, die mit ihnen ins Flugzeug steigen, und grüßen munter den Flugbegleiter, der ihnen hilft, das Handgepäck zu verstauen und die Sitze zu finden. Welch ein lebhaftes, warmherziges Völkchen!

Einmal in der Luft, verändern sie sich schlagartig. Das Lächeln verschwindet von den Gesichtern, alle werden zu Beamten, setzen ihre Brillen auf und vergraben die Gesichter in Büchern oder Aktenmappen, wo sie versunken bleiben bis zur nächsten Mahlzeit.

Teenager, die noch vor wenigen Augenblicken in der Abflughalle oder Snack-Bar Radau gemacht haben, strecken sich aus oder rollen sich zusammen (das hängt von ihrem Geschlecht ab), und schlafen sofort ein.

Sogar diese lebhaften kleinen Kinder, die die vergangene Stunde damit verbracht haben, einander von einem Ende des Flughafens zum anderen zu jagen, lassen sich auf ihren Sitzen nieder und bleiben während der ganzen Reise ruhig. (Ich habe das nie verstehen können; vielleicht hat es etwas mit dem Luftdruck zu tun. Ich muß das noch untersuchen.)

Doch die größte Veränderung vollzieht sich bei den Müttern.

Auf dem Boden gibt es keine beherztere Reisende als eine Mutter. Sie leitet Fahrgemeinschaften für Kindergartenkinder und sogar Pfadfinder. Sie sitzt auf dem Todessitz, während ihr jugendlicher Sohn fahren lernt, und sie fährt — noch beherzter —, während ihr jugendlicher Sohn auf dem Todessitz sitzt und kritisiert und sich beklagt. Manchmal ist sie sogar tapfer genug zu fahren, während ihr Mann neben ihr sitzt. Ich kannte eine couragierte Mutter, die das Familienauto fünfhundert Kilometer hinter ihrer Tochter herfuhr, die das andere Auto der Familie lenkte. Zugegeben, die Mutter bekam leichte nervöse Zuckungen im Gesicht, aber nur vorübergehend.

Mütter sind berühmt für ihre Courage.

Aber setzt sie in ein Flugzeug, und sie geraten in Panik.

Sehen Sie sich um, wenn Sie das nächstemal fliegen. Sie können die Mütter jederzeit erkennen. Das sind diejenigen, die das Flugzeug in der Luft halten, indem sie die Armlehnen umklammern. Sie lesen kein Buch oder auch nur eine Zeitschrift, weil sie den Himmel überwachen und nach Gegenverkehr Ausschau halten müssen. Sie nehmen keinen Drink, weil sie sehr gut wissen, daß die Maschine abstürzen wird und sie nicht gesonnen sind, ihrem Schöpfer mit einer Schnapsfahne zu begegenen.

Was bringt eine reife, selbstbewußte, tüchtige Mutter dazu, in Panik zu geraten, wenn sie ein Flugzeug besteigt? Logik. Reine und einfache Logik. Sie, die die ganze letzte Woche zugesehen hat, wie ihr Zehnjähriger erfolglos versuchte, seinen Drachen steigen zu lassen, wird niemals glauben, daß hundert Tonnen Metall sicher durch die Luft segeln können, drei Stunden noch, in zehntausend Meter Höhe. Es ist nicht nur die Aerodynamik, die ihr Angst macht; es ist das Flugzeug selbst. Sicher muß eine Maschine, von zwei Brüdern erfunden, die *zusammen* arbeiteten, irgendeinen Fehler haben. („Orville, hast du die Tragflächenaufhängung kontrolliert?“ – „Warum ich, Wilbur, das war doch dein Job!“)

Doch ich glaube, der wirkliche Grund, warum Mütter dazu neigen, in einem Flugzeug in Panik zu geraten, ist, daß es da kein Telefon gibt. Man kann nicht an einer Tankstelle halten und zu Hause anrufen, um den Kindern zu sagen, daß sie bitte nachsehen sollen, ob das Bügeleisen abgeschaltet ist, oder um sie daran zu erinnern, daß sie den Hund füttern sollen, oder um sie daran zu erinnern, daß sie den Hund füttern sollen, oder um die Vorschriften für häusliche Parties nochmals ausdrücklich zu betonen; oder *um festzustellen, ob die Kinder überhaupt zu Hause sind.*

Daher gibt es auf Flughäfen auch so viele Telefone.

Die bedeutendsten Persönlichkeitsveränderungen gehen jedoch nicht in Zügen vor sich, nicht in Flugzeugen, sondern in den Überlandbussen.

Ich habe kürzlich vier Stunden in einem solchen Fahrzeug verbracht, und sie schienen mir wie vier Tage – wegen der Passagiere, mit denen ich es zu tun hatte. Zwei schmutzig aussehende Kreaturen, offensichtlich Landstreicher, lagen ausgestreckt auf der hinteren Sitzbank und schnarchten laut.

Die Frau neben mir nörgelte und brummte die ganze Zeit, wie unangenehm es doch sei, so weit zu reisen, nur um eine Tochter zu besuchen, die „mich wahrscheinlich ohnehin nicht sehen will; sie haßt es, wenn ich auf Besuch komme“.

Ein offensichtlich betrunkener Mensch auf der anderen Seite des Mittelgangs wankte immer wieder nach hinten zu den Toiletten, wobei er den Leuten auf den Schoß taumelte und über die eigenen Füße stolperte.

Auf dem Sitz neben ihm saß eine schüchterne Vierjährige und schwieg während der ganzen Fahrt; entweder war sie krank, oder einfach nur verschreckt, weil sie neben diesem Trunkenbold saß.

Vorne im Bus lümmelte eine Gruppe von abgerissenen jungen Leuten, die aussahen, als hätten sie in ihren schmuddeligen Jeans und zerknitterten T-Shirts geschlafen; sie klimperten heftig auf ihren Gitarren und sangen seltsame Lieder, lachten laut und führten unverständliche Gespräche. Waren sie Ausreißer? Aussteiger? Rauschgiftsüchtige? Wer weiß?

Auf dem Sitz hinter mir schrie ständig ein Baby, während auf dem Sitz vor mir eine ältere Frau, die wahrscheinlich schon senil war, die ganze Zeit aus dem Fenster starrte; sie merkte offensichtlich nichts von den singenden, lachenden Hippies vorne im Bus.

Komisches Volk, alle miteinander. Ich konnte es kaum erwarten, aus diesem Gefährt herauszukommen.

Endlich erreichten wir unser Ziel, und als ich dem „komischen Volk" beim Aussteigen zusah, bemerkte ich ein seltsames Phänomen, das meine Theorie stützt, daß das Reisen die Menschen verändert.

Die „senile alte Dame" kehrte in die Realität zurück, indem sie einfach ihre Wattepfropfen aus den Ohren nahm. (Sie war diese Strecke schon früher gefahren.)

Der ,.„betrunkene Mensch" schwankte noch einmal den Mittelgang herunter, packte die Hand der Kleinen, die neben ihm gesessen war, und ermahnte sie heiter: „Vorsicht, Schatz; es ist schwierig, in diesem engen Mittelgang zu gehen, sogar wenn der Bus steht." Die schüchterne Kleine, die sah, daß ihre Großmutter sie erwartete, sprang aus dem Bus, schrie und winkte und forderte die versprochene Belohnung dafür, daß sie „im Bus ein braves Mädchen gewesen" war.

Die brummende Frau, der es so unangenehm gewesen war, „sich aufzudrängen", lächelte strahlend der wunderschönen Dame zu, die sie mit so offensichtlicher Herzlichkeit umarmte.

Die „Landstreicher" vom Hintersitz stolperten aus dem Bus, die Arme voller Lehrbücher und darüber diskutierend, wieviel sie lesen müßten während der Semesterferien der juridischen Fakultät der Harvard-Universität.

Nun, nach alldem hätte ich nicht überrascht sein dürfen, daß die Hippies jüngere Mitglieder eines Kirchenchors aus Westdeutschland waren, die im Bus durch Amerika reisen, um singend das Evangelium zu verbreiten.

Dies soll Ihnen nur zeigen, daß man Menschen nicht an ihrer „Reise-Persönlichkeit" erkennen kann. Ich weiß das, denn als ich aus dem Bus stieg, murmelte eines der Chormitglieder:

„Irgend jemand sollte dieser armen Frau helfen; sie ist offensichtlich arg spastisch."

Natürlich bin ich keine Spastikerin. Ich hatte jedesmal, wenn der Bus schlingerte, das Baby fester an mich gedrückt, den Kleinen gepackt und mich umgedreht, um nach meinen randalierenden Teenagern zu sehen — was gewiß selbstverständlich gewesen wäre, hätte ich diesmal (zum erstenmal in zwanzig Jahren) die Reise nicht allein gemacht.

5

Panik auf dem Podium

„Wenn du nicht beim Friseur gewesen bist, vergessen hast, die Lippen anzustreichen, und eine Laufmaschine im Strumpf hast, wird man dich bitten zu sprechen."

Wir alle können auf Erfahrungen in unserem Leben zurückblicken, die uns sprachlos gemacht haben.

Nie jedoch bin ich so sprachlos, wie wenn ich vor einem Haufen Menschen stehe, die von mir erwarten, daß ich zu ihnen spreche. Es macht keinen Unterschied, ob es sich um einen Komiteebericht von dreißig Sekunden Dauer handelt oder um eine dreißigminütige programmatische Rede; sobald ich zum Lesepult hinaufsteige, auf das Meer von Gesichtern blicke und weiß, sie erwarten von mir, daß ich witzig bin oder gescheit oder — wenigstens — mich kurz fasse, werden meine Lippen trocken, meine Handflächen feucht, und mein Gehirn wird leer. Ich bin ein angsterfülltes, zitterndes Wrack. Ich habe mich darauf trainiert, sofort draufloszureden, aber ich habe nicht die leiseste Ahnung, was ich sage, weil ich nie zu den Menschen gehört habe, die gleichzeitig zuhören und sprechen können. (Ihr haltet euch da raus, Kinder.)

Zum erstenmal wurde ich mir dieser Allergie gegen die freie Rede bewußt, als ich in der High School war und eines schrecklichen Nachmittags aufgefordert wurde, eine zweiminütige Stegreifrede im Englischunterricht zu halten. Ich war verzweifelt. Die Rede hätte bensogut zwei Stunden dauern können und nicht zwei Minuten; ich wußte, daß ich es nicht konnte. Doch ich ging gehorsam nach vorn, wandte mich um, sah meinen Klassenkameradinnen ins Gesicht, und nachdem ich ein- oder zweimal heftig geschluckt und ein paar Sätze hervorgestottert hatte, gestand ich der Lehrerin:

„Ich weiß nicht, was ich sagen soll."

„Sag irgendwas", meinte sie ungerührt. „Wenn dir nichts Originelles einfällt, dann erzähl uns eine Geschichte, die du von irgend jemandem gehört hast. An eine Geschichte wenigstens wirst du dich doch erinnern!"

Also, tatsächlich, das war auch wirklich alles, woran ich mich erinnerte: eine Geschichte. Und der einzige Grund, warum ich mich daran erinnerte, war der: als sie mein Onkel beim Abendessen erzählte, erstickte meine Mutter beinahe an der Pointe. Ich persönlich fand die Geschichte nicht sehr gut. Ja, sie war eigentlich ziemlich dumm, aber sie hatte ein Gutes: sie war leicht zu behalten. Also erzählte ich die Geschichte meines Onkels Wort für Wort der ganzen Klasse, und einige der Mädchen waren sogar so großzügig, zu lachen. Aber es war komisch; meine Lehrerin rang beinahe an der gleichen Stelle nach Luft wie meine Mutter.

Ich hielt das für einen so interessanten Zufall, daß ich an diesem Abend beim Essen meinen Eltern davon erzählte, und sofort danach führte mich mein Vater in sein Arbeitszimmer und erklärte mir freundlich, worum es in dieser Geschichte tatsächlich ging. Ich war schockiert und gedemütigt und schwor, daß ich nie wieder in die Schule gehen würde, obwohl ich es natürlich doch tat, und während meine Reputation bei der Sprachlehrerin zwar auf ein sehr niedriges Niveau gesunken war, hatte sie sich bei meinen erfahreneren Klassenkameradinnen beträchtlich gesteigert.

Wenn ich auf diese herzzerreißende Begebenheit zurückblicke, frage ich mich, warum eine so abgedroschene, völlig witzlose Geschichte als schockierend empfunden wurde, oder gar komisch oder überhaupt erzählenswert. Sie war sicherlich nicht wiederholenswert, nicht einmal für einen Haufen gelangweilter Halbwüchsiger.

Dieses bestürzende Erlebnis verleidete mir das Reden in der Öffentlichkeit ein- für allemal, und ich schwor, daß ich nie wieder vor Publikum sprechen würde, obwohl ich meinen neuen Ruhm sehr genoß und fortfuhr, Geschichten zu erzählen — im Garderobenraum, in der Cafeteria, oder in der hintersten Reihe eines überfüllten Klassenzimmers.

Ich hielt den Schwur bis zum Ende des letzten High-School-Jahres, als ich — infolge von Umständen, die mir (und sicher auch meinen Mitschülerinnen) in alle Ewigkeit ein Rätsel bleiben werden — Klassensprecherin wurde und als solche die Abschiedsrede bei der Abschlußfeier halten sollte.

Doch damals kannten meine Lehrer mich schon gut, und sie hatten nicht die Absicht, mich ungebremst auf ein Publikum loszulassen — noch dazu mit einem Mikrophon! Die Abschiedsansprache, sagte man mir, würde von einem Mitglied des Lehrkörpers geschrieben werden, und ich sollte sie vortragen, Wort für Wort, so wie sie da geschrieben stand.

Ich willigte ein, die Ansprache auswendig zu lernen und wörtlich wiederzugeben (welche andere Wahl hatte ich? Die Diplome werden erst *nach* der Ansprache ausgegeben), aber es war trotzdem eine Katastrophe. Oh, ich stammelte und stotterte nicht oder vergaß eine Zeile oder auch nur ein Wort; die Katastrophe lag nicht bei mir, sondern bei meinen Mitschülerinnen. Als sie ihre Lieblingserzählerin dummer Geschichten poetische Passagen und literarische Zitate und allegorische Anspielungen deklamieren hörten, begannen sie unbändig zu kichern und satirische Kommentare in meine Richtung zu flüstern — ungehört vom Publikum, da sich meine Mitschülerinnen weit hinter dem Mikrophon befanden, doch sehr wohl von mir.

Es wäre einer meiner stolzesten Momente gewesen, hätte ich die Sticheleien ignoriert, aber ich konnte es nicht. Auch ich begann zu kichern, und in dem Versuch, es zu unterdrücken, bekam ich einen entsetzlichen Schluckauf. So geriet also dieses sorgfältig komponierte literarische Meisterwerk, das als wehmütiges und liebevolles Lebewohl an die teure alte Schule gedacht war, zu einer Parodie.

In den nächsten Jahren war ich zu beschäftigt mit College, Flirten, Heiraten und Kinderkriegen, als daß ich mich mit Komitees oder Organisationen hätte einlassen können, die Reden vor Publikum verlangten. Doch als die Kinder mit der Schule anfingen, trat ich dem Elternverein bei, und während ich zwar selten zum Sprechen aufgefordert wurde, war ich doch häufig gezwungen, vor den Eltern und Lehrern aufzustehen und über den Stand der Klasse zu berichten oder das Sitzungsprotokoll der letzten Versammlung zu verlesen oder eine Beschwerde des Komitees vorzutragen.

Wie jedermann weiß, der irgendwann einmal auf einem Rednerpult gestanden ist, findet ein Publikum nichts langweiliger als einen „Ausschußbericht". Ganz gleich, ob es sich um Finanzen oder um Essen handelt, ob es darum geht: „Wer hat auf dem Klo geraucht?" oder „Sollen wir den Footballtrainer feuern, weil er neue Spieler gekauft hat, oder so tun, als wüßten wir nichts, und zur Abwechslung einmal gewinnen?", niemand will es wirklich hören. Besonders die Väter nicht. Offen gesagt, ich finde, Väter sollten zu Elternvereinsversammlungen nicht zugelassen werden; sie nehmen einem jeden Mumm. Von dem Moment an, in dem sie zur Tür hereinspazieren, wollen sie wissen, wann sie wieder nach Hause gehen können, und sogar die Verheißung von Keksen und Punsch hält sie nicht davon ab, während des ganzen Programms flüsternd zu jammen. Sie murmeln und murren, wenn der Direktor sich zu seiner Rede erhebt; sie ächzen und brummen, wenn ein Lehrer sich erhebt; sie knurren und stöhnen, wenn der Studienberater aufsteht; und sie meckern laut, wenn irgendein Elternteil etwas sagen möchte.

„Was macht *die* denn dort oben?" beklagt sich dann ein Vater, den ich kenne, hörbar bei seiner Frau. „Wieso bist denn du nicht dort oben? Und übrigens, wieso bin ich nicht dort oben? Wenn sie wirklich jemand wollen, der weiß, wie man diese Dinge anpackt, sollten sie sich an mich wenden!" (Anmerkung für das Komitee: Wenden Sie sich nicht an ihn. Er will eigentlich in gar keinem Komitee sein, und, glauben Sie mir, Sie wollen ihn in gar keinem Komitee haben. Wenn eine Frau über etwas berichtet, ist der Bericht wenigstens kurz und einfach. Wenn ein Mann einen Bericht schreibt, ergibt das vierzehn Seiten Woher und Daher und Warum und Weshalb, die niemand versteht, er selbst mit eingeschlossen. Besser, man läßt ihn aus dem Publikum murren, als vom Podium aus seine Erläuterungen verkünden.)

Ich habe in meiner Funktion als aktives Mitglied des Elternvereins unzählige Komiteeberichte vorgetragen, und jeder einzelne war ein Alptraum für mich.

Ich erinnere mich an eine Gelegenheit, als man mich gebeten hatte, einen Bericht über ein geplantes Unterrichtsprojekt zu verfassen. Ich recherchierte, stellte die Rede sorgfältig zusammen, verbrachte Stunden damit, sie auswendig zu lernen, und war schließlich beinahe zuversichtlich, sie vor einem Publikum halten zu können. Ich ging zu der Versammlung, gesellte mich zu den anderen Rednern auf der Bühne, und hörte dann zu meinem Entsetzen, wie meine Vorrednerin fast genau die gleiche Rede hielt, die ich vorbereitet hatte. Was sollte ich tun? Ich tat, was jedes Schulkind getan hätte; ich krümmte mich, hielt mir den Bauch und stürzte von der Bühne... hinaus zu meinem Wagen und nach Hause.

Bei einer anderen Elternvereinsversammlung hatte mich die Direktorin gebeten, aufzustehen und meine Bedenken zu beabsichtigten Änderungen der Disziplinarregeln zu äußern. Ich war im Grunde nicht besonders interessiert an dem Thema, da mein Kind ein paar Wochen vor dem Abschluß stand, und meine Vorstellungen von Schuldisziplin ohnehin stets die folgenden waren: Wenn ein Kind bestraft werden muß, behaltet es nach der Schule da, oder laßt es eine zusätzliche Buchbesprechung schreiben, oder hängt es mit den Daumen an der Flaggenstange auf, aber *schickt es nicht strafweise für drei Tage nach Hause!*

Doch ich hegte großen Respekt für diese Direktorin, und in dem Bemühen, kooperativ zu sein, stimmte ich ihrer Bitte zu, stand gehorsam auf und machte alle möglichen Vorschläge. Als ich zur Hälfte damit fertig war, bemerkte ich den Ausdruck im Gesicht der Direktorin und erkannte zu meinem Schrecken, daß sie *gegen* die Änderung war, nicht *dafür*. Zum Glück waren meine Argumente nicht zu überzeugend, und mein Antrag auf Veränderungen wurde 111 : 1 abgewiesen.

Ich habe zwar schon Dutzende von Komiteeberichten gegeben, die alles umfaßten — von der undurchsichtigen Finanzgebarung der Pfadfinderkasse bis zur idiotischen Planung der Baseballspiele —, doch meine Karriere als

Rednerin begann erst, als ich mich als Schriftstellerin etabliert hatte.

Schreiben ist eine wunderbare Beschäftigung für einen schüchternen, einfachen Menschen, der den Gedankenaustausch wirklich gerne pflegt, aber nur in einer Richtung. Ich stellte fest, daß ich als Kolumnistin über beinahe jedes Thema loslegen konnte, ohne jemals zu erfahren, wer mir zustimmt oder (viel eher) nicht zustimmt, wer die Kolumne ausschneidet, um sie jemand anderem zu zeigen, oder wer sie dazu benützt, um den Vogelkäfig auszupolstern. Mir gefiel die Idee, zu Hause arbeiten zu können, anzuziehen, was ich wollte, und mir niemals Gedanken über eine Konfrontation mit der Öffentlichkeit machen zu müssen.

Was die meisten Anfänger unter den Schriftstellern nicht wissen, ist jedoch, daß es ihnen nicht vergönnt ist, zu Hause zu bleiben und zu schreiben. Am Ende schleppt sie doch irgend jemand in den Vorlesungs-Zirkus hinaus, und aus dem schüchternen, einfachen Schriftsteller wird plötzlich der verschreckte, stotternde Vortragende.

Die meisten Zuhörer merken nicht, daß ein vortragender Schriftsteller Angst hat, denn wenn ein Schriftsteller Vortragender wird, wird er/sie auch Schauspieler. Niemand ist ein größerer Bluffer als ein Schriftsteller, der versucht, ein Publikum durch das gesprochene, und nicht durch das geschriebene Wort zu unterhalten. Wir stehen auf dem Podium (für gewöhnlich mit überkreuzten Füßen, um das Schwindelgefühl zu bekämpfen) und durchsetzen unsere Rede mit scheinbar zuversichtlichem Lächeln, mit Gesten und Nicken, während wir gleichzeitig leise zu uns selbst sagen: „Ich werde *nicht* den Schluckauf kriegen; ich werde mich *nicht* an der Nase kratzen; ich werde *nicht* daran denken, daß meine Nebenhöhlen austrocknen und ich gleich ersticken werde!“

Wir tun einfach freundlich, weltklug und sehr locker, in der Hoffnung, niemand möge bemerken, daß wir das Manuskript auswenig gelernt haben, und bitte, lieber Gott, laß uns nicht den Faden verlieren!

Ja, ich gebe es zu. Ich habe immer ein komplettes Manuskript vor mir, obwohl ich selten hineinsehe, weil ich zu beschäftigt damit bin, dem Rat meiner ehemaligen Rhetoriklehrerin zu folgen, einen interessierten, aufmerksamen Zuhörer zu finden und meine Bemerkungen an ihn oder sie zu richten. Leider habe ich eine unglückselige Neigung, mich auf den schläfrigen Burschen in der ersten Reihe zu konzentrieren, der abwechselnd einnickt oder auf die Uhr sieht. Ich weiß, die Rhetorikexperten sagen uns, daß wir niemals ein Manuskript verwenden sollen, nur Notizen, aber ich habe aufgehört, mich dafür zu entschuldigen, seit ich festgestellt habe, daß viele Humoristen das tun. Gleich ihnen greife ich selten auf mein Manuskript zurück; es ist wirklich nur eine Krücke; solange ich weiß, daß es da ist, geht's mir großartig, würde es aber verschwinden, wäre es aus mit mir.

Ich weiß das ganz genau, denn einmal begab sich das Entsetzliche, daß mein Manuskript tatsächlich verschwand. Ich sollte eines heißen Septembernachmittags vor einer Lehrerversammlung sprechen, und wenige Augenblicke, bevor ich meine Rede halten sollte, legte ich mein Manuskript aufs Pult und plauderte kurz mit der Vorsitzenden und zwei Freundinnen, die von außerhalb des Staates gekommen waren, um der Versammlung beizuwohnen. Dann bat mich die Vorsitzende, an den Rand des Podiums zu treten, während sie die Versammlung zur Ordnung rief und mich vorstellte. Nach ihrer lustigen Einleitung rückte ich fröhlich das Mikrophon zurecht, begrüßte meine Zuhörerschaft und sagte den ersten Satz meiner Ansprache, während ich nach unten nach meinem Manuskript griff... das nicht da war. Ich war wie vom Donner gerührt. Ich fuhr in meiner auswendig gelernten Rede fort, während ich der Vorsitzenden signalisierte, sie möge doch bitte das Manuskript zurücklegen, das sie offenbar zusammen mit ihren eigenen Notizen weggenommen hatte. Nur war sie es nicht gewesen. Als mir klar wurde, daß irgend jemand, Gott weiß wer, unabsichtlich mein Manuskript vom Pult genommen und sich vielleicht sogar damit entfernt hatte (und genau das war geschehen; der Vorredner hatte es in der Meinung, es sei seines, mitgenommen und das Haus verlassen, begann ich zu stottern und das zu entwickeln, was jeder Redner fürchtet: eine Leere im Gehirn. Ich konnte mich an kein Wort dieser sorgfältig auswendig gelernten, lange geprobten Rede erinnern.

Wieder einmal bediente ich mich der Schulkindermethode, nur diesmal brauchte ich das Übelsein nicht vorzutäuschen. Mir *war* übel. Ich entschuldigte mich bei meinem Publikum, erklärte meine mißliche Lage und ging vom Podium, wobei ich es der Vorsitzenden überließ, die Scherben des Abends aufzulesen. Die Lehrer waren sehr verständnisvoll, und wenn mir auch klar ist, daß es für sie schon ein langer und ermüdender Tag gewesen war, hätten sie doch wirklich nicht applaudieren müssen, als die Vorsitzende scherzhaft sagte: „Der Unterricht ist zu Ende!"

Ich war schrecklich bestürzt über die ganze Sache; obwohl ich mich weniger wegen des verlorenen Manuskripts als wegen meiner Reaktion auf das Debakel grämte. Wie konnte mich das so aufregen? Niemand hatte bezahlt, um mich zu hören; jedermann war offensichtlich entzückt, so bald gehen zu können; warum machte es mir so viel aus?

Weil ich wußte, daß diese freundlichen, rücksichtsvollen Lehrer sich verpflichtet fühlen würden, mich im folgenden Jahr wieder einzuladen, und das taten sie denn auch. Das bedeutete, daß ich nicht nur weitere zwölf Monate in Angst und Schrecken vor einer neuerlichen Rede verbringen, sondern dann vor ihnen stehen würde wie ein schlimmes Kind, dem man noch einmal eine Chance gibt, und versuchen müßte, sie zum Lachen zu bringen. Es gab nur einen Trost: ich konnte dieselbe Rede verwenden und hatte darüber hinaus einen gebrauchsfertigen, konventionellen Einleitungssatz.

Im folgenden Jahr, als ich wieder vor denselben Lehrern stand, rückte ich das Mikrophon zurecht, dankte der Vorsitzenden für ihre Einführung und begann meine Rede so:

„Wie ich gerade sagte, als ich so rüde unterbrochen wurde…"

Die Zuhörer brüllten, und ihr Gelächter zog sich fröhlich durch meine ganze Ansprache. Es entschädigte mich irgendwie für so viele Jahre der Nichtbeachtung von Elternvereinsberichten.

Trotz des Umstandes, daß ich mich nun schon seit Jahren im Vortragszirkus bewege, bekomme ich immer noch schreckliche Anst, wenn ich einem Publikum gegenüberstehe. Und doch verlangt es mich immer wieder nach mehr, weil ich das Lachen liebe, den Applaus, und die Menschen, denen ich vorher und nachher begegne. Ich weiß nicht, ob meine Ansprachen überhaupt besser geworden sind, aber ich habe inzwischen ein paar Lehren gezogen, und ich gebe sie mit Freuden an diejenigen von Ihnen weiter, die vielleicht auch einmal auf einem Podium stehen werden — mit einem Plastiklächeln, einer plötzlichen Zungenlähmung und überkreuzten Füßen.

1. Die Zuhörerschaft bei einem Cocktail-Dinner ist besser als bei einem Gemeinschaftsfrühstück. Wenn Sie Humorist sind, halten sie sich an die Dinnerrunde; die lachen über alles nach zwei Martinis, einem Glas Rosé und Kahlua-Eiscreme.

2. Trinken Sie nie mehr als einen Cocktail, bevor Sie eine Rede halten. Zugegeben, die Drinks machen Sie vielleicht locker, aber eventuell nicht nur Sie, sondern auch Ihre Rede, und sie können Ihr Erinnerungsvermögen trüben, so daß Sie sich schließlich fragen, wer alle diese Leute dort vorne sind, und warum sie Sie denn so anstarren?

3. Essen Sie immer, bevor Sie bei einem Brunch, einem Mittagessen oder einem Bankett reden. Einerlei, wie leicht oder reichlich die angebotenen Speisen sind, Sie werden zu nervös sein, um zu essen. Erklären Sie das der Vorsitzenden; sonst denkt sie vielleicht, Sie sind krank, und kommt beinahe um vor Sorge, daß Sie nicht lange genug leben werden, um das Programm zu beenden.

4. Informieren Sie sich über Ihr Publikum und bereiten Sie Ihre Ansprache dementsprechend vor. Ich habe einmal eine Einladung angenommen, vor einer Damengesellschaft beim Mittagessen zu sprechen, und hatte keine Ahnung, daß die Damen alle über fünfundsiebzig waren. Meine auf Teenager gemünzte Ansprache stieß auf taube Ohren... buchstäblich.

5. Finden Sie heraus, was Sie anziehen sollten. Nachdem ich eine Einladung angenommen hatte, bei einem Frauenbankett in Iowa zu sprechen, durchforstete ich meinen Schrank und entschied, daß die Kostüme, sportliche und einfache Tageskleider nicht passend wären. Also ging ich hin ung gab ein kleines Vermögen für ein perlenbesticktes Cocktailkleid aus. Als ich meinen Bestimmungsort erreichte, stellte ich fest, daß das Bankett

in einer Schul-Cafeteria abgehalten wurde, und alle Frauen Kostüme, sportliche und einfache Tageskleider trugen. Ich kam mir wie ein Freak vor.

6. Informieren Sie sich über Ihre Mitredner. Nachdem ich zugestimmt hatte, vor einem Forum in einem College in Kansas aufzutreten, beschloß ich, meinen Vortrag auf das damals beliebte Thema des „Eigen-Image" zu konzentrieren, und bereitete eine mitreißende Satire über diejenigen Idioten vor, die Kindern sagen, sie sollen sich eine halbe Stunde pro Tag vor den Spiegel stellen und sich selbst erzählen, wie wunderbar sie sind. Dann mußte ich feststellen, daß meine Rede auf die einer beliebten Psychologin folgte, die mehrere Bücher über eben dieses Thema geschrieben hatte und ihre Rede mit den Worten schloß: „Ich möchte, daß morgen früh jeder einzelne von euch aufsteht, in den Spiegel sieht und sagt ‚Hallo, du wunderbares Wesen; ich liebe dich!'" Sie erhielt rauschenden Beifall. Ich nicht.

6

Vier Augen sind besser als zwei

„Menschen, die Kontaktlinsen tragen, sollten keine Hirten-Teppiche haben."

„Du siehst aus wie die Hausfrau aus der Bibel, die nach der verlorenen Drachme sucht", sagte mein Mann, als er mich dabei antraf, wie ich auf allen vieren über den Badezimmerboden kroch, eine Taschenlampe in der verkrampften Faust, die Nase knapp über dem Boden.

„Ich habe nichts verloren", antwortete ich. „Das war Dan. Ich suche seine Kontaktlinse."

„Warum sucht Danny sie nicht?" fragte mein Mann. „Ich möchte mein Frühstück."

„Danny kann sie nicht suchen, weil er ohne sie nichts sieht", erklärte ich geduldig. „Du, der du keine Brille trägst, kannst anscheinend nicht verstehen, daß diejenigen von uns, die Brillen oder Linsen tragen, diese Brillen oder Linsen finden können."

„Ich dachte, Dan hätte eine Reservebrille", sagte mein Mann.

„Das schon", erwiderte ich mit einem Seufzer. „Aber er hat sie in seinem Spind in der Schule gelassen."

„Das war intelligent", spöttelte mein Mann.

„Dan ist Student", antwortete ich, während ich unter den Ausguß tastete. „Niemand hat ja gesagt, daß er intelligent ist. Tatsächlich sind das sehr wenige Studenten."

„Na komm, laß mich dir helfen", sagte mein Mann.

„Ich wette, daß ich diese Linse finde." Und das tat er. Als er ins Badezimmer trat, hörten wir das leise Knirschen, das uns sagte, daß die Linse gefunden war... alle vierhundert Splitter.

Da dies ein familienorientiertes Buch ist, möchte ich nicht wiedergeben, was mein Gemahl sodann über Kontaktlinsen, verantwortungslose Söhne und — da wir schon bei dem Thema waren — den Allgemeinzustand des Jungen-Badezimmers zu bemerken wußte. Ich sage nur so viel, daß mein Mann schon um acht Uhr morgens seiner schlechten Laune für den ganzen Tag Luft gemacht hatte. Ich hoffe, seine Mitarbeiter wußten Dans Bemühungen zu schätzen.

Ich muß zugeben, daß ich das Vorurteil meines Mannes gegen Kontaktlinsen teile. Es ist weniger der Umstand, daß sie so teuer sind, (das heißt, er ist es schon, aber ich möchte nicht den Eindruck erwecken, daß ich nur ans Geld denke), als daß sie so leicht in Verlust geraten. Sie sind so winzig, daß man sie leicht aus den Augen verliert, und so durchscheinend, daß es — wenn sie einmal verloren sind — unmöglich ist, sie zu finden. Überdies, wenn man sie verliert, so geschieht das fast immer im Badezimmer, wo der Verlierer gerade eine Dusche genommen, sich rasiert oder die Zähne geputzt und überall winzige Wasserpfützen versprengt hat. Und Sie wissen, wie eine Kontaktlinse aussieht, nicht wahr? Wie eine winzige Wasserpfütze.

Eines muß ich jedoch sagen — wenn ich schon eine Kontaktlinse suchen muß, ziehe ich das bespritze Badezimmer dem Wohnzimmer (mit dem Hirtenteppich) oder dem Hinterhof (mit dem hohen Gras) oder dem Schlafzimmer meiner Teenager (Kommentar überflüssig) vor.

Meine Kinder haben im Laufe der Jahre ein halbes

Dutzend Kontaktlinsen verloren, und sie finden sie fast nie, obwohl ich zugeben muß, daß sie geduldig und ausdauernd sind, wenn sie suchen. Diese Eigenschaft haben sie schon sehr früh im Leben erworben.

Vor Jahren, als unsere Kinder noch klein und zahlreich waren (jetzt sind sie groß und zahlreich, aber sie schienen viel zahlreicher, als sie klein waren), verlor ein größerer Junge, der im Haus gegenüber zu Besuch war, seine Kontaktlinse auf dem weitläufigen und üppig wuchernden Rasen des Nachbarn. Er war sicher, daß es unmöglich sein würde, dieses winzige, durchscheinende Stück Plastik in dem erst vor kurzem gesprengten Rasen zu finden, doch er wollte es unbedingt versuchen, denn andernfalls hätte er seiner Mutter erzählen müssen, daß er eine brandneue Kontaktlinse verloren habe. (Natürlich war sie neu; niemand verliert je alte Linsen.)

Plötzlich kam ihm ein Gedanke. Er stürzte über die Straße, schellte an unserer Tür und bat, mit allen meinen Kindern sprechen zu dürfen.

„Ach, Himmel“, sagte ich. „Was haben sie jetzt wieder gemacht?“ Meine Kinder waren damals im Alter von elf, zehn, neun, acht, sieben, fünf, vier, drei, zwei und ein Jahren, und mit Ausnahme des Babys waren sie in der ganzen Nachbarschaft für ihre Fähigkeit berühmt, einen Baseball gegen ein Panoramafenster zu schleudern, oder mit dem Fahrrad gegen ein geparktes Auto zu fahren, oder mit den Rollschuhen über eine frisch zementierte, noch feuchte Auffahrt zu flitzen.

„Ihre Kinder haben gar nichts getan“, erklärte der Teenager hastig. „Ich brauche bloß ihre Hilfe.“

Ich rief die Kinder zusammen, und sie lauschten der traurigen Geschichte des Jungen.

„Und das sollt ihr tun“, sagte er. „Ich möchte, daß ihr zu den Blumkins ’rüberkommt und euch am Rand des

Rasens in einer Reihe aufstellt. Dann kniet ihr nieder, einer neben dem anderen, kriecht langsam über den Rasen und streicht mit den Fingern durchs Gras. Wenn ihr sie findet, gebe ich euch fünf Dollar. Dafür könnt ihr den Eismann leerkaufen. Okay?"

Ich hatte nicht das Herz, ihm zu sagen, daß sie es auch umsonst getan hätten. Nur bei mir verlangen sie etwas für eine Dienstleistung.

Die Kinder waren einverstanden, es zu versuchen. Sie sausten über die Straße, stellten sich auf wie ein Footballteam, und in wenigen Minuten hatten sie die Linse gefunden.

Es war eine ihrer wenigen erfolgreichen Suchaktionen, und Gott weiß, sie führten im Lauf der Jahre viele durch, wenn sie entweder ihre eigenen Linsen suchten, oder die ihrer Freunde.

Da ich das alles wußte, warum erlaubte ich dann jemals, daß meine Kinder Kontaktlinsen bekamen?

Wegen unserer Erfahrungen mit konventionellen Brillen.

Sechs von unseren Kindern tragen Brillen, und in den Jahren, in denen sie noch bereit waren, ganz gewöhnliche Brillen zu tragen, gelang es ihnen dennoch, sie zu verlieren, oder sie irgendwo liegenzulassen, oder sie zu verbiegen oder zu zerbrechen, gewöhnlich innerhalb von Stunden, nachdem die Garantie abgelaufen war. Es hat mich nicht überrascht, daß das kleine Optikergeschäft, in dem wir unsere erste Brille kauften, inzwischen zu einem weitverzweigten Millionen-Dollar-Unternehmen geworden ist, wobei der Großteil der Millionen von mir kam.

Ich kann nicht verstehen, warum so viele unserer Kinder dazu verurteilt sind, Brillen zu tragen. Kommt es daher, daß ich es unterließ, ihnen die Karotten mit Gewalt einzuflößen? Oder weil ich sie zu nahe am Fernsehapparat sitzen ließ? Oder ist es dem Umstand zuzuschreiben, daß sie Experten darin sind, einen Sehtest zu verpatzen?

Ich glaube nicht so recht an die Sehschwäche meiner Kinder, seit unser Sohn Michael vier Jahre alt war und seinen ersten Sehtest absolvierte. Ich hatte ihn zu einer Durchuntersuchung zum Kinderarzt gebracht und blieb im Untersuchungszimmer, während der Arzt Michael in den Nebenraum zur Sehtabelle führte.

„Leg deine rechte Hand auf dein rechtes Auge", hörte ich den Doktor Mike instruieren, „und sag mir, was du auf der Tabelle siehst."

„Ich sehe ein Pferd und ein Schwein und einen Baum und ein Kaninchen", las Michael gehorsam und korrekt.

„Das ist sehr gut, Michael", sagte der Doktor. „Jetzt leg deine linke Hand auf dein linkes Auge und sag mir, was du siehst."

„Ich kann nichts sehen", sagte Mike. Mein Gott! Mein Kind ist auf einem Auge blind!

„Nun, Michael", meinte der Doktor geduldig, „du mußt zuerst die andere Hand von deinem rechten Auge wegnehmen."

Man kam zu dem Schluß, daß Michaels Sehvermögen ausgezeichnet war; zum Glück wurde sein Intelligenzquotient nicht getestet.

Tatsächlich sind Vierjährige ungefähr die einzigen Kinder, bei denen sich ein Arzt darauf verlassen kann, daß sie sich während eines Sehtests kooperativ verhalten. Vor diesem Alter sind die Kinder zu jung, und danach neigen sie dazu, Unfug zu treiben oder ganz einfach zu lügen, wenn schon nicht in der Praxis des Arztes, so doch zumindest beim jährlichen Sehtest in der Schule.

Augenuntersuchungen werden in fast jeder Schule durchgeführt, manchmal von der Schulschwester, doch öfter von Eltern, die sich freiwillig für diese Aufgabe melden. Die Schwierigkeit mit Eltern, die eine solche Untersuchung durchführen, ist: Eltern (wer würde seinen eigenen Kindern nicht glauben, wenn sie ein A als ein A bezeichnen) haben vollkommenes Vertrauen in die Aufrichtigkeit aller anderen Kinder. Sie glauben sogar dem Kind, das sagt: „Ich kann nichts erkennen, nicht einmal das A-I-O-U-P in der obersten Reihe."

Nun, ich habe nichts gegen Augenuntersuchungen in der Schule, besonders da sie kostenlos sind, und ganz besonders, da ich noch nie freiwillig als Untersucherin tätig gewesen bin. Wogegen ich etwas habe, das sind die Mitteilungen, die mir ins Haus geschickt werden und anordnen, daß ich mit meinem Kind unverzüglich einen Augenarzt aufsuchen soll, und die andeuten, daß ich eine nachlässige Mutter bin, weil ich mein Kind nicht zu regelmäßigen Augenuntersuchungen gebracht habe.

Ich denke über „regelmäßige" Augenuntersuchungen genauso wie über „regelmäßige" Zahnkontrollen. Wenn die Augenärzte und Zahnärzte nicht so viel Zeit damit verbrächten, gesunde Augen und Zähne zu untersuchen, wären sie in der Lage, mich einzuschieben, wenn ich endlich das Stadium erreiche, in dem ich wirklich nicht einmal mehr das Telefonbuch lesen kann oder ein Loch im Zahn habe, das höllisch weh tut. Nichts frustriert mich mehr, als einen praktischen Arzt oder Dentisten anzurufen, bei dem ich den Termin seit drei Monaten immer wieder verschoben habe, und mir von ihm sagen lassen zu müssen, daß er mich nun weitere drei Monate lang nicht empfangen kann. Wissen Sie, warum er mich nicht empfangen kann? Weil er irgendein Kind untersucht, das seine Mutter beschwatzt hat, ihm für die Zeit des Algebra-Unterrichts einen Termin für eine Untersuchung zu verschaffen.

Die Mitteilungen der Amateur-Augenuntersucher pflegten mich stets in unnötige Aufregung zu versetzen. Ich glaubte wirklich an dieses Märchen, daß mein Kind nicht imstande sei, die Sehtabelle zu lesen oder die Schultafel zu sehen, und dann rief ich regelmäßig sofort den Arzt wegen eines Termins an, hartnäckig darauf beharrend, daß mein Kind unmöglich drei Monate warten könne.

„Wenn es ein Notfall ist, wird Sie der Herr Doktor natürlich empfangen", sagte die Empfangsdame dann, und ich bugsierte mein Kind zum Augenarzt und zahlte fünfunddreißig Dollar, um festzustellen, daß das Kind eine unstillbare Sehnsucht nach einer Oleg-Cassini-Brille hat.

„Oh, das kann ich nicht glauben", sagte ich dann zu dem Arzt. „Kein Mädchen, das seine fünf Sinne beisammen hat, würde sich Brillen wünschen!"

Der gute Doktor enthielt sich freundlicherweise jeglicher Bemerkung zu dieser Behauptung.

Warum machen Kinder eine Phase durch, in der sie Brillen tragen wollen, oder schlimmer noch, Zahnklammern? Möchten sie anders aussehen? Oder wollen sie sich selbst beweisen, daß ihre Eltern bereit sind, neunzig Minuten in der Praxis eines Arztes und neunzig Dollar für eine Brille zu verschwenden? (Ich sage gar nichts von den Kosten der Zahnorthopädie; ich bin nicht sicher, ob irgend jemand ein Kind so sehr liebt!) Oder kommt es vielleicht daher (und zu dem Schluß gelangte ich endlich), daß das beliebteste Kind in der fünften Klasse eine Brille trägt (oder Klammern) und es irgendwie geschafft hat, den Rest der Kinder davon zu überzeugen, daß „man jetzt so geht"!

Obwohl ich — was ich mir schon vor langem angewöhnt habe — meinen Kindern, die eine Brille tragen möchten, sage: „Wenn du die Tafel nicht sehen kannst, dann bitte darum, daß du in der ersten Reihe sitzen darfst!“, und sogar einen Augenarzt gefunden habe, der elf eigene Kinder hat und einen Lügner schon bei der zweiten Zeile der Sehtabelle festnageln kann, stand ich dann doch mit sechs bebrillten Kindern da, und nur Eltern eines Kindes, das eine Brille trägt, können verstehen, was das bedeutet.

Das erste Problem stellt sich, wenn Sie und Ihr Kind zum Optiker gehen, um passende Fassungen auszusuchen. Wenn Sie einen Jungen haben, sind Sie glücklich; Jungen scheren sich keinen Pfifferling um den Stil; sie wollen es nur rasch hinter sich bringen, weil sie um fünf Uhr Football spielen müssen. Doch wenn Sie ein Mädchen haben, wird es ernst. Die junge Dame wird wenigstens eine Stunde damit verbringen, alle verfügbaren Brillenfassungen anzuprobieren, nur um zu dem Schluß zu kommen, daß sie alle „gräßlich“ sind. Nur wenn Sie drohen, ihr eine solide, mit Garantie versehene, vernünftige Brille zu kaufen, wird sie sich schließlich für die originelle Einzelanfertigung entscheiden, die zweimal so viel kostet; aber Sie stimmen zu, denn wenn Sie noch zehn Minuten in diesem Laden bleiben, wird der Optiker das Kind wahrscheinlich umbringen, außer natürlich, Sie kommen ihm zuvor.

Sie bekommt die Brille, und nun ergibt sich das nächste Problem. Sie trägt die Brille in der Schule, und dann kommt sie in Tränen aufgelöst heim, weil irgendein Junge sie „Vierauge“ genannt hat, und weil dieses beliebte Mädchen, das „schon seit der ersten Klasse die süßeste Brille trägt, von niemandem jemals ‚Vierauge‘ genannt wurde!“, ihr gesagt hat: „Diese Fassung sieht blöd aus; weißt du nicht, daß die schon seit einer Ewigkeit aus der Mode ist?“ Also wird sich Ihre Tochter nun ein Jahr lang weigern, ihre Brille zu tragen, oder sich unaufhörlich bemühen, sie loszuwerden, indem sie sie in der Schule liegenläßt, am Swimming-pool oder mitten in der Zufahrt, direkt hinter dem Hinterreifen Ihres Wagens.

Während Mädchen großartig im Verlieren ihrer Brille sind, haben Jungen mehr Talent, sie zu zerbrechen. Ich schwöre, manche Brillen sind dazu gemacht, daß man sie zerbricht, obwohl sie — im Gegensatz zu dem, was Eltern manchmal glauben —, nicht aus geölten Schrauben, lockeren Gläsern oder Bügeln bestehen, die bei der Berührung mit einem Haar brechen. Warum die Schrauben und Gläser so leicht herausfallen, oder warum die Bügel so schnell brechen, ist mir schleierhaft, aber sie tun es... innerhalb von Stunden nach Ablauf der Garantie. Darüber hinaus bin ich jetzt überzeugt, daß der Kauf von Brillenfassungen etwas Ähnliches ist wie der Erwerb einer Originalskulptur; wenn das Ding einmal verkauft ist, wird die Vorlage zerstört. Und wenn Ihr Kind ein Scharnier oder ein Rahmenstück oder einen Bügel zerbricht, muß wahrscheinlich die ganze Fassung erneuert werden, da dieses Modell nicht mehr vorrätig ist, und Sie werden vielleicht auch neue Gläser kaufen müssen, weil von Tausenden Fassungen im Lager keine die gleiche Form hat wie Ihre Gläser.

Ich weiß nicht, warum meine Kinder so unsanft mit Brillen umgehen. Ich schwöre, meine Kinder können eine Brille nur dadurch zerbrechen, daß sie durchsehen. Im folgenden einige der Entschuldigungen, die ich im Lauf der Jahre diesbezüglich gehört habe:

„Ich hab sie auf dem Sofa liegenlassen, und jemand hat sich draufgesetzt."

„Ich hab sie unter mein Kopfkissen gelegt, damit ich sie am Morgen gleich finde."

„Ich bin gelaufen, und sie sind mir einfach 'runtergefallen."

„Du hast mir gesagt, ich soll sie nicht im Wasser tragen, also hab ich sie an den Rand des Pools gelegt, und irgend jemand ist draufgetreten."

„Ich hab den Müll ausgeleert, und sie sind in den Müllschlucker gefallen."

„Ich hab Patrick gebeten, sie für mich auf die Veranda zu legen, aber er hat sie auf den Boden gelegt und ich hab drübergemäht."

„Ich hab mit dem Hund gerauft, und er hat sie zerbissen."

„Ich weiß nicht; ich hab sie nur 'runtergenommen, und sie sind auseinandergefallen."

„Ich wollte meinem Mädel einen Gutenachtkuß geben, und ihre Brillen sind mit meinen zusammengestoßen, und sie sind beide zerbrochen."

Sie verstehen nun, warum ich schließlich einwilligte, Kontaktlinsen zu kaufen, doch es war ein Fehler, denn Kontaktlinsen sind zwar attraktiver und brechen weniger leicht, aber sie sind zu winzig, um ständig im Auge behalten zu werden; also verliert das eine oder andere meiner Kontaktlinsen tragenden Kinder ständig eine Linse, und da meine Lieben nicht genug sehen, um sie zu suchen, bin ich diejenige, die durchs Schlafzimmer, durchs Badezimmer oder durch den Hinterhof kriechen und nach einer abgängigen Linse suchen muß.

Und genau das tat ich heute Morgen wieder. Mary machte sich gerade fertig, um zur Arbeit zu gehen, als sie von ihrem Schlafzimmer her jammerte:

„Mutter! Ich habe meine Kontaktlinse fallen lassen, und ich bin spät dran! Könntest du kommen und mir suchen helfen?"

Na klar, sie hatte sie auf den Hochflor-Teppich fallenlassen, was bedeutete, daß wir beide auf Händen und Knien danach suchen mußten. Ich betete darum, daß wir sie fanden, denn ich schuldete dem Optiker bereits ein Vermögen für Dans Kontaktlinsen, Annies neue Brille, und für die Brille, die Mike zerbrach, als er dieses Mädchen küßte.

Glücklicherweise fanden wir Marys Linse; doch unglücklicherweise mußte ich trotzdem ein neues Glas bestellen. Nicht ihres, meines. Während ich durchs Schlafzimmer kroch, fielen meine Bifokalgläser herunter, und ich kniete mich darauf.

Da meine hierauf folgenden Bemerkungen an den Allmächtigen gerichtet waren, hoffe ich, daß er sie als Gebete betrachten wird.

7
Schöne Literatur

„Mütter, die bewegte Briefe an die Großeltern ihrer Kinder schreiben, verdienen den Pulitzer-Preis für Dichtung."

Die Kolumnistin Letitia Baldrige schrieb kürzlich ein Requiem auf die Kunst des Briefeschreibens. Es ist sehr schade, führte sie aus, daß wir Modernen uns nicht die Zeit nehmen, in Briefen über Familienereignisse zu berichten oder persönliche Gefühle auszudrücken. Sie behauptet, daß künftige Generationen nicht nur der Familiengeschichte beraubt würden, sondern auch dieser herrlichen Bände veröffentlichter Briefe, die sowohl unterhaltsam als auch informativ seien. Ich mußte an die alte Geschichte von dem Huhn und dem Ei denken.

Wird es keine Bücher mit veröffentlichten Briefen geben, weil wir Modernen keine Briefe schreiben wollen, oder wollen wir Modernen keine Briefe schreiben, weil wir fürchten, sie könnten veröffentlicht werden?

Neulich erhielt ich einen Brief von einer Freundin aus Chicago, einer Mutter von acht Kindern, die mir im Lauf der Jahre häufig geschrieben hat, wobei sie sich – wie Mütter es eben tun – sowohl über ihre Unvollkommenheit als Ehefrau, Mutter und Haushaltsvorstand beklagte, wie auch über ihre Unzulänglichkeit als Präsidentin des Elternvereins oder als Pfadfindermutter. Vor kurzem (um sich von ihren Teenagern abzulenken, glaube ich) engagierte sie sich in der Politik und wurde zu ihrer Überraschung für eine sehr einflußreiche Position vorgeschlagen. Sie schrieb mir:

„Wenn du zufällig meine Briefe aufbewahrt hast, verbrenne sie bitte. Diese Leute denken, ich bin superintelligent und intellektuell, um Himmels willen; wir können nicht zulassen, daß sie die Wahrheit erfahren!"

Leider habe ich ihre Briefe nicht aufbewahrt. Ich wünschte, ich hätte es getan; ich könnte einen Haufen Geld verdienen, wenn ich sie an irgendein Revolverblatt verkaufte.

Während ich selbst keine Aussicht auf ein einflußreiches Amt habe und zweifellos meinen Platz in der Geschichte — wo immer der sein mag — leer lassen werden ertappe ich mich dabei, wie ich gedankenvoll bei der Sammlung von Schöner Literatur verweile, die aus meiner vergangenen Korrespondenz entstanden ist:

Liebe Ehrwürdige Mutter,
danke, daß Sie mich mit dem Buchstabierpreis der dritten Klasse ausgezeichnet haben. Ich bin sehr danckbar, und ich werde ihn immer in Eren halten. Wenn ich gros bin, werde ich eine Nonne wie Sie.

Liebe Miss Schwein,
Mama sagt, ich muß Ihnen schreiben und mich für meine Darbietung im Sprachunterricht entschuldigen. Ich weiß nicht, warum. Ich dachte, es wäre komisch. Wenn es nicht komisch war, wieso haben dann alle Kinder gelacht?

Liebes Tagebuch,
heute ist mein fünfzehnter Geburtstag. Wie langweilig! Ich habe nur fünfzehn Geschenke von meinen Eltern be-

kommen. Wenn ich sechzehn bin, gehe ich nach Hollywood und werde ein Filmstar.

Lieber Miss-Glamour-Kosmetikclub,
bitte nehmen Sie mich in Ihren Club auf. Ich bestelle Ihren Rita Hayworth-Lippenstift, Ihr Lana Turner-Do-it-Yourself-Haarfärbeset und Ihren Jane Russel-Büstenhalter. Bitte schicken Sie alles in einem einfachen braunen Umschlag.

Lieber Miss-Glamour-Kosmetikclub,
bitte streichen Sie mich aus Ihrer Mitgliederliste. Ich dachte, ich hätte Ihnen geschrieben, daß Sie alles in einem einfachen braunen Umschlag schicken sollten?

Liebes Tagebuch,
Billy B. hat mich zum Picknick eingeladen und ich gab ihm eine Abfuhr, weil er so ein Waschlappen ist. Dann hat mich dieser traumhaft Russ D. eingeladen, und Mama wollte mich nicht gehen lassen, weil ich Billy B. eine Abfuhr gegeben hatte! Ich bin so böse geworden, daß ich gedroht habe, den Rest des Jahres in meinem Zimmer zu bleiben. Mama sagte: „Fein!" und Daddy sagte: „Nichts als Versprechungen!" Alle Eltern sind Waschlappen! Wenn ich einmal soweit bin, werde ich perfekt sein!

Liebes Tagebuch,
der Abschlußball war ein Traum! Ich bin natürlich mit Roger gegangen, mit wem sonst? Wir sind wahnsinnig verliebt, und ich werde wütend auf meine Eltern, wenn sie es „jugendliche Schwärmerei" nennen. Was wissen die schon von Liebe? Es wird nie jemand anderen für mich geben als Roger!

Liebe Harvard-Universität,

mein Aufnahmegesuch wurde mit einem Schreiben retourniert, in dem Sie mir mitteilen, daß Sie keine Mädchen aufnehmen. Darf ich fragen, warum nicht? Ich finde es unverständlich, daß Sie eine Studentin mit der Note A ablehnen, nur weil sie weiblich ist, und dann einen Idioten wie Roger Q. zulassen. (Und wenn jemand wirklich Bescheid darüber weiß, was für ein Idiot er ist, dann bin ich es!) Warte nur, Harvard; du bekommst dein Teil!

Meine Lieben,

das College ist okay. Die Mädchen sind okay. Die Lehrer sind okay. Ich bin okay. Die Mahlzeiten sind nicht okay. Bitte schickt mir Geld, damit ich essen kann!

Meine Lieben!

wißt Ihr, was passiert ist, liebste Familie? Ich habe mich verliebt! Ich weiß, Ihr werdet sagen, mit achtzehn ist man zu jung, um verliebt zu sein, aber ich bin's! Er heißt Jack, und er ist super! Ich kann es nicht erwarten, ihn Euch vorzustellen!

P. S. Bitte schickt noch etwas Geld.

Meine Lieben,

im ersten Jahr hat man so viel zu tun, daß ich dachte, ich würde nicht einmal Zeit zum Ausgehen haben, aber meine Zimmerkollegin hat mich überredet, zur Creighton-Party zu gehen, und wißt Ihr was? Ich lernte den traumhaftesten Medizinstudenten kennen, und gleich als wir uns in die Augen sahen, wußten wir, daß wir ineinander verliebt waren! Ich meine, das ist es! Das Wahre! Er heißt Jim, und Ihr werdet ihn einfach wunderbar finden.

P. S. Jack? Jack Wer?

Meine Lieben,

es ist das Allerletzte. Ich hasse das College. Ich glaube, ich werde es verlassen und mir eine Stellung suchen. Ich hasse die Schule. Ich hasse das Leben. Ich fühle mich schrecklich, und ich werde wahrscheinlich sterben, aber ich gehe zu keinem Arzt. Ich hasse Ärzte. Besonders, wenn sie noch studieren. Männer! Muß ich das College beenden?

Meine Lieben,

Ihr werdet es nicht glauben, aber ich werde planmäßig Diplom machen. Ich habe eine Stellung in Aussicht und plane, ein Apartment mit Phyllis und Mary Lou zu teilen. Es gibt nur ein Problem. Die Arbeit beginnt erst im Juli, und die Miete beginnt morgen. Könnt Ihr mir hundert Dollar leihen?

Meine Lieben,

auf die Gefahr hin, daß Ihr alle in hysterisches Lachen ausbrecht: Ich habe eine Erklärung abzugeben. Ich bin verliebt. Ich weiß, ich weiß; aber diesmal ist es anders. Ja, wir sprechen davon, zu heiraten. (Nein, Daddy, er hat sie nicht gesagt, die Zauberworte: „Willst du mich heiraten?" Niemand sagt heute noch so kitschige Sachen.) Wir wollen eine einfache kleine Trauung in der Kirche, vielleicht ein festliches Dinner am Abend vorher und ein Sektfrühstück nach der Zeremonie, damit wir für den Nachmittagsempfang in Laune kommen. Ich denke, wir sollten die Gästeliste auf sechshundert beschränken, nicht wahr? Natürlich helfe ich Euch bei den Kosten… sobald ich meinen Mietrückstand bezahlt, meine Schulden im Modebasar abgestottert habe und mit dem Kreditbüro ins reine gekommen bin; ich weiß wirklich nicht, wie sich diese Telefonrechnungen so anhäufen konnten!

Meine Lieben,

ich danke Euch nochmals für diese wundervolle Hochzeit! Die Flitterwochen waren super, und wir beziehen endlich unser Apartment. Lee hat das zweite Schlafzimmer in ein Arbeitszimmer umgewandelt; es wird ideal für ihn sein zum Lesen, seine Vorlesungen vorzubereiten und Prüfungsarbeiten zu korrigieren. Kommt uns doch besuchen!

Meine Lieben,

so viel zum Arbeitszimmer. In welcher Farbe malt man ein Zimmer aus, wenn man weder Rosa noch Blau ausstehen kann?

Meine Lieben,

wir ziehen in ein Haus; der Vermieter des Apartments sagt, zwei Babies sind zuviel. Bitte sagt Madeleine, sie soll meine Umstandskleider zurückschicken. Ihr habt gefragt, was ich zu Weihnachten will. Ich will das gleiche, was ihr uns letzte Weihnachten und die Weihnachten davor geschenkt habt: ein Kinderbett.

Meine Lieben,

danke, daß Ihr Lee, John, Mike und Jim erlaubt habt, das Wochenende bei Euch zu verbringen. Ich weiß, sie neigen dazu, ein bißchen ungebärdig zu sein, aber Ihr hättet ihnen nie sagen sollen, daß sie nicht durch die Dachbodenluke aufs Dach klettern dürfen. Tut mir leid wegen des Schornsteins. Bitte richtet dem Feuerwehrmann meinen Dank aus. Und würdet Ihr auch Betsy ersuchen, sofort meine Umstandskleider zu schicken, wenn sie sie nicht mehr braucht?

Meine Lieben,

endlich eine Tochter! Und was für ein Schatz sie ist! Warum habt Ihr mir nie etwas über kleine Mädchen erzählt?

Meine Lieben,

warum habt Ihr mir nie etwas über kleine Mädchen erzählt? Gott, und ich dachte, die Jungen wären schlimm! Der Klempner sagt, er kann die Rohrleitung bis Dienstag reparieren, und dann wird der Stukkateur die Decke reparieren, damit der Elektriker den Lüster wieder aufhängen kann. Die Versicherungsgesellschaft bezahlt alles außer den Möbeln. Sie behaupten, daß jemand mit drei Kindern in Windeln nie beweisen kann, daß diese Wasserflecken von einem Rohrbruch stammen.

P. S. Bitte sagt Janet, sie soll die Umstandskleider zurückschicken.

Sehr geehrte Frau Lehrerin,

in dem Versuch, unsere ständige Korrespondenz zu vereinfachen, habe ich das folgende Formular vorbereitet:

Bitte entschuldigen Sie .... (bitte nach einem oder mehreren Punkten des folgenden ankreuzen:)

Das Fehlen auf Grund von Krankheit ....
Das Fehlen auf Grund von Schulschwänzen ....
Das Zuspätkommen ....
Die verspätete Ablieferung einer Hausarbeit ....
Das Frechsein im Unterricht ....
Nicht nur das Frechsein, sondern
auch die absolute Unerträglichkeit ....
Das ....

Verehrte Schwester Marion,

ich entschuldige mich für das Benehmen meines Sohnes letzte Woche beim Basketballspiel zwischen unserer Schule und Ihrer. Ich gestehe, es war ungehörig, daß meine Kinder diesen dröhnenden Gesang – „Ziehen wir der Heiligen Johanna die Hosen aus!" – anstimmten. Aber haben Sie darüber nachgedacht, wie es sich anhörte, als Ihre Schüler brüllten: „Wir hauen Christkönig in die Pfanne!"?

Lieber Trainer,

mein Sohn sagt mir, daß er seit vierzehn Spielen in Ihrem Team ist und bis jetzt noch nicht eingesetzt wurde. Ich habe nicht fünfundzwanzig Dollar für einen Baseballhandschuh bezahlt, damit mein Junge die Ersatzbank drückt. Wenn er im nächsten Match nicht spielt, müßte ich vielleicht meine Rolle als Anführerin der Fangruppe bei den Spielen der Junior High Scholl wieder aufnehmen. Sie erinnern sich vielleicht an das Tohuwabohu, als ich als „Fan" bei Ihren Spielen anfeuernd tätig war. Brauche ich noch mehr zu sagen?

Lieber Trainer,

mein Sohn sagt mir, daß Sie ihn für den Beginn des Freitagabend-Footballspiels gegen die Schüler von den Heiligen Engeln aufgestellt haben. Sind Sie wahnsinnig? Mein Junge ist erst in der zweiten Klasse! Diese Oberschüler werden ihn abschlachten. (Sie werden nicht grundlos Erzengel genannt!)

Liebe Polizei,

was soll das heißen: es liegt ein Haftbefehl gegen mich vor, weil ich ein Strafmandat nicht bezahlt habe? Was für ein Strafmandat? Ich habe den Tatort des angeblichen

Parkvergehens überprüft, und in diesem Block gibt es nichts außer Gloria's Go-Go-Club. Wie kann ich ein Mandat für Parken in zweiter Spur vor Glorias' bekommen haben, wenn ich noch nie von Gloria gehört habe, geschweige denn ihren Go-Go-Club besucht habe? Außerdem stammt das Mandat vom Mai 1982. Ich bin seit 1977 nicht mehr mit meinem Auto gefahren. Bitte setzen Sie das Mandat außer Kraft.

Liebe Polizei,
hier ist Ihr verdammtes Geld, und ich finde, das ist das dümmste Gesetz, von dem ich je gehört habe. Wenn ich gewußt hätte, daß man mich für die Verkehrssünden meiner Kinder verantwortlich machen würde, hätte ich mein Auto schon längst verschenkt... oder vielleicht sogar meine Kinder. Schämen Sie sich, daß Sie einer Mutter solche Gedanken einflößen!

Liebe Harvard-Universität,
das Aufnahmegesuches meines Sohnes wurde von Ihnen mit der brieflichen Feststellung retourniert, daß Sie ihn nicht aufnehmen können, weil Sie Ihre Quote von männlichen A-Studenten bereits erfüllt haben und jetzt nur noch rothaarige weibliche aufnehmen, die lispeln. Ich kann es nicht glauben. Warte nur, Harvard; du bekommst dein Teil!

Liebe Miss Curtis,
meine Tochter sagt mir, daß sie fünfundachtzig Dollar für ihr Kostüm als Marie-Antoinette in der bevorstehenden Schulaufführung brauchen wird. Könnte sie nicht eine Bäuerin spielen?

Liebes Haus des Zahnes,

beiliegend finden Sie 50 Dollar; bitte verwenden Sie 10 Dollar für Tims Backenzahn-Reparatur, 15 Dollar für Patricks Jacket-Krone, 10 Dollar für Peggys einfache Krone, 12,50 Dollar für Dans Plombe und den Rest für unser laufendes Konto. Bitte sagen Sie dem Doktor, ich finde seinen neuen Cadillac hinreißend. Das muß ich auch; ich habe dafür bezahlt.

Liebe Harvard-Universität,

angesichts der Länge Ihrer Warteliste reicht meine Tochter Annie ihre Bewerbung für die Aunahme in vier Jahren (vom heutigen Tag an) ein. Machen Sie sich nicht die Mühe, nach Ausreden zu suchen. Was immer Sie vorbringen mögen: Annie stellt eine Minorität dar.

P. S. Ich sagte Ihnen schon, daß Sie Ihr Teil bekommen würden!

Meine Lieben,

wie geht es allen in Eurem Haus? In dem unseren herrscht das übliche Chaos. Zwei Krisen in dieser Woche: Mary hat angekündigt, daß sie von zu Hause ausziehen und sich eine eigene Wohnung suchen wird, und John droht damit, sein Apartment aufzugeben und wieder nach Hause zu kommen. Bei Mike ändert sich nie etwas, außer natürlich sein Hauptfach. Diesmal ist es Philosophie. Natürlich bedeutet das, daß sein Abschluß wieder verschoben werden muß. Jim will seine Stellung verlassen und wieder aufs College gehen; Dan will das College verlassen und eine Stellung annehmen; Peg findet es wunderbar, in der High School zu sein; sie ist Mitglied des Studentenrates, des Z-Clubs, des Gesangsvereins, des Pep-Clubs, des Theaterclubs und des Internationalen Clubs. Sie sagt, sie besucht den Unterricht, aber sie kann sich nicht genau erinnern, welche Fächer es sind. Ann hat letzte Woche vier Zeilen in der Schulzeitung geschrieben; die Ehrenbeleidigungsklagen stehen noch aus. Tim und Patrick gerieten gestern nach dem Abendessen in Streit, und Tim schleuderte Patrick durch das Panoramafenster. Es wird zweihundertsechsundachtzig Doller kosten, das Fenster zu reparieren; Pat kann sich selbst kurieren. Lee und Karen haben angerufen und gefragt, ob ich zum Wochenende bei Joshua babysitten könnte, und nachdem ich zugestimmt hatte, kam ich auf den Gedanken zu fragen, ober er noch immer Kolik habe. Sie sagten, ja. Ist es nur diese neue Generation, oder haben Babies immer so laut geschrien? Manchmal denke ich, ich bin zu alt, um Großmutter zu sein.

Liebe Ehrwürdige Mutter,
wissen Sie noch, wie Sie mich vor Jahren einluden, in Ihren Orden einzutreten? Ist es jetzt zu spät?

8

Die Karrierefrau

„Wenn einmal alle Frauen befreit sind, wer wird dann die Schränke saubermachen?"

Wenn mir vor zwölf Jahren jemand gesagt hätte, daß ich eines Tages gemeinsam mit Schauspieler-Autor David Niven auf einem Podium stehen würde, während wir beide uns von New Yorker Verlegern aufs köstlichste bewirten ließen und Vortragsreisen planten, um für unsere neuesten Bücher zu werben, hätte ich mein Baby auf die Hüfte gehievt, zwei oder drei Kleinkinder aus dem Geschirrschrank gezerrt, ein paar Teenager aus meinem Kühlschrank befördert und geantwortet:

„Ich weiß nicht, was Sie da gerade geraucht haben, aber ich könnte wohl einen Zug davon brauchen."

Denn es ist erst zwölf Jahre her, daß ich mein zehntes Baby bekam, und das letzte, woran ich dachte, war eine Karriere als Schriftstellerin oder sonst etwas. Trotz des Umstandes, daß die Frauenbewegung tüchtig auf dem Vormarsch war und Hausfrauen und sogar Mütter gedrängt wurden, eine Karriere außerhalb des Hauses zu suchen, dachte niemand, nicht einmal die engagierteste Feministin, dabei an Mütter von zehn Kindern. Ich weiß nicht, ob sie uns als etwas Besonderes betrachteten, oder einfach als hoffnungslos, aber dennoch war ich nie dem Druck ausgesetzt, in die Welt hinausgehen zu müssen und „etwas zu tun, das der Mühe wert ist".

Während also viele Mütter in den frühen siebziger Jahren die Tage zählten, bis sie im Scheinwerferlicht der Öffentlichkeit stehen konnten, war ich zufrieden, vom Kinderzimmer in die Klinik zu gehen, und dazwischen lagen nichts als Kindergartenfeste, Elternsprechtage, Diplomprüfungen und Enkelkinder. Ich hatte absolut kein Verlangen nach irgendeiner anderen Karriere als der der Mutterschaft, ausgenommen vielleicht die der Großmutterschaft; ich fühlte mich gewiß nie dazu gedrängt, einen Lohnstreifen nach Hause zu bringen.

Aber ach, wie sollte ich wissen, daß nur zehn Jahre später Brot einen Dollar pro Laib kosten würde, oder ein Paar Blue Jeans dreißig Dollar, oder daß das Schulgeld fürs College in geradezu lächerliche Höhen steigen und Collegestudenten eine Ewigkeit bis zur Abschlußprüfung brauchen würden?

Jedenfalls schlug irgendwann mitten in meinem satten Selbstbehagen die Inflation zu, und ich zog schließlich meine Schreibmaschine hervor und machte einen Anlauf, das Familieneinkommen aufzubessern.

Ich lüge.

Als ich diese Schreibmaschine hervorholte, hoffte ich, ein bißchen Geld zu verdienen, aber ich hatte nicht die Absicht, es für Brot oder Blue Jeans oder gar College-Schulgeld zu verschwenden. Mein Mann konnte sich um diese überflüssigen Kleinigkeiten kümmern; es war ein notwendiges Erfordernis, das ich im Sinn hatte — nämlich eine Putzfrau.

Die Autorin Jean Kerr hat zugegeben, daß sie zu schreiben begann, weil sie morgens gerne lange schlief und die Gesellschaft es ihr verübelte, daß sie ihre vier Kleinkinder bis Mittag ungefüttert ließ. Also schrieb Jean Bücher, um Geld zu verdienen und einen Babysitter engagieren zu können, der ihrer Brut das Frühstück gab und sie beschäftigt hielt, damit sie nicht mit Buntstift die Eßzimmerwände vollschmierten, während ihre Mutter schlief.

Aber ich bin ein Morgenmensch. Es macht mir nichts aus, mit den Vögeln aufzustehen, und ich koche viel lieber Frühstück als Abendessen. (Die Speisenzusammenstellung ist einfacher.) Was die Wandkritzeleien betrifft, habe ich meine Gäste schon längst davon überzeugt, daß dies der letzte Schrei bei Eßzimmertapeten ist. („Hat uns ein Vermögen gekostet, meine Liebe! Der Tapezierer ist unbezahlbar!" Und das ist er tatsächlich; ich werde nie damit fertigwerden, die Rechnungen zu bezahlen, die dieses Kind auf dem Gewissen hat.) Nein, mein Sorgenkind ist nicht das Frühstück; es ist die Hausarbeit. Ich hasse es, Böden zu schrubben, Badezimmer zu scheuern, oder Ruß aus meinem Backofen zu kratzen. Am meisten hasse ich es, Schränke sauberzumachen.

Sind alle Schränke so eigenartig wie unsere? In unseren Schränken vermehren sich Dinge. Ich kann Kappe, Jacke und Schal in einen Schrank legen, die Tür schließen, und drei Tage später öffne ich ihn und finde Kappe, Jacke, Schal, zwei linke Fäustlinge und eine nicht identifizierbare Galosche. Am Ende der Woche hat sich diese Gesellschaft um zwei Paar Rollschuhe, eine Bowling-Kugel, drei zerfetzte Tennisschuhe und einen kaputten Schirm vergrößert. Sie können sich also vorstellen, was nächstes Frühjahr in diesem Schrank los sein wird.

Ich wußte schon zu Anfang unserer Ehe, daß ich niemals einen Schrank richtig aufräumen konnte. Bevor wir noch sechs Monate verheiratet waren, erwiesen sich die beiden winzigen Schränke in unserem Flitterwochen-Apartment als hoffnungslos vollgestopft. Da wir weder einen Dachboden noch einen Keller hatten, in dem wir unseren Überschuß aufbewahren konnten, herrschte in unseren Schränken ein wildes Durcheinander von Hochzeitsgeschenken, Sportausrüstungen und unmodernen Kleidern, von denen die meisten zu meiner Aussteuer gehörten und in den nächsten zwölf Jahren *immer* aus der Mode waren. Aus *jeder* Mode. Diese Schränke aufzuräumen bedeutete daher, alles aus dem Schrank herauszuzerren, mit dem Staubwedel über die Fächer zu wischen und dann verzweifelt zu versuchen, alles wieder in den Schrank zu pferchen – ein Bravourstück, das ich selten richtig zustande brachte.

Um alles noch zu komplizieren, hatte mein Mann eine fixe Idee, was Schrankböden betraf; er fand, sie sollten leer sein, bis auf säuberlich in ein Gestell geschlichtete Schuhe. Also mußten alle Kisten und Kartons mit Geschenken und Kleidern von den Regalbrettern heruntergeholt und dann wieder hinaufgelegt werden, was ich gehorsam tat, bis ich entdeckte, daß ich schwanger war, und jedermann weiß natürlich, daß eine werdende Mutter nichts herunterholen oder hinaufstemmen sollte, und wenn das jemand nicht weiß, dann soll er es sich merken, oder er soll den Mund halten.

Also gelang es mir in den nächsten zwölf Jahren, das Aufräumen von Schränken zu vermeiden, ebenso wie das Verrichten jeglicher anderer schwerer Hausarbeit, während mein geliebter Gatte knauserte und sparte, damit wir uns eine Hilfe leisten konnten. Durch alle meine schwangeren Jahre hindurch hatte ich eine Putzfrau, die nicht nur das Chaos von meinen Schränken fernhielt, sondern auch die Herde reinigte, Schimmel aus dem Kühlschrank entfernte und meine Kinder davon abhielt, einander umzubringen. Es war himmlisch.

Und es ging auch vorüber.

Etwa zu dem Zeitpunkt, als meine „Schwangeren-Ära“ endete, trat die Frauenbewegung auf den Plan, und

Putzfrauen im ganzen Land verbrannten ihre Staubwedel, besuchten Programmierer-Lehrgänge, Kurse über Investment-Beratung, oder sogar Jurisprudenzvorlesungen, und bereiteten sich darauf vor, die Herrschaft im Land an sich zu reißen. (Was, einmal verwirklicht, sicher ein Fortschritt sein wird — wenn man bedenkt, wie systematisch und tüchtig diese Putzfrauen waren.)

Doch die Befreiung der Putzfrauen versetzte mich in eine mißliche Lage. Nicht nur, daß ich nun niemanden mehr hatte, der meine Schränke säuberte, ich hatte auch keine Entschuldigung mehr dafür, daß ich sie nicht selbst aufräumte. Ich war tadellos in Schuß und noch nicht vierzig, gesund wie ein Pferd, und ich fand nicht ums Verrecken einen einzigen guten Grund, warum ich nicht selbst die Badewanne scheuern, hinter dem Kühlschrank schrubben oder meine Schränke aufräumen sollte.

Also tat ich das einzige, was jede intelligente Mutter tun würde: ich schaffte mir eine Ausrede.

Obwohl mein Baby noch in den Windeln war (wir wollen uns nichts vormachen; mein Zweijähriger war noch in den Windeln, und mein Dreijähriger befand sich in einem höchst prekären Zwischenstadium), holte ich die tragbare Schreibmaschine hervor, auf der sich seit der Collegezeit der Staub abgelagert hatte, kaufte einen Packen Schreibpapier, ein Rechtschreib- und ein Synonymwörterbuch, und verkündete meiner Familie:

„Ich kann unmöglich diese Schränke saubermachen; ich bin zu beschäftigt mit Schreiben!“ Und tief in mir war da natürlich der Gedanke, daß ich die Unmengen Geld verdienen könnte, die erforderlich wären, um den hohen Lohn der Reinigungshilfe zu bezahlen.

Sogleich sah ich mich mit dem ersten und schlimmsten Problem konfrontiert. Ich hatte alles Nötige zum Schreiben, aber nichts, worüber ich schreiben konnte.

Ich hatte in einem plötzlichen Anfall von Selbstvertrauen und amateurhafter Begeisterung daran gedacht, eine politische Kolumne zu schreiben. Ich wollte eine Art republikanische Mary McGrory, oder vielleicht ein weiblicher Bill Buckley, oder noch besser, eine Kombination der beiden sein. Doch als ich mich hinsetzte, um einen scharfen Leitartikel über den abscheulichen Zustand der Vereinigten Staaten hinzufetzen, wurde mir klar, daß ich wenig oder gar nichts über den Zustand der Staaten wußte, ausgenommen das, was ich bei McGrory und Buckley gelesen hatten.

Ich beschloß, professionelle Hilfe in Anspruch zu nehmen. Ich wollte einem Schriftstellerverband beitreten. Doch stellte ich bei den meisten Schriftstellerverbänden fest, daß man, um für die Mitgliedschaft in Frage zu kommen, zuerst etwas publiziert haben mußte. (Und als ich dann etwas publizierte, hatte ich keine Zeit mehr, einem Schriftstellerverband anzugehören). Ich rief einen Universitätsprofessor an, von dem ich wußte, daß er viele Bücher veröffentlicht hatte, und bat ihn um Rat.

„Ich möchte Schriftstellerin werden", sagte ich. „Wie soll ich das anfangen?"

„Sie setzen sich an die Schreibmaschine und schreiben." (Was, so erfuhr ich später, der einzige Rat ist, den irgendein Autor, Herausgeber, Schriftsteller oder Verleger einem Anfänger geben kann, und es ist der beste Rat von allen.)

„Aber worüber soll ich schreiben?" jammerte ich. „Ich kann nichts, außer Mutter sein!"

„Dann schreiben Sie übers Muttersein", sagte er. Also tat ich es.

In den nächsten drei Wochen verfaßte ich einen brillanten Artikel über die Kunst der Kindererziehung. Er war voll Klugheit und Wissen und profunden Gedanken über Elternschaft. Ich schickte ihn an die *Saturday Evening Post* und ruhte mich aus, um auf meinen ersten Publitzer-Preis zu warten.

Was ich bekam, war mein erstes Ablehnungsschreiben. Schnell. Und das ist, wie ich feststellte, der einzigen Alternative vorzuziehen, die ein Amateur hat — nämlich vergessen zu werden.

Von Anfängern geschriebene Artikel gehen einen oder zwei Wege: entweder verschwinden sie in den Sphären des Nichts (was bedeutet, daß Sie vergessen haben, einen adressierten und frankierten Briefumschlag beizulegen), oder der Postbote nimmt ihn aus dem Postkasten, fährt um den Block und bringt ihn gleich zurück, zusammen mit einer Ablehnungskarte. Verleger, so schließe ich, halten es für ratsam, alle Postboten mit gedruckten Ablehnungskarten zu versehen, und ersparen so allen Beteiligten viel Zeit und Mühe.

Bald wurde ich Expertin auf dem Gebiet der Ablehnungsschreiben. Ohne den Umschlag zu öffnen, wußte ich schon, ob das nun eine nüchterne Karte mit der Unterschrift, „Der Verlag" sein würde, ein vervielfältigter Brief mit einer absichtlich unleserlich gehaltenen Unterschrift oder vielleicht ein paar nette, persönliche Zeilen, die besagten, danke, aber — nein, danke. Manchmal wurde ein Manuskript nur zurückgeschickt — ohne beigelegte Ablehnung —, woraufhin ich glaubte, daß es nie gelesen worden war, oder daß der Herausgeber vielleicht nur zu freundlich war, um einen Kommentar dazu abzugeben.

Ich klagte gerade über die Anzahl der Ablehnungsschreiben, die sich bei mir angehäuft hatten, als einer meiner Freunde, ein Buchhändler, freiberuflicher Schriftsteller und Autor, behauptete, daß er die einzigartigste Ablehnung in seinem Besitz habe, die jemals abgeschickt worden sei.

„Offenbar hat diese Zeitschrift alles angenommen", sagte er, „denn als sie meinen Artikel ablehnte, stand auf der beigelegten Karte: ‚Wir freuen uns, Ihnen mitteilen zu können, daß Ihr Artikel zur Veröffentlichung angenommen wurde', doch zwischen ‚Veröffentlichung' und ‚angenommen' war mit Bleistift das Wort ‚nicht' geschrieben."

Ich bin sicher, daß jeder Schriftsteller sich an die erste Annahme erinnert. Ich jedenfalls kann sie bestimmt nicht vergessen, obwohl ich es, weiß Gott, versucht habe. Dieser dreitausend-Wörter-Artikel über Kindererziehung war, nachdem er durch ungefähr siebenundzwanzig Zeitschriften gewandert war, endlich verkauft. Ich geriet in Ekstase!

„Ich hab's geschafft!" schrie ich, als ich den Brief las. „Schau, kein retourniertes Manuskript! Keine Ablehnungskarte? Und in dem Brief steht, sie kaufen es!"

„Wieviel?" fragte mein Mann, der bereits Unsummen für Porto, Papier und Briefumschläge in meine Karriere investiert hatte.

„Zehn Dollar", gestand ich, während ich den Brief überflog.

„Nur zehn Dollar für dreitausend Worte?"

„Es sieht so aus, als wollten sie nicht alle dreitausend Worte verwenden."

„Wie viel von dem Artikel verwenden sie?"

„Einen Absatz", antwortete ich mit einem Seufzer. „Den über die Sauberkeitserziehung. Ich habe geschrieben, daß ich nie draufgekommen bin, wie man ein Kind darauf trainiert, aufs Töpfchen zu gehen, aber daß keines von den unseren je Windeln im Kindergarten getragen har. Das hat ihnen gefallen! Wie soll ich meinen Freunden sagen, daß mein erster veröffentlichter Artikel von meiner Unerfahrenheit in der Sauberkeitserziehung handelt!"

Obwohl ich zwar nur zehn Dollar mit diesem Artikel verdiente, lernte ich doch etwas sehr Wertvolles daraus. Ich konnte dafür bezahlt bekommen, daß ich meine Unzulänglichkeiten als Mutter eingestand.

So entstand meine absurde Kolumne über Krisen, Kommentare und verrückte Possen von zehn Kindern und die Unzulänglichkeit ihrer wohlmeinenden, wenn auch leicht verblödeten Mutter.

Zu meinem Erstaunen war die Kolumne ein Erfolg; innerhalb von fünf Jahren war sie von einem lokalen Wochenblatt zu einer überregionalen Zeitung gewandert, bis sie in mehreren Zeitungen gleichzeitig erschien, und als mein zweites Buch veröffentlicht wurde, war ich der glücklichste Mensch auf der Welt, stolz auf meine Karriere und überzeugt, daß ich eines Tages reich genug sein würde, um eine Putzfrau zu engagieren.

Ich feierte gerade meinen jüngsten literarischen Erfolg mit Freunden bei einem Abendessen im Country-Club, als ich ein paar Tische weiter meine alte Freundin Moira sitzen sah.

Moira und ich waren zusammen zur Schule gegangen, hatten ungefähr zur gleichen Zeit geheiratet, und alle unsere Babies im selben Jahrzehnt bekommen, obwohl Moira nur acht hatte, das faule Stück! Ihr Mann ist ein schwer arbeitender, aber unterbezahlter Lehrer, also überraschte es mich, daß Moira und ihr Mann offenbar ein formelles Abendessen für einen der reichsten und prominentesten Geschäftsmänner der Stadt gaben. Außerdem trug Moira etwas, das ein New Yorker Modell sein mußte, und darüber hinaus noch eine Diamantenbrosche und ein dazupassendes Armband. Ich konnte es nicht glauben.

Als ich Moira später am Abend in der Damentoilette traf, erkundigte ich mich ganz zwanglos:

„Moira, was machst du denn hier! Ich wußte nicht, daß du Mitglied dieses Clubs bist."

„Oh ja", sagte sie heiter. „Wir sind vor ein paar Monaten Mitglieder geworden. Ich hielt es für den idealen Ort, meine Kunden zu interviewen."

„Du interviewst einen Kunden?" fragte ich. „Dieser Geschäftsmann ist *dein* Kunde?"

„Ich habe mich noch nicht entschlossen", sagte sie. „Er scheint in Ordnung zu sein, aber ich habe seine Referenzen noch nicht gesehen."

„Seine Referenzen?" fragte ich. „Gütiger Himmel, Moira, womit in aller Welt verdienst du dein Geld?"

„Hast du es nicht gehört?" sagte sie lachend. „Ich bin Putzfrau! Ich dachte daran, Rechtsanwältin zu werden, aber das ist besser bezahlt."

„Nur aus reiner Neugier, Moira", sagte ich, „putzt du auch Schränke?"

„Klar", antwortete sie, „aber das kostet natürlich mehr."

9

Küchengespräche

„Dieses geheimnisvolle Stück Plastik, das die letzten drei Monate in Ihrer Allerlei-Lade herumlag, kann leicht identifiziert werden, indem Sie es wegwerfen."

„Mit wem sprichst du?" fragte mich mein Mann, als er mit einer Ladung voll Geschirr in die Küche kam. „Es ist niemand hier, außer uns zweien, und ich nehme an, daß du diese rüden Worte nicht an mich gerichtet hast! Wo sind die Kinder, übrigens? Wissen sie nicht, daß es Zeit ist, das Geschirr zu spülen?"

„Natürlich wissen sie es", sagte ich. „Deshalb sind sie ja verschwunden. Es ist eines der ungeschriebenen Gesetze von Teenagern, daß alles, vom Orientierungslauf bis zu Telefongesprächen, sofort nach den Mahlzeiten angesetzt werden muß. Erinnerst du dich nicht aus deiner eigenen Jugend an dieses Gesetz? Ich schon. Ja, mein Vater hat immer gesagt, daß ich es war, die es erfunden hat." (Was absolut nicht stimmte; es war meine Schwester Madeleine, die dieses Gesetz niederschrieb.)

„Also, wenn niemand da ist, mit wem hast du dann gesprochen?" wiederholte mein Mann. „Und was für eine Sprache! Schäme dich!"

„Du hast vielleicht gehört, wie ich mit dem Kühlschrank gehadert habe", sagte ich, „oder vielleicht habe ich mit dem Geschirrspüler geredet. Wenn ich jedoch geflucht habe, so war das wahrscheinlich an den Müllschlucker gerichtet. Ich kann nicht glauben, daß meine Ausdrucksweise gar so schlimm war — du kennst mich doch, mir fällt nie ein Kraftausdruck ein, wenn ich einen brauche."

„Sprichst du oft mit deinen Geräten?" erkundigte sich mein Mann, während er mir half, das Geschirr in die Maschine zu schlichten.

„Natürlich. Alle Hausfrauen sprechen mit ihren Geräten; das hält sie in Form."

„Die Hausfrauen oder die Geräte?"

„Die Geräte! Hast du noch nie gehört, daß Menschen mit ihren Pflanzen sprechen? Na ja, wir reden auch mit unseren Maschinen; wir müssen sie darüber aufklären, wer der Boss ist."

„Ich erwähne es nicht gern", meinte er, „aber ich glaube, der Müllschlucker bringt Insubordination zum Ausdruck; er hat gerade eine grüne Bohne auf mich gespuckt."

„Schon wieder?" fragte ich angeekelt. „Das war's ja, warum ich so unfreundlich zu ihm gewesen bin. Dieser Müllschlucker ist so verdammt heikel. Wenn ich ihn mit etwas anderem füttere als klarer Suppe, Eiscreme oder Kartoffelbrei, heult und brummt er und fängt einen regelrechten Kampf an."

„Gewinnt er jemals?"

„Gelegentlich, und dann ist er selig und arbeitet wie toll."

„Was geschieht, wenn *du* gewinnst?"

„Dann schmollt er und weigert sich, überhaupt irgend etwas zu schlucken; manchmal muß ich ihm mit dem Besenstiel kommen."

„Mit dem Besenstiel? Du meinst, du prügelst ihn zu Tode?"

„Nein. Ich prügle ihn zum Leben; wenn ich ihn zwinge, zwei- oder dreimal durchzudrehen, fängt er schließlich wieder zu mahlen an. Aber ich tue das nicht gerne; manchmal fängt er aus bloßer Gemeinheit zu mahlen an, bevor ich den Besenstiel da rausbekomme. Hast du jemals mit einem zerkauten Besen zu fegen versucht?"

„Gibt es denn keine einfachere Methode?" fragte mein Gemahl, während er unter dem Müllschlucker nach einem versteckten Knopf suchte, der dort sein sollte, aber nicht war. (Ich kaufe immer das „andere Modell".)

„Die einzige andere ‚Methode' ist die, den Müll in einen Sack zu tun und von den Kindern zum Mülleimer tragen zu lassen", antwortete ich. „Aber das ist kaum einfacher, besonders wenn der Sack reißt, bevor das Kind den Eimer erreicht, oder wenn das Kind vergißt, den Deckel wieder zu schließen und so den Müll der Willkür der Nachbarhunde überläßt."

„Warum tun Kinder das?" fragte er. „Offen gesagt, ich habe geglaubt, unsere Kinder wären Experten auf dem Gebiet des Mülls; Gott weiß, sie produzieren genug davon. Ich bin vor einer Weile an Patricks Zimmer vorbeigegangen und habe einen halben Sandwich, einen Pizzarand und ein halbes Glas Milch auf seinem Schreibtisch gesehen."

„Hat er gegessen?" fragte ich überrascht. „Wir haben doch eben erst zu Abend gegessen!"

„Du lieber Gott, ich hoffe, nein!" sagte mein Mann. „Der Sandwich war an beiden Enden aufgebogen, der Pizzarand wurde schon grün, und die Milch war dick genug zum Streichen. Ich bin sicher, die ganze Schweinerei stand schon seit Wochen da! Ich denke, wir sollten uns überlegen, Patrick auf die Universität von Arizona zu schicken; mit seinen Talenten, wette ich, könnte er da ein Stipendium bekommen."

„Du sprichst in Rätseln", sagte ich. „Was hat die Universität von Arizona mit Patricks Talenten zu tun?"

„Hast du gestern abend nicht diesen Artikel in der Zeitung gelesen?" fragte mein Mann. „Die Universität von Arizona bietet eine Vorlesung über Müllologie. Kein Witz! Patrick ist hundertprozentig geeignet für dieses Fach; er besitzt alle erforderlichen Grundkenntnisse!"

„Was können die eigentlich über den Müll lehren?" fragte ich ungläubig.

„Oh, vieles! Wie man ihn von den Tellern kratzt; wie man ihn einsackt, damit er nicht durchsickert; wie man ihn zu den Mülleimern trägt; wie man es vermeidet, ihn zu den Mülleimern zu tragen; oder... wenn man einen Müllschlucker hat, was man zu dem Schlucker sagt, wenn er aufmüpfig ist. Es gibt da die interessantesten Aspekte."

„Ich bin froh, daß du so darüber denkst", sagte ich, indem ich ihm einen Sack aushändigte. „Da der Schlucker nicht funktioniert, und die Kinder alle fort sind, rate, wer das nun zu den Mülleimern hinaustragen wird?"

„Sag mir, Teresa", meinte mein Mann, als ich nach dem Müllausleeren wieder ins Haus kam (ich werde Ihnen jetzt auf keinen Fall erklären, warum ich diesen Müll hinausgetragen habe; und wenn Sie eine friedliche Hausfrau sind, brauche ich es nicht zu erklären), „sprichst du auch mit irgendwelchen anderen Geräten?"

„Sicher", antwortete ich, „fast jeden Morgen rede ich ein oder zwei Wörtchen mit der Kaffeemaschine."

„Ich hasse es, ungebildet zu erscheinen, aber was sagt man eigentlich zu einer Kaffeemaschine?"

„‚Beeil' dich!' Ich weiß, unser Kaffeeautomat braucht nur drei Minuten, aber um sechs Uhr früh, wenn man auf diese erste Tasse Kaffee wartet, sind drei Minuten eine Ewigkeit."

„Ist das das einzige, was du zu deiner Kaffeemaschine sagst?“

„Nein. Manchmal frage ich sie, warum sie so schmutzig aussieht, und ob sie außer mir niemals jemand reinigt. Ein andermal erzähle ich ihr, was für ein gutes, kleines Ding sie doch ist, besonders drei Minuten nach sechs Uhr früh, wenn sie eine besonders köstliche Tasse Kaffee gebraut hat. Aber manchmal, wenn der Kaffee bitter ist, muß ich ihr drohen, daß ich Mrs. Olsen rufe. Das bringt sie für gewöhnlich auf Trab; nicht einmal ein Kaffeeautomat hält einen weiteren Besuch von Mrs. Olsen aus!“

„Sprichst du auch mit dem Geschirrspüler?“ fragte mein Mann, als wir die Maschine einschalteten.

„Häufig“, gestand ich. „Besonders, wenn er Essensreste auf den Tellern hinterläßt.“

„Teresa, dieses Gerät ist eine Geschirrspülmaschine, kein Müllschlucker! Du mußt alle Speisereste von den Tellern kratzen und abschwemmen, bevor du die Teller in die Geschirrspülmaschine gibst.“

„*Unsere* Speisereste kratze ich ja vom Geschirr ab. Es sind die anderen Speisen, von denen ich rede.“

„Welche anderen Speisen?“

„Die sonderbaren Gemüse und Saucen, die auftauchen, während die Maschine im ersten Spülgang arbeitet. Jede Hausfrau kennt diese Art Reste. Erst gestern abend fand ich Spinatbröckchen an zwei Tellern kleben!“

„Was ist so merkwürdig daran?“

„Nichts, nur daß wir gestern abend keinen Spinat hatten. Ja, wir haben seit drei Wochen keinen Spinat gehabt! Es macht mir nichts aus, meinen eigenen Abfall abzuspülen, aber ich weigere mich entschieden, jemand anderes Abfall zu entfernen!“

„Hast du je daran gedacht, die Geschirrspülmaschine zu reinigen?“

„Warum sollte ich sie reinigen? Sie wird dreimal am Tag gereinigt!“ Was für eine dumme Idee. Als nächstes wird er vorschlagen, daß ich die Dusche schrubbe!

„Ich nehme an, du sprichst auch mit dem Kühlschrank“, sagte mein Mann, der bereits nach seinem Aprés-Souper-Imbiß suchte.

„Ich rede mit diesem Kühlschrank mehr als mit jedem anderen Gerät“, gab ich zu. „Ich züchtige ihn dafür, daß er alle Reste auf die Hinterseite des Regals lockt, so daß ich sie nicht sehen kann. Ich schelte ihn dafür, daß er Schimmel auf meinem Speck wachsen läßt und Klumpen in meine Milchprodukte streut. Ich schreie ihn an, wenn er sich von meinen Kindern kahlfressen läßt, und ich flehe ihn an, daß er nicht immer den ganzen Boden überschwemmen soll, wenn er automatisch abtaut. Aber er hört nicht auf mich; ich werde vielleicht härtere Maßnahmen ergreifen müssen.“

„Vor dem Essen sah es aus, als hättest du schon härtere Maßnahmen ergriffen. Habe ich nicht gesehen, wie du ihm einen Klaps gegeben hast?“

„Oh, das war nicht deshalb, weil ich auf den Kühlschrank böse war. Ich mußte ihm einen Klaps geben, weil ich so verzweifelt wegen des Herdes war.“

„Laß mich das einmal klarstellen. Wenn du auf den Herd böse bist, verhaust du den Kühlschrank?“

„Ich habe nicht gesagt, daß ich auf den Herd böse war. Ich sagte, ich war verzweifelt seinetwegen. Das Lämpchen am Herd hat einen Wackelkontakt, und ich bringe es nur dadurch zum Leuchten, daß ich dem Kühlschrank ein paar Klapse gebe. Deine Mutter hat mir diesen kleinen Trick beigebracht.“

„Teresa, ich erinnere mich vage daran, daß meine Mutter ihrem Kühlschrank oft ein paar draufgegeben hat, aber das diente dazu, die Kühlschrankbeleuchtung in

Gang zu bringen. Es hatte nichts mit dem Herd zu tun. Das ist lächerlich. Wie kann man dadurch, daß man das eine Gerät schlägt, das andere auf Trab bringen?“

„Ich weiß nicht. Aber es ist so. Vielleicht ist das eine Art Einschüchterungstaktik. Wie bei den Kindern; hau eines, und die übrigen beschließen, sich zusammenzureißen.“

„Glaubst du, daß das dem Kühlschrank gegenüber wirklich fair ist?“

„Ich finde dieses Gespräch unglaublich! Wie kann ein Kühlschrank wissen, was fair ist?“

„Ich finde es auch unglaublich! Da sieh mich einer an, wie ich ein idiotisches Gespräch mit meiner Frau über *ihre* idiotischen Gespräche mit ihren Maschinen führe! Als nächstes wirst du mir erzählen, daß deine Geräte antworten, wenn du mit ihnen sprichst!“

„Das tun sie, aber ich werde *dir* nicht erzählen, was sie sagen!“

Wirklich, das kann ich nicht; ihre Ausdrucksweise ist zu ordinär.

10

Ein Besenstiel, ein verbogener Kleiderbügel, und?

„Zeige mir eine Frau, die mit der Wäsche fertig wird, und ich zeige dir eine Frau, die allein lebt."

„Ich hatte gestern nacht einen schrecklichen Alptraum", sagte meine Freundin Mary Beth, als wir Kuverts für die jährliche Gänseblümchen-Parade füllten — eine Art lustiger Geldsammelaktion, bei der Leute für eine kleine Gabe durch die Villen und Gutshäuser der Reichen ziehen und sich an den herrlichen Einrichtungen, den prächtigen Gärten und den schönen Menschen ergötzen, die als Gastgeber zur Verfügung stehen. Ich brauche wohl nicht zu sagen, daß ich es nie zur Gastgeberin bringe; ich bringe es nur dazu, Kuverts zu füllen.

„Wovon handelte dein Alptraum?" fragte ich Mary Beth. „Von deinen Kindern?" (Hat eine Mutter überhaupt wegen irgend etwas anderem Alpträume?)

„Diesmal nicht", antwortete sie. „Ich hatte einen schrecklichen Traum von dieser verdammten Gänseblümchen-Parade."

„Warum solltest du wegen der Gänseblümchen-Parade nervös sein?" fragte ich. „Du stehst keinen Komitees vor, und was noch wichtiger ist, dein Haus ist nicht auf der Paradeliste, obwohl es unbedingt drauf sein sollte; es ist wunderschön!"

„Lieb von dir, daß du das sagst“, meinte Mary Beth, „aber alles, was du gesehen hast, ist das Wohnzimmer, und das ist es ja, worum es in meinem Alptraum ging. Ich träumte, daß mein Haus auf der Liste der Gänseblümchen-Parade stand, und aus irgendeinem Grund führte der einzige Weg, auf dem man in unser Haus gelangen konnte, durch die Waschküche. Ich war starr vor Schreck, als ich die Gäste über Berge und Berge von schmutzigen Blue jeans, schmierigen T-Shirts und stinkenden Sportsocken klettern sah. Und so sieht unsere Waschküche eben aus, immer! Du kannst dir meine Waschküche nicht vorstellen, Teresa; ich lasse nicht einmal meine Mutter da hinein!“

„Deine Mutter kann sich das vielleicht nicht vorstellen“, sagte ich lachend, „aber ich schon. Ich kann es mit meiner Unordnung in der Waschküche jederzeit gegen deine aufnehmen. Unser Wirtschaftsraum ist schon so lange mit Wäsche übersät, daß ich gar nicht mehr weiß, wie der Fußboden aussieht.“

Ich persönlich finde, alle Mädchen sollten, bevor sie heiraten, in bezug auf die Wäsche gewarnt werden. In Colleges werden Vorlesungen über Ehe, Schwangerschaft, Geburt, Babypflege und Kindererziehung gehalten, sie erteilen Unterricht in Kochen, Putzen, sie lehren, wie man seinen Mann behandelt, und sogar, wie man sein Budget verwaltet, aber niemand erwähnt je den Ruin jeder Mutter: die Wäsche. Ich glaube, es ist ein zu großes Wagnis; käme die Wahrheit ans Licht, würde nie mehr irgend jemand heiraten.

Die Wäsche bringt mich schon zum Wahnsinn, seit ich mich erinnern kann. Als ich ein Teenager mit vier Schwestern war, die alle die Kühnheit hatten, die gleichen Maße zu haben wie ich, verlor ich ständig meine Wäsche an ein flinkeres Geschwisterchen, das sich mit einer Lieblingsbluse, einem Lieblingsrock oder -schal davonmachte, bevor ich sie aus der Waschküche zurückfordern konnte.

Als ich heiratete, entzückte es mich daher sehr zu wissen, daß mein bleiben würde, was mein war, und es war unwahrscheinlich, daß unsere Waschküche in Unordnung geraten würde. Sie geriet nicht in Unordnung; wozu sie geriet, war eine zeitverschlingende, kräftezermürbende Bürde.

„Oh, du wirst es so leicht haben!" hatte meine Mutter zu mir gesagt, als ich heiratete. „Dieses moderne Apartment-Haus, in das ihr zieht, hat eine helle, sonnige Waschküche und vollautomatische Waschmaschinen. Du wirst nicht den ganzen Montag in der Waschküche verbringen müssen wie ich, noch wirst du Dienstag den ganzen Tag bügeln müssen. Jetzt ist doch alles bügelfrei!"

Sie hatte recht, was den Dienstag betraf, doch sie hatte Unrecht mit dem Montag, denn wenn man diese bügelfreien Kleidungsstücke nicht bügeln wollte, mußte man während des ganzen Waschvorgangs in der Waschküche bleiben, um die Kleider aus der Maschine zu zerren, bevor sie zu schleudern anfing und unsere bügelfreien Kleider in Bügelfalten legte.

Ich wollte nicht so viel Zeit damit vergeuden, die Waschmaschine zu beobachten, oder noch schlimmer, zu versuchen, die Uhr in meiner Küche zu beobachten, damit ich in die Waschküche zurücklaufen konnte, bevor die Maschine zu schleudern anfing, also wusch ich unsere bügelfreien Kleider in der Badewanne, auf den Knien, über das dampfend heiße Wasser gebeugt, schrubbte Krägen und Manschetten mit der Hand und fragte mich dabei, welche weiteren Wunder die moderne Wissenschaft mir noch aufbürden würde.

Doch die Wäsche brachte mich noch nicht wirklich zur Strecke, bis unser erstes Baby geboren war. So abstoßend es euch modernen Müttern erscheinen mag, wir, die wir unsere Babies „in den alten Zeiten" bekamen, hatten keine Wegwerf-Windeln. Ja, ihr Lieben, wir *wuschen* diese schmutzigen Dinger täglich, oder, wenn wir in einem kleinen muffigen Apartment mit einem dicken, undichten Baby wohnten, stündlich.

Als unser erstes Baby geboren wurde, wohnten wir noch immer in diesem Apartment, im obersten Stockwerk ohne Fahrstuhl, und die Waschküche war im Keller. Das bedeutete, daß ich mehrmals am Tag die ganze Wäsche inklusive des schweren Windeleimers voll tropfnasser Windeln in den Keller hinunterschleppen mußte, wo ich hoffte, eine freie Maschine zu finden. Wenn alle Waschmaschinen belegt waren, hatte ich zwei Möglichkeiten. Ich konnte entweder die Kleidungsstücke in der Waschküche lassen (und den Grimm meiner pingeligen Nachbarinnen riskieren; ein gerechtfertigter Grimm, muß ich gestehen, denn da waren nicht nur schmutzige Windeln, sondern auch nasse Laken, feuchte Decken und Wäschestücke, die meine älteren Kinder später als „Babys Sabberlätzchen" bezeichneten); oder ich konnte alles wieder hinauf in unser Apartment befördern und es in ein oder zwei Stunden neuerlich versuchen.

Um die Sache noch zu komplizieren, brauchten die Trockner zweimal so lange wie die Waschmaschinen, und das bedeutete, daß ich, wenn ich endlich doch eine Ladung Wäsche gewaschen hatte, nicht unbedingt auch trocknen konnte. Also hatte ich wieder zwei Möglichkeiten: ich konnte entweder in der Waschküche herumlungern, um den ersten freien Trockner zu erwischen, oder ich konnte wieder in die Wohnung hinauflaufen und riskieren, daß eine ungeduldige Wäscherin meine

Kleider aus der Waschmaschine nahm und in die nächste Ecke warf.

Endlich zogen wir in ein Haus, wo ich — Donnerwetter! — meine eigene Wasch- und Trockenmaschine hatte. Zugegeben, auch diesmal handelte es sich um einen Keller, doch ich mußte nichts mehr hinauf- und hinunterschleppen außer dem Windeleimer, denn das Haus hatte einen altmodischen Wäscheschacht. So konnten Laken, Hemden, Spielanzüge, Schlafanzüge und so weiter durch den Wäscheschacht hinuntergeworfen werden, wo sie ordentlich in einem Korb landeten, um das stündliche Waschen zu erwarten. (Ja, es war immer noch stündlich; ich hatte jetzt zwei Kinder in Windeln.)

Denjenigen von euch, die in modernen Häusern mit Zwischenetagen wohnen, sollte ich den Wäscheschacht vielleicht beschreiben. Das ist ein Durchlaß in der Mauer, durch den von jedem Stockwerk des Hauses aus Kleider in den Waschkeller geworfen werden können. Es ist eine wunderbare Erfindung, sehr bequem, wenn oder außer wenn Sie Kinder haben. Wenn dieser Satz keinen Sinn für Sie ergibt, lassen Sie es mich erklären. Ein Wäscheschacht ist eine Bequemlichkeit für eine Familie mit Kindern, denn es sind *ipso facto* sehr viele schmutzige Kleidungsstücke vom Schlafzimmer in den Keller zu befördern. Doch ein Wäscheschacht kann für eine Familie mit Kindern unbequem sein, weil Kinder leicht entdecken, was für ein Spaß es ist, alles mögliche in den Wäscheschacht zu werfen, nur nicht Wäsche.

Als aus meinen Babies Kleinkinder wurden, begannen sie die zahllosen Möglichkeiten zu entdecken, die dieser lange, enge Durchlaß bot, und unser Wäscheschacht wurde eine Landplage, wenn nicht eine wirkliche Gefahr. So manches liebe Mal stand ich dann in der Waschküche und wurde plötzlich mit Spielsachen bombardiert, von kleinen Kindern, die „nur sehen wollten, ob sie im Keller wieder herauskommen". Die Tatsache, daß sie tatsächlich immer im Keller herauskamen (gewöhnlich auf dem Kopf ihrer Mutter) verdarb den Kleinen das Vergnügen nicht im mindesten. Sie sausten dann einfach in den Keller hinunter, holten die Spielsachen zurück (oder was davon übrig war), liefen nach oben und warfen alles wieder hinunter.

Als meine Kinder heranwuchsen, wurde es um nichts besser. Ja, es wurde schlimmer. Den in den Schacht geworfenen winzigen Spielsachen folgten nasse Handtücher, schmutzige Turnschuhe, und mehr als einmal eine Cola-Flasche („Ich wollte sehen, ob sie bricht"), ein Tennisball („Wir wollten sehen, ob er springt") oder ein Baseballhandschuh („Er hat mich eine Niete genannt; ich hab's ihm zeigen müssen, nicht wahr?").

Sogar die Teenager sind nicht ohne Fehl... besonders wenn sie ihre Zimmer aufräumen. Dann kann Mutter erwarten, mit allem und jedem bombardiert zu werden, von den Winterkleidern angefangen bis zu dem Trödel, der unter dem Bett verstaut war, und es folgt auch ein Paar brandneuer, noch nicht getragener Jeans, die gewaschen und wieder gewaschen werden müssen, bis sie schäbig genug aussehen, um getragen zu werden. Bevor Sie nicht erstens von einem nassen Badetuch, gefolgt von durchweichten Turnschuhen, gefolgt von drei steifen neuen Drillichjacken getroffen worden sind, haben Sie nicht gelebt, oder vielleicht haben Sie, nun aber leben Sie nicht mehr.

Und doch war für diese Mutter von zehn Kindern ein Wäscheschacht eine wirkliche Hilfe, und ebenso eine wirkliche Herausforderung. Die Herausforderung ergab sich, als unser Wäscheschacht irgendwo zwischen dem ersten Stockwerk und dem Keller unerklärlicherweise einen großen Nagel hervorbrachte. Ich versuchte nicht einmal herauszufinden, wie dieser Nagel dorthin gelangt war. Wenn Sie zehn Kinder haben, ist ein Nagel, der plötzlich in Ihrem Wäscheschacht auftaucht, eines der weniger verwirrenden Probleme.

So wurde es ein Spiel, zu beobachten, was durch den Wäscheschacht hinuntergeworfen werden konnte, ohne an dem Nagel hängenzubleiben. Wenn doch etwas hängenblieb, war es entweder unwiederbringlich verloren, oder es fungierte als Stopper für alles übrige, das den Schacht hinunter sollte. Es war also nicht ungewöhnlich, daß sich ein ganzer Haufen Kleider in dem Schacht stapelte, bevor wir merkten, daß etwas hängengeblieben war.

Wenn das geschah, mußten wir in dic Waschküche gehen und mit einem extralangen Besenstiel in den Wäscheschacht hinaufstoßen, wobei wir stocherten und stießen, bis wir die Kleidungsstücke erreichten, und dann rasch zur Seite sprangen, bevor wir von der schmutzigen Wäsche niedergestreckt wurden.

Ein paar Jahre später zogen wir aus diesem Haus in ein modernes mit Zwischenetagen, das keinen Wäscheschacht hatte, sondern praktische, im Badezimmer eingebaute Wäschekörbe.

Nun, während ein Wäscheschacht eine Herausforderung für Kinder jeden Alters darstellt, ist ein Wäschekorb einfach ein Wäschekorb, ein gewöhnlicher Behälter, wenn auch nicht immer für Kleider.

Für ein Kleinkind ist ein Wäschekorb ein wunderbarer Platz, an dem es sich vor seinen Geschwistern verstecken kann, oder sogar vor Papi und Mami. Für einen Zehnjährigen ist er ideal, um Eis-Stiele, Bonbonpapier oder die Rinde von Erdnußbutter-Sandwiches hineinzutun. Und für einen Teenager dient ein Wäschekorb als Behälter für tropfnasse Handtücher und noch mehr Handtücher, und immer noch mehr Handtücher. (Ich werde nie verstehen, warum sie ein nasses Handtuch nicht an einen der leicht erreichbaren Wandhaken hängen können, es aber fertigbringen, drei Stück in einen bereits übervollen Wäschekorb zu stopfen.)

Wie Sie sich vielleicht vorstellen können, waren die eingebauten Badezimmer-Wäschekörbe immer randvoll, sei es nun mit nassen Handtüchern, irgend jemandes Wintermantel, oder den sauberen Kleidern, die wegzuräumen irgendein Kind zu faul war. Der Wäschekorb ist gleich hinter der Badezimmertür eingebaut. Nur allzu oft stopft dann jemand noch ein Handtuch in den bereits überquellenden Korb, während er aus dem Badezimmer rennt, wobei er immer die Tür hinter sich schließt. (Ich habe sechs Kinder gebraucht, um herauszufinden, warum sie immer die Badezimmertür schließen, wenn sie das Badezimmer verlassen; sie tun es, damit ich nicht sehe, welche Unordnung sie hinterlassen haben.) Während sich der überfüllte Wäschekorb nun langsam hinter der rasch zufallenden Tür schließt, tritt die Krise ein. Denn der Wäschekorb schließt nicht mehr ganz und blockiert so die Türe, die sich nun überhaupt nicht mehr öffnen läßt, bis auf einen winzigen Spalt, durch den wir die herausquellenden Kleider sehen, aber nicht erreichen können.

Also haben wir unseren handlichen Besenstiel gegen einen Kleiderbügel getauscht, den wir zu einem Haken gebogen haben, und den wir nun mühsam durch den Spalt zwängen, um Stück für Stück so viele Kleider aus dem Wäschekorb zu angeln, daß er sich ganz schließt und so der Tür wieder Raum gibt.

Als meine Kinder ins College-Alter kamen, hatten wir keine verstopften Wäscheschächte oder überfüllte Wäschekörbe mehr, denn jedes unserer Kinder mußte seine Wäsche selbst versorgen. So schafften wir es, das Chaos aus den Schlafzimmern und den Badezimmern in die Waschküche zu verbannen, wohin es gehört. (Bitte sagen Sie mir nicht, es gehört nicht dorthin; ich bin zu alt, um diese Geschichten von sauberen, wohlgeordneten Wirtschaftsräumen zu glauben. Das sind Lügen; nichts als Lügen.)

Als ich ankündigte, daß ich als Wäscherin der Familie zurückgetreten sei und künftig nur für meine eigene und die Wäsche meines Mannes sorgen würde (ich bin emanzipiert, aber nicht so sehr), waren unsere Kinder höchst einverstanden — in verschiedenen Schattierungen. Einige von ihnen wuschen ihre eigenen Sachen gerne. Andere trugen sie, bis sie schmutzig waren, dann bestanden sie darauf, daß sie aus ihnen hinausgewachsen wären und neue brauchten. Und unsere jüngeren Söhne zogen einfach immer dasselbe Zeug an, auch wenn es zu schmutzig wurde oder zu klein, oder beides.

Sonderbarerweise waren es die Kinder, die das totale Chaos in der Waschküche verursachten, wenn sie ihre Wäsche wuschen. Sie kümmerten sich zwar gern um ihre eigene Wäsche, aber sie warteten nicht gern.

Ach, nun waren wir wieder bei dem gleichen Problem angelangt, dem ich in unserem ersten Apartment begegnet war. Während unsere beiden Maschinen immer in Gebrauch sind, braucht der Trockner länger als die Waschmaschine. Während also die Kleider des einen Kindes trocknen, sind die eines anderen Kindes in der Waschmaschine — naß und aufs Trocknen wartend. Da kommt ein drittes Kind mit seinen schmutzigen Kleidern, und es kann nicht warten (kennen Sie einen Teenager, der das kann?), also nimmt es die nassen Sachen aus der Waschmaschine, wirft sie oben auf den Trockner und steckt seine Bluejeans (gewöhnlich allein; es hat keine Zeit, mehr Wäsche zusammenzusuchen) in die Waschmaschine. Wenn es fünfundvierzig Minuten später wieder in die Waschküche kommt, kann es seine Jeans nicht in den Trockner stecken, weil der voller trockener Kleider ist, die es nicht oben auf dem Trockner legen kann, weil der mit nassen Kleidern bedeckt ist, die es zuvor dort deponiert hat.

Was tun? Natürlich wissen Sie und ich, daß das gute Kind hinaufgehen und einen Wäschekorb holen könnte, um diese trockenen Kleider hineinzulegen, aber Sie (außer Sie sind eine fünfundachtzigjährige, von der Welt abgeschlossene Nonne, die sich an die Realität nicht mehr erinnern kann) und ich wissen, daß es das nicht tun wird. (Und die Pocken über Sie, wenn Sie vielleicht andeuten wollen, daß es das nicht tun kann, weil alle Wäschekörbe in der oberen Diele stehen – voll mit Kleidern, die Mutter letzten Dienstag falten und wegräumen hätte sollen.)

Also, was tut es? Es zerrt die saubere Wäsche aus dem Trockner, schmeißt sie auf den Boden und wirft seine Jeans in den Trockner, unbekümmert um die Priorität der nassen Wäsche, die oben auf dem Trockner wartet.

So haben wir nun (a) saubere Wäsche, die auf dem Boden schmutzig wird, (b) nasse Wäsche, die auf dem Trockner schimmelig wird, und (c) ein einzelnes Paar Blue jeans, das zu etwa einem Dollar pro Kilowatt einsam herumwirbelt. Wir haben auch einen verblüfften Ehemann, der nicht verstehen kann, warum sein blaues Sporthemd seit letzten September in der Wäsche ist.

Letzten Sommer beschloß ich, daß ich nun genug hätte. Der Waschküchenboden war schon so lange mit Kleidern bedeckt, daß ich mich nicht mehr an das Muster der Fliesen erinnern konnte, die Waschmaschine ließ Hunderte Liter heißes Wasser um ein einsames Paar Shorts rauschen, und der Trockner lief auf vollen Touren mit nichts darin als einem kleinen Schal.

„Jetzt ist es genug!“ sagte ich. „Ich werde ein Schloß an dieser Waschküche anbringen, und von nun an darf dort nur noch nach Vereinbarung gewaschen werden. Auf diese Weise kann ich den Gebrauch der Maschinen überwachen, und wir werden dieser unfaßbaren Wirtschaft Herr werden. Versteht ihr?“

Sie verstanden, und zu meiner Überraschung funktionierte das System. Nicht nur wurde alles prompt und ordentlich gewaschen, sondern die Stapel und Haufen und Berge von Wäsche verschwanden schließlich ganz. Leider war das nicht alles, was verschwand, und in der Folge kam es zu einer weiteren Wäschekrise in unserem Haus.

Heute morgen wollte mein Mann sein blaues Sporthemd anziehen, und obwohl es in der Waschküche ist, sauber, trocken und sogar ohne Schimmel, kann ich es nicht holen, weil die Waschküche versperrt ist und ich den Schlüssel nicht finde.

11

Wie ich durch Geschirrspülen reich wurde

„Wenn ein zwölfjähriger Junge behauptet, er habe so viel Hausarbeit zu erledigen, daß er am besten gleich damit anfängt, dann muß er im Geschirrspül-Turnus an der Reihe sein."

„Es ist unglaublich!" murrte mein Mann, als er mir noch eine Bratpfanne zum Spülen gab. „Warum stehe ich da am Spültisch und trockne Geschirr ab?"

„Weil die Geschirrspülmaschine schon wieder kaputt ist", sagte ich.

„Das meine ich nicht! Warum sind unsere Kinder nicht hier draußen und kümmern sich um das Geschirr? Ich bin ein überarbeiteter Anwalt in mittleren Jahren mit einer Aktenmappe voll Arbeit, die auf mich wartet. Warum bin ich also hier in der Küche und trockne Geschirr ab? Tom würde mir das nie verzeihen!"

Ich mußte lachen, als ich mich an den lange zurückliegenden Abend erinnerte, an dem der beste Freund meines Mannes vorbeikam, um uns nach unseren Flitterwochen zu Hause zu begrüßen.

„Ich hoffe, ich habe auch nicht beim Abendessen gestört", sagte Tom, und mein Mann antwortete:

„Nein, wir sind schon fertig; wir spülen gerade das Geschirr."

„Ihr tut *was?*" fragte Tom mit gespieltem Entsetzen.

„Das Geschirr", antwortete mein Mann. „Ich helfe Teresa mit dem Geschirr."

„Gütiger Himmel, Mann, bin ich froh, daß ich vorbeigekommen bin", sagte dieser glücklich verheiratete Vater von fünf Töchtern. „Offenbar hat euch niemand von dem ungeschriebenen Gesetz erzählt. Wir Ehemänner spülen kein Geschirr! Leg dieses Geschirrtuch sofort weg, bevor das zur Gewohnheit wird!"

Tom hätte sich keine Sorgen zu machen brauchen, denn wenn mein Mann auch weiterhin beim Geschirr half, bis unsere Kinder alt genug waren, um sein Küchentuch zu übernehmen, wurde das Helfen doch nie zur Gewohnheit. Ja, es vergingen beinahe zwanzig Jahre, ohne daß er ein weiteres Geschirrstück abtrocknete, und das gleiche galt übrigens auch für mich. Als unsere Kinder geschickt genug im Töpfeschrubben waren, zog auch ich mich vom Abwasch zurück und erklärte meine Küchenpflichten mit der Vorbereitung und dem Servieren des Essens für erfüllt.

„Du hast meine Frage nicht beantwortet", sagte mein Mann. „Warum sind wir heute auf diesem Geschirr sitzengeblieben? Ich dachte, Patrick wäre an der Reihe."

„Deshalb sind wir ja sitzengeblieben", gab ich zurück. „Es hat den Anschein, als wäre immer Patrick an der Reihe, und, offen gesagt, ich würde lieber das Geschirr spülen, als es noch einmal spülen, nachdem Pat es gespült hat. Sieh nur diese Pfanne an. Ich habe heute abend diese Pfanne nicht verwendet. Ich habe Sonntag abend darin gekocht; ich erkenne die Rückstände wieder. Ich habe sie so aus dem Schrank hervorgeholt; siehst du, was für Arbeit Pat leistet?"

„Warum fällt Patrick immer der Küchendienst zu?" fragte mein Mann.

„Das ist meine Schuld", seufzte ich. „Ich hätte Lee junior nie sagen sollen, daß er studieren darf."

„Was hat Lee damit zu tun? Er wohnt nicht mehr zu

Hause, seit er vor fünf Jahren geheiratet hat, und, soviel ich weiß, hat er nicht mehr studiert, seit er aus dem College ist. Hat auch damals nicht viel getan, wie ich mich erinnere."

„Ich rede von der Zeit, als er noch zu Hause gewohnt *hat*", erklärte ich ungeduldig. „Weißt du nicht mehr, als Lee in die High School kam und so viel Hausarbeit hatte, sagten wir ihm, daß er in Hinkunft aus dem Geschirrturnus entlassen wäre, damit er diese Zeit zum Lernen verwenden könnte? Damals schien das eine gute Idee. Schließlich hatten John, Mike und Jim Küchendienst, und dann war sogar schon Mary alt genug dazu. Ja, mit neun Jahren war Mary die beste Geschirrspülerin, die wir je hatten."

„Warum ist sie dann nicht hier und spült dieses Geschirr?" fragte mein Mann logisch.

„Weil sie in ihrem Zimmer ist und für ihre College-Prüfungen lernt. Sie hat ohnehin seit Jahren nicht mehr Geschirr gespült. Als sie in die High School ging, wurde sie ebenfalls vom Küchendienst befreit, so wie ihre älteren Brüder. Und warum nicht? Damals halfen schon Dan, Peg und Annie. Und als Dan in die High School ging, nahm Tim seinen Platz ein, so wie Pat später Peg ersetzte. Jahrelang funktionierte das prächtig; die älteren Kinder waren dankbar für diese zusätzliche Zeit zum Lernen, und die jüngeren Kinder, die weniger Hausarbeiten hatten, besorgten das Geschirr. Aber jetzt ist Patrick der einzige, der noch in der Volksschule ist, und es scheint wirklich nicht fair, daß er jeden Abend das Geschirr spülen soll, also habe ich ihm ein wenig ausgeholfen."

„Wenn du ihm ‚hilfst', warum ist er dann nicht hier und hilft dir?" fragte mein Mann, der Anwalt. (Haben alle Ehefrauen das Gefühl, ständig im Zeugenstand zu stehen, oder nur diejenigen von uns, die mit Juristen verheiratet sind?)

„Patrick hat morgen eine Prüfung", erwiderte ich, „also habe ich ihm gesagt, daß er mit den anderen Kindern lernen darf."

„Wenn unsere Nachkommenschaft so beschäftigt mit Lernen ist", konstatierte Seine Majestät etwas sarkastisch, „warum plärrt dann ‚M*A*S*H' aus dem Fernsehapparat im Wohnzimmer? Und warum fährt dein Wagen soeben aus der Ausfahrt? Ich finde, jetzt ist es genug. Die Zeit ist gekommen, ein paar neue Gesetze in diesem Haushalt zu verabschieden."

Am nächsten Abend verkündete er beim Essen: „Es haben sich einige Änderungen im Küchendienstplan ergeben; der Name eurer Mutter wurde gestrichen, und dafür sind alle anderen Namen eingesetzt worden. Von jetzt an wird jeder von euch, ohne Ansehen des Alters oder des Schulranges, seinen Platz im Geschirrturnus einnehmen. Es interessiert mich nicht, ob ihr allein oder zu zweit arbeitet, macht euch euren eigenen Plan; seht nur dazu, daß der Abwasch erledigt wird, und erwartet nicht, daß eure Mutter euch hilft."

In den nächsten paar Tagen funktionierte alles sehr gut. Dan und Mary spülten an diesem Abend das Geschirr, Peg und Ann nahmen den nächsten Abend, Tim und Pat bekamen Freitagabend.

Dann kam Samstagabend... Mary und Dan waren wieder an der Reihe.

„Ich kann heute abend nicht spülen", sagte Mary. „Ich habe eine Verabredung. Dan, wenn du heute abend allein spülst, lasse ich dich nächstesmal weg, wenn wir an der Reihe sind."

„Ich kann auch nicht", sagte Dan. „Ich habe eine Versammlung. Wir tauschen mit Peg und Ann."

Peg und Ann taten ihnen mit Freuden den Gefallen; das Samstag-Abendessen ist ja bescheiden im Vergleich zum Sonntag-Abendessen. Doch am nächsten Tag tauchten weder Mary noch Dan zum Abendessen auf, also tauschten Tim und Pat ihren Montag gegen den Sonntag. Aber am Montagabend mußte Mary zur Theaterprobe, und Dan mußte einen Redewettbewerb beurteilen, und da sowohl Peg als auch Ann Babysitterjobs hatten, saßen Tim und Pat wieder fest.

Am Dienstag war der Dienstplan schon so durcheinander, daß ich keine Ahnung hatte, wer an der Reihe war, aber ich wußte, wer nicht an der Reihe war, und das war Patrick. Doch nach dem Abendessen, als seine älteren Geschwister sich rasch in verschiedene Richtungen zerstreuten, begann Patrick fröhlich den Tisch abzuräumen.

„Warte einen Moment, Pat", sagte ich. „Du bist nicht dran. Du hast an den letzten beiden Abenden das Geschirr gespült. Ich würde doch meinen, daß du böse auf deine Brüder und Schwestern bist, die dich ständig mit dem Geschirr sitzenlassen."

„Oh, das macht mir nichts aus", antwortete Pat, als er mit einer Armvoll Teller in die Küche lief.

„Komm hierher zurück", sagte sein Vater. Pat kam, um eine weitere Ladung Geschirr wegzuschleppen, und sein Vater fuhr fort: „Pat, ich kann verstehen, daß die Kinder dich vielleicht mit dem Geschirr im Stich lassen, aber ich werde niemals glauben, daß es dir nichts ausmacht. Was steckt dahinter? Und wo ist Tim?"

„Tim war nicht interessiert, also mache ich den Handel ganz allein", sagte Pat glücklich. „Einen halben Dollar jeder; so haben wir's ausgemacht! Das heißt, ich verdiene jedesmal einen Dollar, wenn ich statt Mary und Dan Küchendienst mache. Natürlich kann ich nicht soviel aus Peg und Annie rauskriegen, weil sie nicht viel Geld haben, also mach ich ihnen einen Vorzugspreis: jeder einen Vierteldollar, und sie machen meine Hausarbeit in Geschichte. Ich kann's gar nicht erwarten, bis Jim und Mike nach Hause kommen; sie *hassen* Geschirrspülen!"

„Das klingt nach einem guten Geschäft, Pat", sagte sein Vater. „Wenn du weiter ganz allein Geschirr spülst, wirst du vielleicht reich."

„Und *du* wirst dich vielleicht mit Leichengift anstecken", sagte ich, während ich meinem Mann ein Geschirrtuch aushändigte. „Kom schon; vielleicht gibt uns Pat Prozente, wenn wir diese Töpfe und Pfannen spülen."

Was erklärt, warum wir vielleicht die einzigen Eltern in Amerika sind, die dafür bezahlt werden, daß sie ihr eigenes Geschirr spülen.

Es hat einmal ein Sprichwort gegeben: Wenn ein Kind erst alt genug ist, um im Haus zu helfen, ist es nicht mehr im Haus, um zu helfen. Dies bezog sich nicht so sehr auf Teenager, die sicherlich alt genug zum Helfen sind (obwohl das nie jemand bewiesen hat, weil kein Teenager es jemals versuchte), als auf junge erwachsene Nachkommen, dich sich einst gezwungen fühlten, in dem Moment ihr Zuhause zu verlassen, in dem sie großjährig wurden. Sie verwendeten lieber das halbe Gehalt für eine Wohnung mit fließendem Kaltwasser, komplett mit Kakerlaken, als sich weiterhin den „unvernünftigen Forderungen" ihrer Eltern zu unterwerfen, wie: „Bitte benützt nicht um vier Uhr früh die Dusche oder das Telefon", obwohl ein häufig klingelndes Telefon ihrer ständigen Gegenwart gewiß vorzuziehen ist. (Hat dieses Mädchen kein eigenes Zuhause?)

Doch bei den hohen Kosten von Miete, öffentlichen Einrichtungen, Versicherung und Lebensmitteln (tatsächlich ist es das Shampoo, das sie ruiniert), entscheiden sich junge Erwachsene jetzt dafür, noch lange nach dem College zu Hause zu wohnen. Unsere Kinder sind keine Ausnahme. Unsere älteren Söhne sind zwar auf dem College, und einer ist im Marinekorps, doch ist es nicht ungewöhnlich, daß einer oder mehrere von ihnen von Zeit zu Zeit wieder nach Hause zurückkehren, um ein paar Wochen oder ein paar Monate zu bleiben, oder zumindest so lange, bis ihre Gläubiger ihre Spur verloren haben. Für die Eltern solcher Jo-Jos (so genannt, weil sie ausziehen und zurückkommen und ausziehen und zurückkommen) habe ich nichts als Lobpeis und Gebete. Doch jungen Erwachsenen zwischen einundzwanzig und was immer gebe ich hier ein paar Tips, wie man in einem Haus voller Eltern überlebt.

1. Wenn ihr zum Abendessen nicht zu Hause sein wollt, bitte informiert eure Mutter über diesen Umstand vor 3 Uhr früh. Wenn ihr aber zu Hause zu sein beabsichtigt, benachrichtigt sie auch in diesem Fall. Nicht deshalb, weil sie euch kontrollieren will; sie möchte nur den Braten kontrollieren.

2. Wenn ihr abends ausgeht, wird vorausgesetzt, daß ihr eure Eltern auf diesen Umstand aufmerksam macht (und sei es darum, daß sie nicht das ganze Haus durchsuchen und schreien: „Jim! Du wirst am Telefon verlangt!“). Es wird auch erwartet, daß du deine Mutter wissen läßt, um welche Zeit etwa du zu Hause sein wirst. Das wird sie davon abhalten, die Polizei anzurufen, wenn sie um drei Uhr früh aufwacht und dein Bett leer findet.

3. Für diejenigen von euch, die verrückt genug sind zu rauchen: bitte drückt eure Zigaretten nicht (a) im Wasch-

becken des Badezimmers, (b) auf eurem Teller, (c) auf eurer Bettdecke, (d) auf der Bierdose aus, die euer Vater gerade für einen Moment abgesetzt hat, um ans Telefon zu gehen. Während vom Rauchen nur abgeraten wird, ist das Rauchen von irgend etwas anderem als Tabak *verboten!*

4. Es stimmt zwar, daß wir euch einmal gesagt haben, eure Freunde wären stets in unserem Haus willkommen, doch haben wir nicht erwartet, daß das Wort „stets" ganz so wörtlich genommen würde. In Hinkunft müssen eure Freundinnen (wie immer eure „Beziehung" auch sein mag) vor 1 Uhr früh in ihre eigenen Heimstätten eskortiert werden und sind erst nach dem Frühstück wieder willkommen. Es ist auch erforderlich, daß eure alten College-Kameraden oder Marine-Kumpels, die kurz vorbeikommen, um „Guten Tag" zu sagen, ihre Besuche auf zwei Wochen oder weniger beschränken.

5. Von jedem, der die ganze Nacht wegbleibt, wird angenommen, daß er ausgezogen ist. (Tut mir leid; um 7 Uhr früh hat dein kleiner Bruder dein Schlafzimmer bezogen.)

6. Von jedem, der in diesem Haus wohnt, wird erwartet, daß er zur Instandhaltung dieses Hauses beiträgt, sei es durch Anstreichen, das Verrichten kleinerer Reparaturen, oder Geschirrspülen. (Es sollte zur Kenntnis genommen werden, daß das traditionelle Rollenverhältnis schon lange abgeschafft ist. Männlich zu sein ist kein Grund mehr sich zu weigern, den Staubsauger zu bedienen.) Für diejenigen von euch, die zu beschäftigt mit ihrer Arbeit oder ihrer Weiterbildung sind oder nur ein flottes Gesellschaftsleben führen und daher keine Zeit haben, ihre Haushaltsverpflichtungen zu erfüllen, gibt es eine Lösung. Sie heißt „Geld". Seid darauf vorbereitet, es loszuwerden.

12

Das vierzigste ist doch ein sehr gutes Jahr

„Wenn Familie und Freunde darauf bestehen, deinen Geburtstag zu feiern, dann bist du vierzig."

Nichts in der überlieferten Geschichte ist bis jetzt so verteufelt worden wie der vierzigste Geburtstag. Niemand will ihn; jeder fürchtet ihn; viele ignorieren ihn; noch mehr lügen darum herum. (Was erklärt, warum dreiundfünfzig Prozent der Bevölkerung neununddreißig Jahre alt sind.).

Der vierzigste ist der Geburtstag, den wir gerne vergessen würden, und es ist auch der, an den sich alle unsere Freunde hartnäckig erinnern, mit Schabernack oder klug organisierten Parties, die alle darauf hinweisen: „Das war's, Kumpel; damit ist es vorbei; von nun an geht's bergab."

In meinen Augen ist das beste daran, wenn man vierzig wird: daß es „bergab geht". Besonders für Mütter kann es „bergauf" ziemlich mühsam sein, und sie stoßen einen großen Seufzer der Erleichterung aus, wenn sie den Gipfel erreicht haben und nur noch der talwärts führende Hang vor ihnen liegt.

Es gibt viele schlimme Geburtstage, aber der vierzigste gehört nicht dazu.

Der dreizehnte schon.

Das dreizehnte Jahr ist eine schreckliche Zeit im Leben

eines Menschen. Mit dreizehn ist man kein kleines Kind mehr und doch noch nicht willkommen in der aufregenden Welt der Teenager. Man muß überall Erwachsenenpreise bezahlen, aber niemand denkt im Traum daran, einen wie einen Erwachsenen zu behandeln.

Mit dreizehn ist man alt genug, Aufgaben übertragen zu bekommen, wie Rasenmähen oder Dachrinnensäubern oder Bohnern des Küchenfußbodens, aber am Freitag abend, wenn man in die Disco oder zu einer Party gehen will – raten Sie, wer da noch zu „jung" ist?

Dreizehn ist ein furchtbares Alter für ein Mädchen, denn zum Unterschied von ihrer älteren Schwester, die behauptet, nichts anzuziehen zu haben, aber wirklich eine ganze Menge vorweisen kann, hat die Dreizehnjährige wirklich nichts. Sie mag einen Schrank voller Kleider haben, aber sie passen alle nicht. Entweder sind sie zu klein, weil die „Kleine" seit Samstag zwei Zentimeter gewachsen ist, oder zu groß, weil ihre Mutter darauf bestanden hat: „Kauf sie eine Nummer größer, damit du hineinwachsen kannst".

Dreizehn ist auch ein schreckliches Alter für einen Jungen, und sei es aus keinem anderen Grund als dem, daß er plötzlich auf das Mädchen aufmerksam geworden ist, neben dem er seit der ersten Klasse sitzt. Doch darf er seine Aufmerksamkeit nicht offen zeigen, denn die einfachste Bitte, ihm einen Bleistift zu leihen, oder auch nur ein „Hallo" am Korridor wird von seinen Altersgenossen als „Liebeserklärung" interpretiert, und er wird dann den Rest des Semesters schwören müssen, daß er „sie haßt; sie ist eine Kanaille!" – eine Behauptung, die sie verwirren und verletzen wird, besonders da sie erst kürzlich, nachdem sie *ihn* sieben Jahre lang verabscheute, entschieden hat, daß er eigentlich sehr nett ist.

Nein, das dreizehnte ist kein sehr gutes Jahr.

Das sechzehnte auch nicht.

Sechzehn ist noch schlimmer als dreizehn, weil sich über das dreizehnte Jahr niemand irgendwelchen Illusionen hingibt, während sechzehn angeblich das magische Alter ist. Jedes Kind möchte sechzehn sein, damit es Auto fahren kann, ausgehen kann, bei einem Teilzeitjob ein bißchen richtiges Geld verdienen kann. Klasse, Mann, sechzehn ist Spitze!

Und dann kommt sechzehn, und es ist überhaupt nicht Spitze. Du bekommst einen Führerschein, aber selten die Gelegenheit zu fahren, weil ein älteres Geschwisterchen anscheinend immer das Erstrecht auf den Wagen hat. Die Teilzeitbeschäftigung nimmt deine ganze Freizeit in Anspruch, was wenig oder gar keine Zeit zum Ausgehen übrigläßt, und wenn durch Zufall doch das Wunder geschieht, daß du einen Abend frei und auch den Wagen hast, ist deine Angebetete bestimmt schon verabredet.

Für ein Mädchen ist sechzehn noch schlimmer. Da du nun während des vergangenen Jahres die Tage gezählt hast, bist du dich endlich verabreden kannst, kommt der magische Geburtstag und vergeht, aber das Telefon klingelt immer noch nicht. Deine Brüder versuchen dir einzureden, daß die Burschen nicht anrufen, weil sie arbeiten müssen oder den Wagen nicht bekommen, aber du kennst die Wahrheit: die Jungen rufen dich nicht an, weil du häßlich und unbeholfen bist, oder weil du eine bessere Zensur in fortgeschrittener Algebra und im Fahrunterricht bekommen hast als sie. Und was dir *das* schon Gutes eingebracht hat. Deine Autoprivilegien beschränken sich darauf, daß du Besorgungen für deine Mutter machst oder deinen kleinen Bruder zu Ballspielen schleppst, und würde dir bitte irgend jemand erklären, warum du die halbe siebente Klasse um zehn Uhr abends nach Hause chauffieren, aber um die gleiche Zeit nicht mit deinen Freunden herumfahren darfst?

Das sechzehnte Jahr mag für reiche Jungen und höhere Töchter gut sein, doch für die meisten Kinder bedeutet es nur ein weiteres Jahr Kriegführen gegen intolerante Lehrer und untolerierbare Eltern. Das einzig Gute an sechzehn ist der Umstand, daß es nur zwölf Monate dauert (obwohl es zwölf Jahre zu dauern scheint), und dann wirst du siebzehn.

Siebzehn ist das allerschönste, glorreiche Alter. Als Oberschülerin bist du plötzlich weltklug, voll Selbstvertrauen, die Welt liegt dir zu Füßen. Du bist die Beste, die Gescheiteste, die Größte... die Abiturientin! Genieße die siebzehn, denn auch sie dauern nur zwölf Monate (obwohl es dir vielleicht wie zwölf Tage erscheint), und dann mußt du achtzehn werden.

Das achtzehnte Jahr ist mies. Es ist eine Vorhölle wie das dreizehnte. Du kannst nicht mehr wie ein Teenager leben, und doch bist du noch kein Erwachsener. Da du die High School hinter dir und das College vor dir hast, denkst du, du bist zu alt, um zu Hause zu wohnen, aber deine Eltern denken, du bist zu jung, um auf dich selbst gestellt zu sein. Tatsächlich wäre das Elternhaus nicht so schlimm, wenn es nicht von älteren Geschwistern bewohnt wäre, die mehr Privilegien haben als du, oder von jüngeren Geschwistern, die weniger Verantwortung haben als du, oder von Eltern, die gegen Achtzehnjährige besonders voreingenommen zu sein scheinen. Sie löchern dich, daß du dich ins Wählerverzeichnis eintragen lassen (oder schlimmer noch, für den Wehrdienst) und „von Bars wegbleiben sollst; du weißt doch, du bist noch nicht erwachsen!“ Sie treffen langweilige Feststellungen, die damit beginnen: „Als ich in deinem Alter war...“, und machen sich dabei nicht klar, daß das vor hundert Jahren war und jetzt alles anders ist. Sie wollen, daß du aufs College gehst, aber nicht auf das College, das du willst, sie beharren darauf, daß du dir dein Taschengeld selbst verdienst und bekommen dann einen Anfall, wenn du es ausgibst. Sie machen alberne Vorschläge wie: „Komm zu einer vernünftigen Zeit heim", und „Steh auf, die Vorlesungen beginnen um acht Uhr"; und stellen so lächerliche Fragen wie: „Was soll das bedeuten, du hast eine ‚bedeutungsvolle Beziehung'?" Eltern sind eine richtige Landplage, wenn man achtzehn ist, aber ertrage sie; sie werden sich in den nächsten paar Jahren sehr verändern.

Viele Leute denken, der neunundzwanzigste Geburtstag ist der schlimmste, weil er zu nahe an dreißig ist, was sie als das Ende ihrer Jugend betrachten (nicht vierzig, das betrachten sie als das Ende von allem). Ich fürchte, ich kann Ihnen keine persönliche Wertung von neunundzwanzig geben, weil ich, offen gestanden, nur mehr sehr wenig über dieses Alter weiß. Ich erinnere mich allerdings daran, daß ich in jenem Jahr schwanger war (nicht schwer zu merken; ich war *jedes* Jahr schwanger!) und vier Söhne unter fünf Jahren hatte, was vielleicht erklärt, warum Gott diese Zeitspanne gnädig aus meinem Gedächtnis gestrichen hat.

Leider existieren Aufzeichnungen, die mich an die verschiedenen Ereignisse meines neunundzwanzigsten Jahres erinnern, wie die Krankengeschichten der Kinderklinik, die zeigen, daß die Bloomingdale-Jungen dort elf Besuche in ebenso vielen Monaten machten, um nach dem Genuß von Aspirin, Tinte, Nasentropfen, Sand, Seife, Abführmitteln, Alkohol und anderen unbekannten Produkten ihre Mägen ausgepumpt zu bekommen.

Die Buchhaltung eines örtlichen Glasermeisters wies aus, daß die Bloomingdales in jenem Jahr nicht weniger als neun zerbrochene Fenster, zwei gesprungene Spiegel, eine Doppeltür und die Scheibe eines Feuermelders bezahlten. (Es gibt keine Strafe für den Feueralarm.)

Die Akten verschiedener Versicherungsgesellschaften berichten von Zahlungen für einen gebrochenen Arm (der dazugehörige Junge war von einem Baum gefallen), einen zerknitterten Kotflügel (er fuhr mit seinem Dreirad dagegen, das nicht einmal zerkratzt war; General Motors, gib acht), eine Eßzimmerdecke (er hat wieder das Badezimmer überschwemmt) und eine Veranda (der vierjährige Pyromane hat wieder zugeschlagen).

Die einzige Enttäuschung, die ich erlebte, als ich dreißig wurde, war die Entdeckung, daß ich noch nicht zu alt war, um Babies zu bekommen (in der Tat kamen noch fünf), was hinreichend erklären müßte, warum ich zu dem Schluß gelangte, daß das vierzigste ein sehr gutes Jahr sein muß.

Ich kann verstehen, warum manche Leute es vielleicht abscheulich finden, vierzig zu sein, aber bestimmt fürchtet keine Mutter diesen Geburtstag. Denn vierzig bedeutet so vieles:

- Die Babies sind alle geboren und vielleicht schon in der Schule!
- Die Karriere, von der Sie im College geträumt haben, kann endlich verwirklicht werden.
- Das Haus, das Sie immer wollten, ist gefunden und gekauft und bezogen, wenn schon nicht bezahlt, aber wenigstens wird es keinen Umzug mehr geben!
- Die so überaus gefürchteten grauen Haare und Falten sind aufgetaucht, als Sie zu beschäftigt waren, um darauf zu achten, und sind jetzt wieder fort, weil Sie Zeit haben für Färben und Kosmetik (mit dreißig haben Sie nicht so gut ausgesehen!).
- Die Sorgen – nicht gargekochte Speisen, überfällige

Rechnungen, leicht erregbare angeheiratete Verwandte, miserable Zeugnisse, schreiende Kinder, kaputte Fahrräder, heulende Teenager — das alles ist zwar noch sehr gegenwärtig — aber jetzt?

- Die Eltern: ach, das Beste an vierzig muß die Tatsache sein, daß Sie endlich Ihre Eltern zu würdigen wissen. Sie merken plötzlich, das sind — und waren es immer — kluge und wunderbare, treue und liebevolle, gute und aufrichtige, vollkommene Eltern; vollkommene Menschen! Sie verdienen die guten Jahre, die sie im Herbst ihres Lebens genießen: die Reise nach Europa, die Karibik-Kreuzfahrt, den kleinen Alterssitz am Meer, oder auch nur die Möglichkeit, allein miteinander zu sein, endlich, umgeben von Frieden und stiller Heiterkeit.

Vierzig? Wer will vierzig sein? Ich möchte fünfundsechzig sein!

13

Hier ist's grün...

„Natürlich ist das Gras auf der anderen Seite des Zaunes grüner. Warum, glauben Sie, hat der Nachbar den Zaun aufgestellt?“

Als ich ein kleines Mädchen war, kam mein Vater oft an einem Sommernachmittag nach Hause und neckte mich, weil ich „nichts Anstrengenderes getan“ hatte, „als dem Gras beim Wachsen zuzusehen.“

Wenn Daddy heute hier sein könnte, wäre er überrascht darüber, daß ich immer noch „dem Gras beim Wachsen zusehe“, und tatsächlich, ich habe nie etwas Anstrengenderes unternommen! Wenn man so viel in Gras investiert hat wie ich, wagt man es nicht, den Blick davon zu wenden, nicht einmal für eine Minute, damit es sich nicht wegen eingebildeter Vernachlässigung einrollt und schmollt. Unser Rasen ist schrecklich verwöhnt, das kann ich Ihnen sagen.

Es war mein Ehegatte, der das Verwöhnen besorgte, nicht ich. Vom ersten Frühlingstau bis zum ersten Herbstfrost will mein Mann über nichts anderes reden als Gras, Gras, Gras. Warum wächst es nicht? Warum wächst es so schnell? Warum ist es so blaß? So fleckig? So dürr? Braucht es Wasser? Mehr Dünger? Und die schlimmste Katastrophe überhaupt: *Wer ist über dieses Gras gelaufen?*

Wir verwenden mehr Zeit, Geld und Mühe, unser Gras zu ziehen, als darauf, unsere Kinder zu erziehen.

In den heutigen Tagen der Luxus-Rasenpflege ist es schwer zu glauben, daß das Gras durch Jahrtausende ganz von selbst gewachsen ist. Was ist geschehen? Wie ist der Rasen auf die Idee gekommen, daß er eine derart überhöhte Aufmerksamkeit verdient? Ich glaube, er muß anmaßend geworden sein, als wir seinen Namen änderten. Als ich ein Kind warn, gab es den einzigen „Rasen" auf dem Waldfriedhof. Lebende Menschen hatten einfach Gärten. Es fiel nie jemandem ein, daß man Gärten mit Wachstumsbeschleunigern düngen sollte, oder mit kleinen Löchern übersäen, damit sie atmen könnten, oder motorrechen, motormähen oder motorsäen. Das einzige, was wir mit unserem Gras taten, war, daß wir es schnitten, wenn es zu hoch wurde, gossen, wenn es zu trocken wurde, und unsere Wertschätzung ihm gegenüber dadurch zum Ausdruck brachten, indem wir darauf saßen, uns darauf wälzten, oder darüberliefen, wenn wir Verstecken, Büchsenwerfen, fangen oder Krocket spielten.

Ich kannte nur eine einzige Familie, die ihr Gras düngte, eine reiche Familie in unserer Straße, die keiner ausstehen konnte, nicht, weil die Leute die Nasen hochtrugen, sondern weil sie unsere Nasen beleidigten. Der Dünger, mit dem sie ihren Garten bedeckten, kam direkt aus der Jauchengrube. (Ich kann bis zum heutigen Tag nicht verstehen, warum er so teuer war. Ich bin schon auf Bauernhöfen gewesen, und glauben sie mir, es ist genug von dem Zeug für alle da.)

Aber irgendwann in dieser Zeit begann jedermann die Romane von John Marquand zu lesen und zu erkennen, daß der Grasflecken, der sein Haus umgab, kein Garten, sondern ein Rasen war und dementsprechend gepflegt werden mußte.

Und ich meine wirklich gepflegt... und gepflegt...

und gepflegt. Einen Rasen zu pflegen kann eine Besessenheit werden, aber niemand ist mehr von seinem Rasen besessen als mein Mann.

Am ersten sonnigen Samstag im Frühling stürzt er mit einem Notizblock in der Hand hinaus und notiert, was, wo und wann gelüftet, gedüngt, gesprüht, gespritzt, gemäht und gestutzt werden muß. Er sucht nach embryonalen Raupen und möglichen Unkräutern und plant ihre Vernichtung, noch bevor sie existieren.

Natürlich führt er keine der oben genannten Arbeiten wirklich aus; er notiert einfach, wann, wo und wie sie getan werden sollen, und auch von wem. Zum Glück bin ich nie dieser „wem". (Warum, glauben Sie, haben wir so viele Kinder bekommen?). Ich brauche nur unsere Kinder zu finden und sie dann zu jagen, bis sie die Arbeiten ausgeführt haben, was sie für gewöhnlich sehr gerne tun, wenn ich erstens: den Rasenmäher in die Reparaturwerkstätte und zurück schleppe; das Benzin, das Öl und eine neue Zündkerze hole; die neuen Rasensprenger finde, die wir letzten Frühjahr gekauft und letzten Herbst verräumt haben; den Schlauch erneuere, der völlig in Ordnung wäre, wenn Mary nicht gerade darübergefahren wäre und den Zerstäuber zerquetscht hätte; den Schraubenschlüssel finde, um den Wasserhahn zu reparieren, damit er nicht die ganze Längswand des Hauses vollspritzt; in die Garage der Nachbarn schleiche und die Rechen wiederhole, die wir ihnen im letzten Jahr geliehen und die sie nie zurückgegeben haben; in die Baumschule gehe, um Düngemittel, Wachstumsbeschleuniger und Samen zu kaufen und das Rad wieder an die Streumaschine füge, das irgendwie vor meinen Wagen sprang, als ich in die Garage fuhr.

Wenn der Rasen einmal gerecht, gelüftet, gedüngt und genährt ist, beginnt meine eigentliche Arbeit. Ich muß dem Gras beim Wachsen zusehen und entscheiden, wann es gemäht, gejätet oder gegossen werden muß.

Leider haben wir keine Untergrund-Bewässerungsanlage. Daher muß ich entscheiden, wann und wo die Sprinkler aufgestellt werden müssen. Bevor ich verheiratet war, wußte ich nicht, wie viel Talent man dazu braucht. Ich kann es immer noch nicht richtig.

„Warum haben die Sprinkler heute nicht gearbeitet?“ fragt dann mein Mann an einem warmen Sommerabend, und ich muß zugeben, daß ich es vergessen habe, da ich mich nichtigen Dingen hingegeben habe — zum Beispiel den Keller saubergemacht und eines der Kinder in die Allergieambulanz gebracht.

An den Tagen, an denen ich mich jedoch daran erinnere, die Sprinkler aufzustellen, pflegt mein Mann nach Hause zu kommen und zu brüllen: „Welcher Idiot hat den Rasen gesprengt? Wir haben ihn doch eben erst gedüngt!“

Da wir gerade von Rasensprengern reden: diejenigen von Ihnen, die keine Untergrund-Bewässerungsanlage haben, mögen vielleicht an meiner weitreichenden Erfahrung auf diesem Gebiet interessiert sein.

Beim Ankauf eines Rasensprengers, so habe ich festgestellt, wird der Verkäufer stets das „Wander“-Modell empfehlen. Er empfiehlt es aus einem einzigen Grund: es ist das teuerste. Ich kaufte in einem Jahr einen Wandersprinkler, und das eine muß ich ihm lassen: er wanderte. Ich stellte ihn um acht Uhr mogens auf, und bis halb zehn war er über den Fahrweg, durch des Nachbarn Tulpenbeet und hinaus auf die Straße gewandert. Ich konnte das Ding tatsächlich nie dazu bewegen, einer geraden Linie zu folgen.

Im nächsten Jahr kaufte ich einen „verstellbaren“ Sprinkler. Dieser stellt sich angeblich auf Rasen verschiedener Größe ein, von einem winzigen Grasflecken bis zu einem Joch Land oder so. Es gibt nur ein Problem bei diesem verstellbaren Sprinkler. Wenn Sie einen winzigen Grasflecken haben, bleibt er unweigerlich bei „Joch“ stecken und sprengt die Straße, des Nachbarn Auto und des Nachbarn Baby, das in seinem Wagen in der Sonne liegt. Wenn Sie eine Fläche von einem Joch haben, besprüht der Sprinkler einen Radius von drei Metern und hält dann inne. Ich bin nie draufgekommen, woher mein Sprinkler weiß, wann er sich neu einstellen muß, aber er weiß es. Wie sonst könnte er so genau auf unsere Zufahrt zielen, gerade wenn mein Mann in seinem frisch gewaschenen Auto nach Hause kommt?

Ich habe nie eine Bewässerungsanlage gehabt, aber meine Nachbarin hat eine, und sie schwört, diese sei genau so unberechenbar wie mein Billig-Modell. Sie behauptet, gleichgültig, wie sorgfältig sie den Zeitmesser einstelle, das Sprühsystem beginne zuverlässig zu arbeiten — während eines Platzregens, mitten in einem Gartenfest, und in dem Moment, in dem ihre Schwiegermutter über den Rasen geht.

Nach vielen bitteren Erfahrungen habe ich den idealen Rasensprenger gefunden. Er ist teuer, aber dauerhaft, und wenn er es eines Tages nicht mehr tut, kann er (in meinem Fall wenigstens) leicht ersetzt werden. Er heißt Teenager. Ich stelle ihn einfach mit einem Schlauch in einer Hand und einer Dose Sprudel in der anderen auf die Veranda, und nach nur ein oder zwei Unterrichtsstunden hat er gelernt, das Gras zu treffen und nicht das Mädchen, das nebenan ein Sonnenbad nimmt.

Entgegen der Meinung meiner Kinder ist es in diesen Tagen der Motormäher keine große Kunst, das Gras kurz zu halten. Das eigentliche Problem besteht darin, die Kontrolle über den Mäher zu behalten. Nun, es ist nicht leicht, einen Rasenmäher zu verlieren, aber unseren Kindern gelingt es jeden Sommer. (Sie haben ein besonderes Talent auf diesem Gebiet. Sie haben einmal ihre Großmutter verloren... und ich weigere mich, ihren Angaben zu glauben, wonach sie „einfach zusammenpackte und fortlief“. Obwohl ich es ihr weiß Gott nicht verübelt hätte.) Irgendwo in der Nachbarschaft muß es ein geheimes Lager von Rasenmähern und Gartenwerkzeugen geben, die meine Kinder liegengelassen, hergeliehen oder einfach verloren haben.

Das einzige wirkliche Problem beim Rasenmähen ist, wieviel man abmähen und wieviel man stehen lassen soll.

„Dad sagt, er will das Gras fünf Zentimeter hoch“, beschwert sich dann mein Sohn. „Was soll ich denn machen, ein Lineal herumschleppen?“ Er behauptet, er könne es einfach nicht recht machen, gleichgültig, wie gewissenhaft er sei.

„Stell den Mäher höher!“ befiehlt dann sein Vater. „Du skalpierst ja den Rasen!“ Also stellt das Kind den Mäher höher, arbeitet vier Stunden wie ein Sklave, und dann kommt der liebe Vater nach Hause und fragt: „Wann wirst du das Gras schneiden?“

Ferner gibt es da auch das Problem: wohin mit dem Gras, das geschnitten wurde? Die meisten modernen Mäher haben Grasfänger. Theoretisch ist das eine großartige Idee, aber praktisch funktioniert sie selten. Wir hatten schon vier Grasfänger. Einer spuckte Gras, einer ließ das Gras auflaufen, einer schob das Gras in den Motor des Mähers, und der vierte, der sich als der beste erwies, folgte seinem Bruder durch den Garten und fing an zu rechen.

Was das Problem des Unkrauts betrifft, so lösten es unsere Kinder sehr bald. Sie haben herausgefunden, daß es, wenn sie es häufig mähen, vom Gras nicht mehr zu unterscheiden ist, ja, daß nicht einmal ihr Vater dazu imstande ist. Denn wir alle haben gelernt, daß er — trotz seines Dranges, einen wunderschönen Rasen zu haben — sich mit jeder Bodenfläche zufriedengibt, die grün aussieht.

Ist mein Mann davon besessen, Gras zu ziehen, so wird er zum Berserker, wenn es um uferlos wuchernde Sträucher geht.

„Die müssen weg!“ verkündet er dann mit einer schwungvollen Handbewegung in Richtung eines Dickichts von Kriechföhren, die aussehen, als stünden sie schon seit dem dritten Schöpfungstag in unserem Garten. Und ich zucke zusammen, weil ich weiß, was die Beseitigung solch urtümlichen Immergrüns mit sich bringt.

Zuerst muß ich ihm helfen, die Motorsäge zu finden, die nicht — wie er höchst zuversichtlich behauptet — in der Kellerwerkstätte in der Pappschachtel mit der Aufschrift „Motorsäge“ ist. (Aus irgendeinem Grund enthält diese Schachtel Weihnachtsschmuck.) Es scheint, daß die Motorsäge überhaupt nicht im Keller ist, und auch nicht auf der hinteren Veranda, oder in der Garage, oder unter Patricks Bett. (Diejenigen von Ihnen, die zwölfjährige Söhne haben, werden verstehen, wieso sie unter Patricks Bett sein könnte.)

Wo geraten Motorsägen hin? Haben wir sie zur Reparatur gebracht und dort vergessen? Nein. Könnten wir sie im Kofferraum des Wagens gelassen haben? Nein. Den Nachbarn geliehen und sie zurückzuholen vergessen? (Haben wir sie vielleicht zuerst von den Nachbarn geliehen, zusammen mit den Rechen? Guter Gott, das sind *ihre* Rechen! Ich muß sie irgendwie heimlich zurückstellen.)

Aber ach, die Motorsäge ist nicht zu finden, also müssen wir eine neue kaufen, plus einem Spezialkabel, plus einem Umformer, damit sich das Spezialkabel in unsere unspezielle Steckdose stecken läßt.

Dann muß ich das Kind finden, dem es übertragen ist, die Kriechföhren zu schneiden; der Junge hat sich aus dem Staub gemacht, während wir die Säge suchten. Wenn er gefunden ist, wird er über den Schätzwert der Arbeit diskutieren wollen, die er tun soll. (Unsere Kinder tun nichts, wofür sie nicht bezahlt werden, außer mein Auto fahren, was sie umsonst tun, vorausgesetzt, ich bezahle das Benzin.) Er erwartet auch von mir, daß ich neben ihm stehe und Zuspruch und Trost spende, während er hackt und schneidet und murrt und knurrt, „wie dieses Zeuge versteinert ist; es ist, als schneide man Beton!"

Wenn einmal die Zweige entfernt sind, müssen die Wurzeln ausgegraben werden. Nichts wurzelt so fest wie eine Kriechföhre. Mein Sohn behauptet, er habe bis nach Kansas hinüber graben müssen, um das Ende der Wurzeln zu finden.

Als wir das letztemal einer Gruppe Kriechföhren den Kampf ansagten, verbrauchte ich vier Söhne und ein Automobil-Getriebe, bevor ich fertig war. Trotzdem war es ein faszinierendes Erlebnis, und zwar wegen der Schätze, die wir entdeckten: einen Baseball, einen Handschuh, drei Golfbälle, meinen schwer versilberten Saucen-Schöpflöffel (der schon fehlte, seit das jüngste Kind aus der Sandkiste herausgewachsen ist), und... Sie haben's erraten... die vermißte Motorsäge.

Ich muß zugeben, wenn die Sträucher einmal entfernt oder zu einer attraktiveren Form zurechtgestutzt sind, das Gras geschnitten ist, sieht unsere Gartenfläche so schön aus, daß man sie einen Rasen nennen kann. Also war ich nicht überrascht, als ich gestern nachmittag nach

Hause kam und meinen Sohn auf der Veranda sitzen und stolz auf die wunderschöne weite Grasfläche blicken sah.

„Hast du nichts Anstrengenderes zu tun, als das Gras beim Wachsen zu beobachten?" neckte ich.

„Das ist genau das, was ich tue", antwortete er.

„Du beobachtest das Gras beim Wachsen?" fragte ich ungläubig.

„Richtig", sagte er. „Ich habe mir gedacht, wenn ein Topf mit Wasser, das man beobachtet, nie zu sieden anfängt, dann wird auch Gras, das man beobachtet, nicht so schnell wachsen."

14

Wer ist der Patient?

„Wenn Sie die sofortige Heilung Ihres leidenden Mannes herbeiführen wollen... legen Sie ihn in ein Krankenhaus."

Ein „Patient" ist laut etymologischem Wörterbuch „einer, der willens ist, sich mit Warten, Schmerzen, Schwierigkeiten etc. abzufinden, indem er still duldet, ohne zu klagen oder die Selbstbeherrschung zu verlieren".

Wie nun konnte eine solche Schilderung jemals auf einen Menschen zutreffen, der sich auf einem brettharten Krankenhausbett herumwirft und wälzt, Drohungen und Flüche ausstößt und schwört, er werde dieses blitzblanke Haus, sollte er jemals herauskommen, niederbrennen, weil die blitzblanken Schwestern ihm keine Schmerztabletten bringen wollen, keine Zigarette, ja nicht einmal eine blitzblanke Leibschüssel!

Wie jedermann, der einmal im Krankenhaus gewesen ist, weiß, ist niemand ungeduldiger als ein Patient, besonders ein Patient, der sich im Genesungsstadium befindet und erwartet, heute nachmittag entlassen zu werden, aber gerade erfahren hat, daß sein Arzt für ein verlängertes Wochenende die Stadt verlassen hat und nicht vor Dienstag zurück sein wird. (Eine meiner liebsten Erinnerungen gilt einem befreundeten Arzt, der nach einem leichten Eingriff im Krankenhaus lag und schon nach

Hause gehen wollte, als die Kanzlei sich weigerte, ihn zu entlassen, da *sein* Arzt das Krankenhaus verlassen hatte, ohne die Entlassungspapiere zu unterzeichnen. Das Krankenhaus erbebte unter dem Gebrüll dieses Arztes, oder vielleicht war das Beben eine Folge des Gelächters seiner Mitpatienten, die sich an seinem Unglück weideten.)

Von dem Moment an, in dem ein kranker oder verletzter Mensch ins Krankenhaus eingeliefert wird, soll er oder sie „Geduld haben"!

Ich werde hysterisch, wenn ich an diese alten Filme denke, in denen der Krankenwagen mit Höchstgeschwindigkeit an den Eingang der Notaufnahme heranfährt, und bevor die Sanitäter noch die Wagentüren geöffnet haben, kommen sechs Ärzte und drei Schwestern aus dem Krankenhaus gestürzt, um dem leidenden Wesen dort drinnen beizustehen.

Wie jeder, der einmal eine solche Erfahrung gemacht hat, weiß, verhält sich das alles ganz anders.

Im wirklichen Leben kann der Rettungswagen oder das Auto höchstwahrscheinlich nicht einmal in die Zufahrt zum Noteingang einfahren, weil irgendein Kerl seinen Wagen dort geparkt hat. Und in dem unwahrscheinlichen Fall, daß Sie wirklich zum Eingang hinfahren können, kommt Ihnen niemand zu Hilfe, außer vielleicht ein Sicherheitswachebeamter, und er interessiert sich nur dafür, ob Sie wirklich als Notfall bezeichnet werden können und daher das Recht haben, da zu sein.

Wenn Sie die Sicherheitswache passieren läßt, müssen Sie immer noch an der Aufnahmebeamtin vorbei.

„Warten Sie einen Moment!" ruft sie, während Sie blutüberströmt über den Teppich kriechen. „Sie können nicht dort nach hinten! Sie müssen zuerst die Formulare ausfüllen!"

„In Ordnung", keuchte Sie, „zeigen Sie mir nur, wo ich unterschreiben soll."

„Sie müssen Platz nehmen und warten, bis Sie dran sind", sagt sie, und es nützt nichts, darauf hinzuweisen, daß sie aus beiden Ohren bluten, schreckliche Schmerzen in der Brust haben und sicher sind, daß Sie beide Beine gebrochen haben; Sie müssen trotzdem warten, bis Sie dran sind.

Also setzen Sie sich neben ein kleines Kind mit einem zerschnittenen Finger und einen Teenager, der beim Footballspielen gestürzt ist, und versuchen sich von ihren Schmerzen abzulenken, indem Sie eine der anregenden Zeitschriften lesen, die das medizinische Personal bereitgelegt hat (*Segelsport, Wie man seine erste Million verdoppelt, Kurpfuscherei* und *Reader's Digest,* Januar 1973).

Gerade, wenn die Blutung aufhört, die Schmerzen nachlassen und die Symptome verschwinden, ruft die Beamtin Ihren Namen, und Sie müssen eine Unzahl von Fragen beantworten, die damit beginnen: „Wie wollen Sie zahlen?"

„Aus den Mitteln meiner Sterbeversicherung", antwortete ich einmal, und die Beamtin tippte pflichtgemäß meine Antwort, bevor sie fragte: „Ist das eine Gruppenversicherung?"

Ich muß zugeben, daß ich, wenn ich ins Krankenhaus kam, meist in der Geburtenstation landete, der einzigen Abteilung, wo man Sie *nicht* warten läßt, besonders wenn Sie zum zehntenmal dort sind.

Als ich das letztemal als Patientin durch die Pforte dieser Station trat, drängte mich der Sicherheitswachebeamte selbst geradewegs bis zum Fahrstuhl und rief der Angestellten am Empfangspult zu:

„Vergessen Sie den Papierkram, wenn Sie keine Schwierigkeiten kriegen wollen!" (Die „Schwierigkeit" war Patrick, der entschlossen war, sofort geboren zu werden, wenn nicht früher.)

Während wir ungeduldig auf den Fahrstuhl warteten (wo fahren Fahrstühle eigentlich immer hin?) kamen zwei Ärzte herübergeschlendert, warfen einen Blick auf mich, wie ich da zusammengekrümmt stand und mit den Armen meinen „Zustand" umklammerte, und sagten:

„Wir gehen zu Fuß hinauf."

Die Feiglinge.

Also, ich schaffte den Weg zum Kreißsaal gerade rechtzeitig, um den Wehenraum und all die unangenehmen (und — dessen bin ich immer sicher gewesen — unnötigen) Vorbereitungen zu umgehen, die einem dort drinnen aufgezwungen werden. Die Ärzte haben es nicht gern, wenn die Patientin in einem Cocktailkleid und hochhackigen Schuhen in den Kreißsaal gerollt wird; aber wenn Sie unmittelbar vor der Geburt ihres zehnten Babys stehen, so ist das letzte, worum Sie sich Sorgen machen, das, was die Ärzte nicht mögen.

Patientinnen in der Geburtenabteilung sind selten ungeduldig, weil keine wirklich krank ist und alle guter Laune sind, außer vielleicht die ältere Frau in Bett drei, die Zwillinge geboren hat, nachdem ihr jüngstes Kind in die High School eingetreten ist. Doch wir in der Geburtenabteilung hatten keinen Bedarf an Schmerztabletten oder Leibschüsseln, und nach einer Krankenschwester läuteten wir nur, wenn wir eine Vierte zum Bridge oder mehr Eis für die Limonade brauchten. Wir waren nicht einmal ungeduldig, entlassen zu werden; wer möchte schon unbedingt Frühstück im Bett und Nachmittagsschläfchen gegen Kochen, Saubermachen und mitternächtliches Füttern eintauschen? Nein, die meisten meiner Krankenhausaufenthalte waren ein Vergnügen, von der Versicherung bezahlte Ferien, wenn auch nichts

Wahres an dem Gerücht ist, daß ich die letzten fünf Babies nur bekam, um ein paar Tage Erholung von den ersten fünf zu haben.

Ein paarmal jedoch war ich wegen Operationen im Krankenhaus, und wenn die Geduld eines Patienten jemals auf die Probe gestellt wird, dann während der Zeitspanne, in der er auf eine Operation wartet oder sich davon erholt. Obwohl es denjenigen von Ihnen, die nie unters Messer gekommen sind, überraschend erscheinen mag — das Warten ist oft schlimmer als die Erholung. Das kommt daher, daß man Ihnen eine zu lange Wartezeit einräumt.

Ich habe Chirurgen nie verstanden, die sagen: „Also, es sieht aus, als ob da etwas wäre; ich bin nicht ganz sicher, was es ist, oder wie ernst es ist, aber es muß heraus. Ich merke Sie für eine Operation Mittwoch in drei Wochen vor."

Das gibt Ihnen fast einen Monat Zeit, sich in ein fortgeschrittenes Stadium endzeitlichen Irgendwas hineinzusteigern, und obwohl das „Etwas" sich meist als einfache Zyste entpuppt, sind Sie noch nicht geheilt; Sie müssen erst noch wegen Bluthochdrucks, nervöser Erschöpfung, Nervenzuckungen und des ständigen Zitterns aller zehn Finger behandelt werden. Wenn der Chirurg weiß, daß Sie sich einer furchterregenden Operation unterziehen müssen, warum kann er diese nicht für morgen ansetzen, oder besser noch, für heute nachmittag?

Die einzigen Operationen, die gleich für den nächsten Tag angesetzt werden, sind diejenigen, die Sie lieber um eine Woche oder zwei verschieben würden, wie die Mandeloperation Ihres Kindes. Wenn ein Kind operiert werden muß, ist es unweigerlich so, daß der Arzt der Mutter nicht einmal Zeit gibt, anständige Pyjamas zu kaufen, um Himmels willen, geschweige denn, es hinter den Ohren zu waschen. (Wie jede Mutter eines Achtjährigen weiß, nimmt das mindestens drei Tage in Anspruch.)

Vor fast jeder Operation erhält der Patient mehrere Stunden, bevor er in den Operationssaal hinuntergebracht wird, ein Beruhigungsmittel. Angeblich soll einen das schläfrig machen und die Wirkung der Anästhesie beschleunigen. Doch in Wahrheit soll einen diese Teufelsdroge außer Gefecht setzen, damit man nicht merkt, was in der OP-Vorbereitung vor sich geht.

Als ich das letztemal operiert wurde, blieb meine kleine Pille ohne Wirkung, und ich war hellwach und auf dem Posten, als ich hinuntergerollt wurde und auf dem Korridor vor den Operationssälen allein blieb, auf meinem Wagen liegend, nur mit einem Hemd bekleidet. In den nächsten zehn Minuten beobachtete ich folgendes:

1. Einen Chirurgen, der aus einem Operationssaal stürzte und brüllte: „Irgendein Idiot hat die falschen Röntgenbilder hereingeschickt; um ein Haar hätte ich die falsche Lunge herausgenommen!"

2. Eine Krankenschwester, die auf dem Korridor schrie, sie würde „streiken, bis wir eine anständige Ausrüstung kriegen! Wer kann mit Maschinen arbeiten, die immer wieder Kurzschluß haben?"

3. Meinen eigenen Operateur, der den Korridor herunterspazierte, mir den Kopf tätschelte und sagte: „Mach dir nur keine Gedanken, Mädel; wir werden deinen Blinddarm im Nu heraußen haben", was mich allerdings nicht so recht beruhigte, da ich für eine Operation an der Schulter vorgemerkt war.

Der Aufwachraum ist beinahe noch schrecklicher als der Vorbereitungsraum. Während Sie noch immer von der Anästhesie benebelt sind, ragen Schwestern und Hilfspersonal wie phantastische Ungeheuer über Ihnen empor und brüllen:

„Wach auf! Wach auf! Also komm schon, wach auf!“, während alles, was Sie wollen, schlafen ist, oder:

„Huste, Schätzchen; zeig, wie stark du husten kannst!“, während alles, was Sie herausbringen können, „uuuhhh“ ist, und sogar das reißt Ihnen die Eingeweide heraus.

Dann ist da der schreckliche Durst. Da man für die Narkose vorsorglich Ihren Speichelfluß unterbunden hat, wachen Sie auf, Ihre Zunge klebt Ihnen an den Zähnen, und Ihre Mundhöhle fühlt sich an, als wäre sie mit Baumwolle gefüttert. Sie betteln und betteln um Wasser; und nur noch schlimmer, als es nicht zu bekommen, ist es, doch welches zu bekommen, das gleich, nachdem Sie es getrunken haben, sofort wieder hochkommt, zusammen mit fünf Liter Galle.

Da Sie durch die Narkose noch immer verwirrt sind, wissen Sie nicht genau, wo Sie sich eigentlich befinden, und irgendwie gelangen Sie zu der Überzeugung, daß Sie doch wieder im Vorbereitungsraum angelangt sind, denn wenn die Operation schon vorüber wäre, wären Sie natürlich tot. (Niemand glaubt auch in seinen kühnsten Träumen daran, daß er eine Operation überlebt.)

Endlich können Sie sich wieder orientieren, und das ist ebenso schrecklich, weil niemand glaubt, daß Sie sich orientieren können; und wenn Sie Dinge äußern wie: „Um Gottes willen, sagen Sie meinem Mann, er soll nach Hause gehen und die Spaghetti vom Herd nehmen!“ lachen alle nur und sagen: „Ist sie nicht komisch?“ Ja, sehr komisch; dann sollen sie auch diesen verdammten Topf schrubben!

Endlich rollt man Sie wieder in Ihr Zimmer hinauf, wo Sie zu der Überzeugung kommen, daß man Sie sterben lassen wird, weil offenbar alle Sie verlassen haben. In den nächsten drei Tagen bekommen Sie nur ein einziges Mal eine Krankenschwester zu Gesicht, und zwar mitten in der Nacht, wenn sie Sie aufweckt, um Sie zu fragen, ob Sie eine Schlaftablette wollen. Man sagt Ihnen, daß Sie, wenn Sie etwas brauchen, jederzeit „nach der Schwester klingeln können, doch wie jeder Patient weiß, ruft diese kleine Glocke niemanden auf den Plan. Sie setzt nur ein Tonband in Bewegung, das sagt: „Kann ich Ihnen behilflich sein?", und nach einer Pause: „Ich werde gleich jemanden schicken."

Viel ist über die Tatsache geschrieben worden, daß Schwestern niemals auf diese Klingel antworten, aber um den Schwestern gegenüber fair zu sein, muß ich zugeben, daß ich im Grunde auf ihrer Seite bin. Mehr als einmal bin ich an einem Krankenhauspult gestanden, als der Summer ertönte. Ich hörte absichtlich zu, und in einer Zeitspanne von fünfundvierzig Sekunden klingelte derselbe Patient fünfmal: einmal mit der Bitte um ein Kartenspiel, einmal mit der Bitte um mehr Eis, einmal mit der Bitte um eine Rückenmassage, einmal mit der Bitte, man möge die rothaarige Schwester schicken, damit sie ihm den Rücken massiere, und einmal mit der Frage, warum niemand auf seine Bitten reagiere.

Wenn das Wort „geduldig" auf irgend jemanden im Krankenhaus zutrifft, dann wahrscheinlich auf die Schwestern.

Oder noch besser, auf den Ehepartner des Patienten.

So sehr ich es hasse, krank zu sein, mich einer Operation zu unterziehen oder mich — aus welchem Grund auch immer — im Krankenhaus zu befinden, wäre mir das jederzeit lieber, als meinen Mann dort zu haben.

Wie kommt es, daß der Mann — während seine Frau im Krankenhaus liegt — sich als absoluten Heiligen betrachtet, wenn er einmal am Tag zu einem viertelstündigen Besuch auftaucht; wenn aber der Mann im Krankenhaus ist, er von der Frau erwartet, daß sie pünktlich jede Stunde vorbeikommt, oder noch besser, rund um die Uhr dableibt?

Mein Mann behauptet, daß er, wenn er im Krankenhaus liegt, mich jederzeit neben seinem Bett haben möchte — nicht, weil er ein vierundzwanzig-Stunden-Service erwartet, sondern weil er jemanden braucht, um sicherzugehen, „daß mich diese Idioten nicht umbringen". Diese Angst entstammt seiner Überzeugung, daß das medizinische Personal, das der Wut und Raserei der Patienten ausgesetzt ist, ja die besten Möglichkeiten hat, seine Rachgelüste zu stillen, und wenn man ihm genügend Anreiz bietet, es wahrscheinlich auch tut.

Es gibt jedoch keinen Zweifel an der Tatsache, daß mein Mann, wie die meisten Männer, besondere Aufmerksamkeit wünscht, wenn er krank ist. Männer sind in dieser Beziehung wie Kinder; ein fairer Vergleich, finde ich, denn wenn Kinder krank werden, neigen sie dazu, sich wie Männer zu benehmen! Nichts gibt einem kleinen Kind mehr Selbstvertrauen als der Umstand, daß es in ein Krankenhaus gebracht wird. Wenn es einmal erkannt hat, daß ein schlichtes Ächzen oder Stöhnen sofortige Aufmerksamkeit, und ein schlichter Druck auf die Klingel unbegrenzte Mengen Eiscreme bringt, wird es selbstbewußt und herrschsüchtig wie der anspruchsvollste Chef.

Es wird auch ein neunmalkluger Wichtigtuer.

Eines Morgens ging ich ins Krankenhaus, um unseren neunjährigen Sohn zu besuchen, der sich von einer schmerzhaften, aber unkomplizierten Knieverletzung erholte. Während ich dort war, machte der Arzt seine Visite, die nur aus einem Blick auf das Knie bestand, einem Tätscheln des Beins und einem herzlichen: „Das geht ja großartig, Junge; ich sehe dich morgen!"

Worauf unser Sohn antwortete: „Sie meinen, das war's? Das ist alles, was Sie tun? Nur auf mein Bein schauen und weggehen?"

„Das ist alles für heute!" sagte der Herr Doktor mit einem Lächeln.

„Und dafür werden Sie fünf Dollar verrechnen, nehme ich an!" sagte unser Sohn. „So ein Betrug!" Zu meiner Erleichterung lachte der Arzt (obwohl er und ich wußten, daß diese Visite fünfzehn Dollar kostete!).

Kinder können wahrhaftig anstrengende Patienten sein; sie werden mit den Schmerzen nicht fertig, sie verstehen die Behandlung nicht, sie haben Angst vor dem Krankenhaus und jedermann darin. Aber dann sind sie noch nicht anstrengend. Sie sind anstrengend, wenn sie weit auf dem Weg der Besserung fortgeschritten sind und sich so langweilen, daß sie andauernd die Ärzte belästigen, die Schwestern, das Hilfspersonal, die Pförtner und jeden anderen, der an ihrem Zimmer vorbeigeht, damit er ihnen etwas zu essen bringe, etwas zum Spielen, oder bitte ein anderes Fernsehprogramm einschalten, oder „nur hereinkommen und ein bißchen mit mir reden".

Doch überraschenderweise zieht der Großteil des medizinischen Personals die Kinderstation jeder anderen Abteilung des Krankenhauses vor. Vielbeschäftigte Ärzte verweilen, um sich noch ein lächerliches Rätsel anzuhören; erschöpfte Schwestern nehmen sich extra Zeit, um ein Angstgefühl zu beschwichtigen oder eine Frage zu beantworten; medizinisch-technische Assistenten machen ein Spiel daraus, eine Spritze zu geben oder Blut abzunehmen; Hilfspfleger schleppen fröhlich Eiscreme und Comic-Hefte und Buntstifte und Spiele heran; die Putzhilfe, die ansonsten kein Wort zu einem „gewöhnlichen" Patienten sagen würde, kombiniert Scheuerpflichten mit dem Ersinnen einer phantastischen Geschichte für einen kleinen Zuhörer; und sogar das Tonband, das der Klingel antwortet, zeigt mehr Anteilnahme und Rücksicht, wenn derjenige, der Aufmerksamkeit verlangt, ein Kind ist.

Wenn es irgendwelche geduldigen Menschen in Krankenhäusern gibt, dann sind es sicher diejenigen, die in Kinderabteilungen arbeiten.

15

Liber Weinachtsmann…

„Wenn Sie weiße Weihnachten wollen, dann sorgen Sie dafür, daß der Weihnachtsmann Ihrem Kind keinen Schlitten bringt.“

Während das Briefschreiben vielleicht eine vergessene Kunst geworden ist, ist das Briefschreiben an den Weihnachtsmann noch immer ein beliebter Zeitvertreib, besonders in den unteren Klassen, wo Lehrer verzweifelt versuchen, Sechs-, Sieben- und Achtjährige in diesen letzten hektischen Wochen vor Weihnachten zu beschäftigen.

Es folgen einige Beispiele für die Erfindungsgabe und Zuversicht (nicht zu sprechen von der Gier) einer Gruppe von Grundschülern, die Briefe an den Weihnachtsmann als Klassenaufgabe gestellt bekamen. Zum Glück gelang es mir, diese Prachtstücke zu retten, bevor die gewissenhafte Lehrerin Zeit hatte, sie zu korrigieren und zum Nordpol zu schicken. (Natürlich wollte sie sie dem Weihnachtsmann schicken! Lehrer sind gläubig, müssen Sie wissen. Sie müssen es sein!)

Liewer Weinasmann,

zu Weinaten wünsche ich mir ein Zangenrahd und einen Baukastn und eine Pistohle, die richtiges Wasser spritzt. Bitte mach schnel.

Liewe Grüse, Martin

Lieber Weihnachtsmann,

ich hoffe, Du hast sehr schöne Weihnachten. Ich hoffe, ich habe schöne Weihnachten. Wiedersehen.

Liebe Grüße, Julie

Liber Weinachtsmann,

wie geht es Dir? Mir geht es gut. Bringst du mir Schi und Boxantschu und Bongbongs und Schbilsachen und wen mir noch was einfehlt sag ichs dir noch.

Libe Grüse Patty

Lieber Weinachsmann,

meine Mami sagt, ich kann eine Puppe krigen die ißt und trinkt und weint aber sich nicht nas machen kann.

Liebe Grüse, Annie

Liber Weinatsmann,

bite bring mit einen kleinen bruhder zu Weinaten. Mein Papi sagt, es giebt dort keine Bebis am Nordpol und fileicht bringst Du mir statdessen einen kleinen Hunt. Ich möchte liber einen kleinen bruhder. P. S. Du kannst mir auch einen kleinen hunt bringen, wen du wilst.

Libe grüse, Tim

Lieber Weinachtsmann,

Weinachtsmann, das wird dir jetzt fileicht ein bischen komisch vorkommen, aber ich will einen Kompjuter und eine Keule wie der Keptn Höhlenbär Oh übrigens das wird mein lezter brif an Dich sein ich werde nextes jar neun und werde nicht mer an den Weinachtsmann glauben.

P. S. Aber dieses jar glaube ich an den Weinachtsmann!

Liebe Grüße, Jeff

Lieber Weihnachtsmann,

zu Weihnachten wünsche ich mir einen Legobaukasten und ein Autokarambolagespiel. Und mach viel Lärm wenn Du kommst damit ich Dich dieses Jahr sehen kann.

Dein Freund Steve

Lieber Weihnachtsmann,

ich möchte eine Stereoanlage mit einem Radio und einem Plattenspieler und Sachen für meine Eisenbahn. Ich weiß nicht was sonst, weil ich bald Geburtstag habe und wenn ich keine Sachen kriege die ich will dann sage ich es Dir damit Du sie zu Weihnachten bringen kanst. Wenn Du Schalplatten bringst bitte bring nicht die für die kleinen Kinder.

Liebe Grüße, Kevin

Lieber Weinachzmann,

ich möchte ein Sketbord und ein neues Farrad und barrenstangen zum turnen.

Liebe Grüße, Cheryl

Lieber Weihnachtsmann,

ich hofe, Du hast schöne Weihnachten. Ich hofe, Du hast viele Spielsachen, weil es werden viele Kinder hier sein. Ich hofe, Du hast was wircklich schönes mit. Ich hofe, ich kann Dich am Weihnachtsabend sehen. Ich hofe wir kriegen einen neuen Weihnachtsbaum stat einem neuen Baby wie letzes Jahr.

Liebe Grüße, Kathleen

Lieber Weihnachtsmann,

wie geht es Dir? Mir geht es gut. Ich will nicht viel dieses Jahr, aber ich weiß das meine Schwester viel will. Hier meine Liste Kasettenrekorder, Woodstockpuppe, Aleksanderpuppe und viel Schmuk.

Liebe Grüße, Kristin

Lieber Weihnachtsmann,

ich hoffe, du hast schöne Weihnachten und hier ein paar Sach die ich mir wünsche einen Fußball einen Flugzeugträger der schiest zwei Flieger abschiesen kann.

In Liebe, Mike

Lieber Weinarzmann,

ich möchte einen Hydrokopter und Shogun und Maschinpistole und ein paar andere Sache di du loswerden willst und ich hoffe, Du hast eine schöne Zeit am Nord Pol.

In Liebe, Mike

Lieber Weinachtsmann,

wirst Du nicht müde wenn du jedes Jahr die ganze Zeit den Schornstein rauf und runterkletterst. Warum macht das nicht einer deiner Helfer für dich? Du kannst durch unsere Vordertühr hereinkommen wenn du willst aber leute nicht an der gloke sonst wekst du meinen Papi auf.

In Liebe, Jim

Lieber Weihnachtsmann,

ich Liebe Weihnachten. das sind die schönsten Ferien. Ich wolte, du würdest öfter komen. Wie wärs mit Ostern oder im somer mir ist es imer Recht.

Hochachtungsvoll, Robert

Liber Weihnachtsmann,

ich wünsche mir 1000 Frachtzüge und 72 autos und 80

schachteln pralinen und einen ganzen haufen schbielsachen die nicht kabutgehen. und mach schnel.

Dein Freund Patrick

Hallo Weihnachtsmann,

wie ist es dir dieses Jahr gegangen? Also mir gehts gut. Also es ist Weihnachten und du wirst ein Paar Spielsachen bringen und viele andere Sachen. Und ich werde mich freuen und du auch. Und viele andere Kinder werden sich auch freuen. Also bis später.

gezeichnet Kevin

Lieber Weihnachtsmann,

ich wünsche mir eine Barbie-Puppe, Barbie-Auto und ein Barbie-Haus, aber keine blöde Knabenpuppe.

Danke Nancy

Lieber Weihnahchtsmann,

wie geht es dir? und wie geht es deinen Elfen? Mir geht es sehr gut. Es schneit hier und ich hoffe, wir kriegen einen Schneesturm damit wir morgen nicht zur Schule gehen müssen.

von Tricia

Liebe Weihnachtsmann,

ich wünsche mir ein Skateboard und ein Spiel namens Kerker und Drachen und wen mir noch was einfält schreibe ich wieder.

Deine Mary

Lieber Weihnachtsmann,

ich mag dich weil du geschenke verteilst. du bist ser lieb und ich möchte Dich als meinen papi.

In Liebe Danny

Lieber Weinasmann,

das ist blöd weil ich weis das es keinen Weinasmann gibt. Wen du wircklich der Weinachsmann bist beweis es und bring mir file spilsachen!

Tom

Lieber Weinachtmann,

wen du zu uns komst kom nicht unseren schornstein herunter weil er in den ofen geht und du wirst verbrennen! Kom zur Fordertür und mein Papi wird dich hereinlassen. Fröliche Winachten!

Dein freund Francis

Liber Weinachtsmann,

ich wünsche mir einen Erdbermürbkuchen ein Spil eine Puppe die Milch tringt ein Hüntchen einen Vogel Taucherbrile Schizeug ein Theater

Achtungsvoll, Jennifer

lieber Wienachtsmann

ich wünsche mir eine Katze eine Mickeymaus die redet einen Swimmingpool einen Hund der geht.

Teddy

Lieber Weinachts Mann

ich hoffe, Du kommst dieses Jahr. Weil ich mag dich. Ich mag Weinachten. Ich wünsche mir ein neues rad und auch eine Kamrea. Ich wünsche mir ein neues Radioh und auch ein paar Schrumpfmännchen servus.

von Melanie

Lieber Weihnachtsmann,

ich wünsche mir einen Hampelmann eine Babipuppe

und ein paar Bücher bitte. Ich liebe Dich sehr. Ich wünsche mir einen Abreisblock.

In Liebe, Dave

Lieber Weihnachtsmann,

jetzt erklere ich Dir, wie man zu meinem Haus komt. Kom nach Omaha Nebraska dann such ein großes weißes Haus mit einer hundehüte hinten und einem Farrad mit drei rädern vorne. Ich wünsche mir ein farrad mit zwei rädern weil ich kein kleines kind mer bin.

Bis dann, Bill

16

Kommunikationsschwierigkeiten

„Teenager, die seit Monaten nicht mit ihrer Mutter gesprochen haben, finden es in dem Moment unerläßlich, (‚Sofort! Jetzt gleich! Es ist wichtig!') mit ihr zu sprechen, wenn sie in die Badewanne steigt."

Viel ist in letzter Zeit über den Mangel an Kommunikation zwischen Eltern und Kindern geschrieben worden. Was ich nicht verstehe, ist die Schlußfolgerung, daß dieser „Mangel" ein Problem darstellt.

Offen gesagt, ich habe den *Mangel* an Kommunikation mit meinen Kindern nie als Problem enpfunden; wenn sie den Mund halten, kommen wir glänzend miteinander aus. Erst wenn sie sprechen, geraten wir in Schwierigkeiten.

Das Problem ist: wir sprechen nicht dieselbe Sprache. Mein Mann und ich sprechen eine veraltete Sprache, die man orthodoxes Englisch nennt, und die Kinder sprechen einen seltsamen Dialekt, der schwer zu entschlüsseln ist, weil er nur auf vier Phrasen basiert: „Hm", „Ich weiß nicht", „Ich bin nicht dran" und „ich muß alles machen in diesem Haus!" Und diese Phrasen müssen aus ihnen herausgequetscht werden. Meistens wandern sie durchs Haus und schweigen vor sich hin, oder sie sprechen nur miteinander, indem sie vertrauliches Geflüster — beginnend mit „Sag Mami und Papi nichts davon, aber..." — mit lauten, wilden Drohungen wie „Das sag ich Mami und Papi!" abwechseln lassen.

Das war nicht immer so. Als meine Kinder noch winzig waren, sprachen sie andauernd mit mir. Sogar bevor sie noch geboren waren, antworteten sie auf Fragen wie: „Bist du noch da, Liebling?“ regelmäßig mit Stoßen. Und nachdem sie geboren waren, unterhielten wir uns ständig in einer Sprache, die jede Mutter versteht.

Von zwei Jahren an bis etwa zehn hörten sie nie zu reden auf. Die Kleinen folgten mir durchs Haus und erzählten endlos und in allen Einzelheiten, was sich bei „Captain Känguruh“ oder „Sesamstraße“ abspielte, oder sie sagten mir, was Santa Claus ihnen zu Weihnachten bringen sollte, auch wenn es erst August war.

Im Alter von fünf oder sechs kamen sie von der Schule zurück, erpicht darauf, mir sofort und ohne Pause alles haarklein zu erzählen, was in der Schule oder auf dem Heimweg passiert war, und oft fügten sie etwas hinzu, was gar nicht passiert war – „Ein Tiger hat mich die Dodge Street hinuntergejagt“... „Ich bin gekidnappt worden von ein paar bösen Jungs, aber ich bin geflüchtet“ –, wenn meine Aufmerksamkeit etwa zu erlahmen begann.

Doch leider, alle Kinder erreichen schließlich das Alter, in dem sie nicht länger mit ihren Eltern kommunizieren wollen, und so entwickeln sie den Dialekt, der ihre Mutter wahnsinnig macht.

Erst letzte Woche versuchte ich ein Gespräch mit meiner Tochter in Gang zu bringen, und es verlief etwa so:

Ich: „Ann?“

Tochter: „Hm?“

Ich: „Hilfst du mir Abendessen machen, bitte?“

Tochter: „Ich bin nicht dran.“

Ich: „Das stimmt, du hast mir gestern abend geholfen. Heute muß Peg an der Reihe sein. Wo ist deine Schwester?“

Tochter: „Ich weiß nicht."

Ich: „Ich weiß es auch nicht; dann hilfst eben du mir heute abend."

Tochter: „Ich muß alles machen, in diesem Haus!"

Wir hatten einen jugendlichen Sohn, der so lange nicht mit uns sprach, bis wir ihn zu einem Psychiater schickten. Das war ein Fehler. Der Psychiater lehrte ihn, wie er mit uns sprechen sollte. Ein späteres Gespräch verlief so:

Ich: „Guten Morgen, Sohn; wie war die Party gestern abend?"

Sohn: „Welche Party?"

Ich: „Die Party bei Joe. Bist du gestern abend nicht bei einer Party bei Joe gewesen?"

Sohn: „Warum fragst du?"

Ich: „Weil ich es wissen will! Ich interessiere mich dafür! Ich bin deine Mutter; Mütter interessieren sich nun einmal für die Aktivitäten ihrer Söhne. Bist du gestern abend zu dieser Party gegangen oder nicht?"

Sohn: „Würde es für dich irgendeinen Unterschied machen, wenn ich nicht gegangen wäre?"

Ich: „Ja, allerdings!"

Sohn: „Warum?"

Ich: „Weil ich heute in der Morgenzeitung gelesen habe, daß die Polizei eine Razzia gemacht hat bei dieser Party und drei Fäßchen Bier im Hinterhof gefunden hat. Hast du auf der Party Bier getrunken?"

Sohn: „Ist es eigentlich erwiesen, daß ich überhaupt auf dieser Party war? Vertraust du mir nicht, Mutter? Warum bist du so mißtrauisch? Hat das etwas mit deiner Vergangenheit zu tun? Hattest du eine bewegte Jugend? Möchtest du gern darüber reden?"

Ich: „Nein!"

Ich habe jemandem sechzig Dollar die Stunde bezahlt, um dieses Kind zu lehren, wie es mit mir sprechen soll. Ich bin diejenige, die einen Psychiater braucht!

Viele Eltern finden es schwierig, sich mit ihren Kindern zu verständigen, weil die Kinder mißverstehen, was die Eltern sagen, und vice versa. Da ich jahrelang zu verständnislosen Kindern gesprochen habe, führe ich hier einige elterliche Phrasen an, die Kinder im allgemeinen schwer verstehen können:

„Es ist Zeit, aufzustehen.“ Obwohl dieser Satz wenigstens zwei Jahrzehnte lang täglich wiederholt wird, scheinen die meisten Kinder nie zu lernen, was er bedeutet. Was er bedeutet, Kinder, ist: „Kriech endlich aus diesem Bett heraus, jetzt, augenblicklich, nicht in zehn Minuten, nicht zu Mittag, nicht morgen, sondern jetzt.“

„Du bist dran, das Geschirr zu spülen (oder den Rasen zu mähen, oder die Garage aufzuräumen, oder was immer). Das bedeutet, daß diese Arbeit für dich Pflicht ist. Du magst betteln, bestechen oder eines deiner Geschwister unter Drohungen dazu bringen, die Arbeit für dich zu tun, aber wenn sie nicht prompt und zur Zufriedenheit der Eltern getan wird, wirst *du* den Kopf dafür hinhalten müssen.

„Komm früh nach Hause.“ Der Ausdruck „früh“ wird leicht mißverstanden. Daher sollte man sich merken: wenn Eltern bei der Diskussion über den Zapfenstreich „früh“ sagen, meinen sie für gewöhnlich „gegen Mitternacht“, nicht „gegen Morgen“.

„Wieviel Geld wirst du brauchen?“ bedeutet, wieviel Geld wirst du für dieses spezielle Unternehmen brauchen (um neue Jeans zu kaufen, um zu einem Klassenpicknick zu gehen, etc.) Es bedeutet nicht: Wieviel Geld wirst du fürs Wochenende brauchen? Wenn du beabsich-

tigst, deine Eltern in nächster Zukunft um noch mehr Geld anzugehen, ist es am besten, deinen gegenwärtigen Bedarf auf den Dollar genau, wenn nicht auf den Cent genau abzuschätzen. (Tausend Gutpunkte, wenn du Mami das Wechselgeld bringst.)

„*Warum gehst du nicht mit der Dingsda aus? Sie ist ein so nettes Mädchen.*" bedeutet nicht, daß die Dingsda langweilig ist. Es muß nicht einmal bedeuten, daß sie nett ist. Es bedeutet nur, daß sie klug genug ist, sich vor deinen Eltern nett zu benehmen. Drückt euch nicht vor klugen Mädchen.

„*Führt kein R-Gespräch nach Hause, wenn es sich nicht um einen Notfall handelt.*" Die Mißverständnisse ergeben sich hier aus den verschiedenen Definitionen des Wortes „Notfall". Beachtet, daß die folgenden *keine* Notfälle sind: (a) Du hast gerade einen hinreißenden Jungen kennengelernt und glaubst, daß du verliebt bist; (b) du hast deinen Tennisschläger vergessen und du brauchst ihn morgen (also bitte, kauf einen neuen und laß ihn anschreiben) (c) das Essen in der Cafeteria ist fürchterlich und du brauchst Geld, um „auswärts" zu essen; (d) dir ist langweilig. Dies gilt als Notfall, wenn du (a) im Krankenhaus bist; (b) im Gefängnis bist; (c) es dir irgendwie gelungen ist, zwei zusätzliche Karten für das Footballspiel Nebraska-Oklahoma zu ergattern; (d) du Heimweh hast.

„*Nein.*" Das Gegenteil von „Ja". Das Wörterbuch interpretiert „nein" als „eine Ablehnung, Verweigerung, Verneinung oder Nichtübereinstimmung". Auch in der freiesten Auslegung kann „nein" nicht „möglicherweise", „vielleicht", „wir werden sehen", oder „warte lange genug, und vielleicht vergißt Mami, daß sie ‚nein' gesagt hat" bedeuten. (Mütter vergessen ein „Nein" niemals.)

Und hier sind einige Grünschnabel-Phrasen, die oft schwierig zu deuten sind:

„Der Lehrer ist gemein!" Der Lehrer besteht darauf, daß Aufsätze rechtzeitig abgegeben, Prüfungen pünktlich abgelegt werden, und daß die Clowns in der Klasse endlich mit dem Unfug aufhören!

„Der Schiedsrichter hat gemogelt." Sie haben verloren.

„Wenn ich noch vor Freitag das ganze Erdgeschoß saubermache, kann ich dann drei Dollar haben, um zu dem Eislauffest der neunten Klasse zu gehen?" Das bedeutet nur, daß Papa drei Dollar herausrücken muß; es bedeutet nicht unbedingt, daß das Erdgeschoß bis Freitag saubergemacht ist; oder überhaupt jemals.

„Nichts ist los! Laß mich in Ruhe!" bedeutet, daß ihr Leben völlig verpfuscht ist, und würden Sie bitte mit ins Schlafzimmer kommen und sich stumm und liebevoll die ganze traurige Geschichte anhören.

„Mach dir keine Sorgen deswegen, Daddy; es ist nichts Besonderes" bedeutet, fang lieber an, dir Sorgen zu machen, Daddy, denn wenn es überhaupt je etwas Besonderes gegeben hat, dann wahrscheinlich das.

„Kann ich fünf Dollar leihen?" Buchstäbliche Übersetzung: „Gib mir Geld." Personen unter einundzwanzig Jahren haben keine Vorstellung von der wahren Bedeutung des Worts „leihen". Sie verbinden es keineswegs mit Begriffen wie „Darlehen" oder „Schuld", besonders wenn Papa betroffen ist. (Bei Mama ist das anders; ich treibe die Schulden ein, wenn ich auch manchmal Kniffe anwende, indem ich sage: „Ich weiß, ich habe dir gesagt, daß ich dir fünf Dollar zahle, wenn du den Keller aufräumst. Erinnerst du dich noch an die fünf Dollar, die du dir letzte Woche geliehen hast? Jetzt sind wir quitt.")

„Tut mir leid, daß ich zu spät komme, Daddy, aber der Schnee ist schrecklich; es bläst richtig draußen; die Straßen

sind in einem schauderhaften Zustand, es muß hundert Unfälle in der Dodge Street gegeben haben; diese steile Anhöhe runter, da konnte niemand stehenbleiben; sogar die allerbesten Fahrer sind zusammengekracht..." Du hast es erraten, Daddy; wieder ein verbeulter Kotflügel.

„*Alle anderen Eltern haben es erlaubt!*" Sie haben nicht, aber sie tun es vielleicht noch, wenn Sie nachgeben.

Für diejenigen Eltern, die behaupten, daß ihre Kinder unter keinen Umständen mit ihnen sprechen wollen, führe ich hier einige Umstände an, die die Verständigungsbarrieren in Ihrem Haus garantiert beseitigen:

1. Wenn Sie ganz kleine Kinder haben, die Ihnen Ihre Zuwendung versagen, melden Sie einfach ein Ferngespräch mit jemand Wichtigem an, vorzugsweise mit der Großmutter. Ihre Kleinen werden sofort auf Ihren Schoß klettern und ganz Ohr sein.

2. Wenn Sie ältere Kinder haben, die Sie meiden wie die Pest, kaufen Sie sich ein paar teure Badezusätze, lassen Sie die Wanne mit heißem Wasser vollaufen und legen Sie sich mit der Absicht hinein, möglichst lange darin zu weichen. Teenager, die seit ihrem zehnten Geburtstag nicht mehr mit Ihnen gesprochen haben, werden an die Türe hämmern und Ihre Aufmerksamkeit fordern, auf der Stelle.

3. Locken Sie Ihren Mann ins Schlafzimmer und versperren Sie die Türe. Die ganze Familie wird sofort im Korridor zusammenlaufen und darauf bestehen, mit Ihnen zu sprechen.

4. Eine unfehlbare Methode, eine regelmäßige Kommunikation mit Ihren Kindern herzustellen, ist, eine Stellung in einem Büro anzutreten, im dem persönliche Telefongespräche nicht erwünscht sind; dann werden Ihre Kinder Sie pünktlich zu jeder Stunde anrufen.

5. Die beste Methode, die Kommunikation mit Ihren Sprößlingen zu fördern ist, sie aufs College fortzuschicken, oder sie in eine eigene Wohnung ziehen zu lassen. Dann kann man sich darauf verlassen, daß sie häufig zu Hause anrufen (R-Gespräch natürlich), oder zu Hause vorbeischauen (zu den Mahlzeiten natürlich) und lange Gespräche mit Ihnen führen, in deren Verlauf sie ausführlich erläutern werden, was für wundervolle Eltern Sie waren, und was denn eigentlich los sei, daß Sie ihre jüngeren Geschwister so rettungslos verwöhnen.

Während ich Jahre gebraucht habe, um zu lernen, mich mit meinen Kindern zu verständigen, hatte ich in dieser Hinsicht überhaupt keine Schwierigkeiten mit meinem Enkelkind.

Zugegeben, er kann noch nichts anderes sagen als „Dabba da baba", aber ich weiß genau, was das bedeutet. Es bedeutet: „Ich liebe meine Oma."

Wie kommt es, daß Enkelkinder so viel aufgeweckter sind als Kinder?

17

Theaterzauber

„Schulkinder, die von ihren Lehrern den Auftrag bekommen, einen bestimmten Gegenstand in die Schule mitzubringen (sei es nun Geld, eine Mitteilung oder ein Raupen-Kostüm), unterrichten ihre Mutter von dieser Tatsache gewöhnlich nicht vor acht Uhr früh des festgesetzten Tages.“

Vor Jahren, als ich zum erstenmal Jean Kerrs Klassiker *... bis nach Haus ich wieder komm* las, lachte ich unbändig über das lustige Kapitel, in dem der Sohn der Kerrs, Christopher, von der Schule nach Hause kommt und verkündet, daß er eine Rolle in der Schulaufführung bekommen hat, und daß er ein Kostüm für seine Rolle als Hinterreifen braucht. Ach, welche Phantasie! Jean Kerr konnte sich doch wirklich komische Situationen ausdenken! Als ob in irgendeinem Stück eine handelnde Person einen Hinterreifen darstellen könnte!

Als ich dann fünf eigene Kinder hatte, die zur Schule gingen, fand ich, daß ich Mrs. Kerr schreiben und mich für meine frühere Annahme, sie hätte das alles erfunden, entschuldigen sollte. Offensichtlich mußte sie nicht in ihrer Phantasie nach so lächerlichen Episoden kramen; sie waren alle aus dem Leben gegriffen. Sogar der Hinterreifen, ganz ohne Zweifel. Obwohl ich doch manchmal darüber grübelte – während ich so Jahr um Jahr die Schulaufführungen über mich ergehen ließ –, welches

Stück eigentlich ihren Sohn Christopher als Hinterreifen zeigte.

Ich habe im Lauf der Jahre mehr Kostüme realisiert, als ich zu zählen vermag, und ich kann Ihnen sagen, daß es viele Gelegenheiten gab, in denen ich für etwas so Einfaches wie einen Hinterreifen dankbar gewesen wäre.

Einen Hinterreifen darzustellen wäre sicher leichter gewesen, als eine Raupe zu konstruieren. Unsere Tochter Mary war erst ein paar Wochen in der High School, als sie nach Hause kam und verkündete, daß sie beim Sportfest auftreten müsse und die Rolle einer Raupe spielen solle.

„Eine Raupe?" fragte ich. „Und was für ein Kostüm wirst du tragen?"

„Wir sollen es machen", antwortete Mary.

„Was meinst du mit ‚wir'?" fragte ich voll Entsetzen. „Ich habe nicht die leiseste Ahnung, wie man ein Raupenkostüm macht. Könntest du nicht statt dessen ein Schokoladeplätzchen sein?"

„Warum sollte ich ein Schokoladeplätzchen sein wollen?"

„Weil dein Bruder das letztes Jahr war, und ich glaube, wir haben noch das Kostüm. Oder wie wär's mit einer Schäferin? Oder einem Clown? Oder einem Tisch?"

„Einem Tisch?"

„Ja. Kannst du dich nicht an dieses moderne Stück erinnern, in dem die Kinder sowohl die Requisiten als auch die Menschen spielten und Tim ein Tisch war?"

„Eigentlich nicht. Aber an Patricks Adler-Kostüm erinnere ich mich. Wir haben tagelang Federn auf ein Laken geklebt und beendeten dieses Unternehmen in einem solchen Chaos, daß Dad vorschlug, wir sollten Patrick einfach ein Schild um den Hals hängen, auf dem stand: ‚Ich bin ein Adler, verdammt nochmal.'"

„*Das* wäre eine Idee!“ sagte ich hoffnungsvoll. „Wie wär’s mit einem Schild, auf dem steht, daß du eine Raupe bist?“

„Mach dir keine Gedanken wegen des Kostüms, Mami“, erwiderte Mary. „Ich weiß, wie man es macht; die Lehrerin hat mir ein Muster und die Anleitungen dazu gegeben. Alles, was ich von dir brauche, ist das Geld für das Material. Aber ich brauche es jetzt, weil ich das Kostüm morgen fertig haben muß.“

Natürlich mußte sie es morgen haben; ich habe noch nie ein Kind gehabt, das mich mehr als vierundzwanzig Stunden vorher benachrichtigte, wenn es etwas für die Schule brauchte.

„Es ist eigentlich reine Neugier“, fragte ich, „aber wann hast du erfahren, daß du dieses Kostüm brauchst? Letzten September?“

„Ohn nein“, antwortete sie aufrichtig. „Sie haben es mir erst heute gesagt. Weißt du, ich war ursprünglich dazu eingeteilt, hinter der Bühne zu arbeiten, also brauchte ich kein Kostüm. Carol sollte die Raupe sein, aber sie ist im Krankenhaus, also hat die Lehrerin gesagt, daß ich für sie einspringen muß.“

„Fein“, sagte ich, „jetzt brauchst du nur noch Carols Kostüm zu holen.“

„Machst du Witze?“ meinte Mary. „Carol ist einen Meter vierzig groß, und ich bin einsfünfundsechzig. Kannst du dir nicht vorstellen, wie ich mich in Carols Kostüm hineinzwängen müßte?“

Da Mary wegen ihrer Größe nur allzu empfindlich war, hielt ich mich davor zurück, eine Bemerkung über die absurde Vorstellung von einem Wurm Größe neun in einer Leiche Größe fünf zu machen. Ich willigte ein, daß sie ihr eigenes Kostüm haben sollte, und gab ihr das Geld für das Material.

Als wir uns zum Abendessen setzten, hatte Mary schon das Schnittmuster fertig und war intensiv an der Nähmaschine beschäftigt. Ich muß hinzufügen, daß die Nähmaschine Mary gehörte, ein Geschenk ihrer Großmutter, die nie verstanden hat, wie ich zehn Kinder aufziehen konnte, ohne jemals einen Stich zu nähen. Ich bin bis jetzt nicht dahintergekommen, wie man mit dieser Nähmaschine umgeht, und so Gott will, wird es mir auch nie gelingen.

Doch Mary war schon mit vierzehn eine Künstlerin im Nähen, und sie arbeitete den ganzen Abend fleißig an ihrem Kostüm. Als ich um Mitternacht zu Bett ging, saß sie noch immer an der Maschine, und als ich um sechs am nächsten Morgen herunterkam, fertigte sie gerade die „Pelzverbrämung" am „Kopf" mit der Hand aus.

Ich war bekümmert darüber, daß sie die ganze Nacht aufbleiben hatte müssen, um dieses Kostüm zu machen, aber das Resultat verblüffte mich.

„Also Mary, das ist ja wunderschön!" rief ich aus. „Du bist wirklich sehr talentiert!"

„Ich bin auch sehr müde", sagte sie gähnend. „Ich muß erst um neun in der Schule sein, also werde ich vielleicht noch ein bißchen schlafen. Weck mich bitte um acht, ja?"

Ich versicherte ihr, daß ich das tun würde, und sie ging zu Bett.

Um acht Uhr weckte ich sie, und sie murmelte: „Noch zehn Minuten; gib mir nur noch zehn Minuten." Ich weckte sie neuerlich um acht Uhr zehn, acht Uhr zwanzig, acht Uhr fünfundzwanzig, acht Uhr dreißig und acht Uhr fünfunddreißig. Um acht Uhr vierzig sprang sie aus dem Bett und schrie: „Warum hast du mich nicht geweckt? Jetzt komme ich zu spät zum Sportfest!"

Ich trollte mich, damit sie sich anziehen konnte, und wenige Augenblicke später hörte ich einen schrillen Entsetzensschrei.

„Was ist los?“ rief ich, während ich zu ihr hinauflief.

Mary stand mitten in ihrem Zimmer, sprachlos vor Wut. Sie trug das Raupenkostüm, und wie es aussah, hatte sich die Raupe in einen Schmetterling verwandelt. Das hellbunt gemusterte Kostüm war vom Kopf bis zu den Zehen aufgerissen.

„Was ist passiert?“ fragte ich.

„Es ist aufgerissen!“ jammerte Mary. „Als ich den Reißverschluß raufzog, ist das ganze Ding aufgerissen! Es ist viel zu klein. Die Lehrerin muß mir das gleiche Schnittmuster gegeben haben wie Carol, und ich war zu sehr in Eile, um es zu merken!“

„Das einzig Vernünftige“, seufzte Mary, während sie aus den Überresten der Raupe herausstieg. „Ich gehe wieder ins Bett. Wenn irgend jemand anruft, sag, ich verwandle mich gerade; ich rufe zurück, wenn ich aus meinem Kokon geschlüpft bin.“

Während es Mary nicht besonders zu stören schien, daß sie das Sportfest versäumte, störte es mich doch, daß ich ihr keine größere Hilfe gewesen war. Es stimmt, ich kann nicht nähen, aber ich kann lesen, und ich hätte wenigstens kapieren können, daß das Schnittmuster die falsche Größe hatte.

Ich beschloß, von nun an kooperativer zu sein, wenn es darum ging, meine Kinder zu kostümieren.

Und ich war es. Nein, ich lernte nicht nähen. Aber ich lernte suchen. Wenn die Kinder nach Hause kamen und mir sagten, sie brauchten ein Kostüm für dies oder das, rief ich alle meine Freunde, Verwandten, Nachbarn und sogar Kostümverleiher an, um das Verlangte zu finden. In den nächsten Jahren erbettelte, lieh, mietete oder kaufte ich Kostüme für Revuetänzerinnen, Musiker, Heilige, Matrosen, Amoretten, Clowns und sogar unbeseelte Objekte, die sich ein Schauspiellehrer einbildete, der sich gerne schwierig gab.

Selten, aber doch schuf ich die Kostüme sogar selbst. Das war in dem Jahr der Fall, in dem Tim nach Hause kam und zu mir sagte, daß er für eine Rolle im Weihnachtsstück ausgewählt worden sei.

„Du wirst es nicht glauben, was ich in diesem Programm darstelle", sagte er.

„Wenn ich es nicht glauben werde, dann muß das wohl bedeuten, daß du einen Engel spielst", scherzte ich.

„Einen Engel? In einem Weihnachtsstück? Aber Mami, du lebst ja noch im finstersten Mittelalter. Wir haben keine Engel mehr im Weihnachtsprogramm. Wir haben nicht einmal mehr den Weihnachtsmann!"

„Ich habe es vergessen", sagte ich mit einem Seufzer. „Die Religion gilt nichts mehr, und die Legende auch nicht. Was für ein Weihnachtsprogramm habt ihr eigentlich geplant?"

„Das Motto dieses Weihnachtsfestes ist ‚Krieg der Sterne'", antwortete Tim. „Ich muß die Rolle eines Laserstrahls spielen."

„Endlich!" sagte ich lachend. „Ein Kostüm, das ich ganz allein gestalten kann!"

„Das kannst du?" fragte Tim ungläubig. „Bist du sicher, Mami?"

„Natürlich. Warte nur ab, du wirst schon sehen."

Als die Zeit kam, das Kostüm zu liefern, übergab ich Tim eine Taschenlampe für drei Dollar und sagte: „So, da hast du. Du bist jetzt ein Laserstrahl."

„He, Mami", meinte Tim, „das ist keine schlechte Idee. Die Bühne wird für meine Szene dunkel sein; das wird ein Knüller! Vielen Dank!"

Leider war es doch kein Knüller. Aber das war nicht *meine* Schuld. Ich war nicht diejenige, die den ganzen ersten und zweiten Akt hindurch hinter der Bühne mit der Taschenlampe herumspielte. Als der Laserstrahl dann endlich auf die Bühne kam, waren die Batterien leer.

Meine Kinder werden jetzt allmählich größer, und während ich immer noch Kostüme für High-School und College-Schauspieler produzieren muß, vermisse ich die Herausforderung der Kindergarten- und Volksschulaufführungen — damals, als meine Kinder nach Hause gekommen waren und mir erzählt hatten, daß sie dazu ausersehen wären, die Rolle eines Mondstrahls, eines Regentropfens, einer Wolke, eines Piraten, einer Marionette, Peter Pans oder vielleicht sogar Gottes zu spielen. (Gottes Kostüm war immer so einfach: alles, was man brauchte, war ein weißes Laken und ein falscher Bart.)

Um so entzückter war ich gestern, als mein kleiner Nachbar Teddy herüberkam, um mich wegen des Kostüms für die Theatervorstellung der ersten Klasse zu konsultieren.

„Ich brauche ein Kostüm“, sagte Teddy, „und Mami sagte, ich soll Sie fragen, ob Sie eins haben, weil Sie alle möglichen komischen Sachen in Ihrem Haus haben.“

„Da muß ich dir recht geben, Teddy“, sagte ich lachend. „Was wirst du denn in diesem Stück darstellen?“

„Einen Hinterreifen“, antwortete Teddy.

„Einen Hinterreifen!“ rief ich aus. „Das glaube ich nicht! Ich habe mir immer über dieses Stück den Kopf zerbrochen! Wie heißt es eigentlich?“

„Es heißt ... *bis nach Haus ich wieder komm*“, sagte Teddy. „Ich spiele die Rolle des Christopher, der die Rolle eines Hinterreifens spielt. Haben Sie ein altes Hinterreifenkostüm?“

„Tut mir leid, das habe ich nicht, Teddy“, antwortete ich. „Aber ich werde dir gerne helfen, eines zu finden.“

Jean Kerr, ich brauche Sie…!

18

Dame im Unglück

„Der einzige wirkliche Gewinner in Las Vegas ist der, der nicht begreift, wie die einarmigen Banditen funktionieren."

„Ich habe eine tolle Neuigkeit für dich, Schatz", verkündete mein Mann an einem Abend im letzten Frühling. „Wir fliegen nach Las Vegas!"

„Warum?" fragte ich.

„Was heißt ‚warum'", lachte er. „Du redest wie unsere Kinder, als wir ihnen sagten, daß wir sie nach Chicago mitnehmen würden. Möchtest du nicht gerne Las Vegas sehen? Weißt du nicht, daß Las Vegas ein sehr berühmtes Aushängeschild der Vereinigten Staaten ist?"

„Las Vegas ist kein Aushängeschild", antwortete ich. „Es ist ein Tollhaus. Was sollte ich in Las Vegas wollen? Ich spiele nicht gerne. Ich bleibe nicht gerne lang auf. Ich finde keinen Gefallen an den Obszönitäten in manchen dieser Nachtclub-Nummern, und die Nackten in den anderen schätze ich auch nicht sehr. Was sonst kann man tun in Las Vegas?"

„Du kannst essen", meinte er. „Das Tropicana hat einen der großartigsten Speisesäle des Landes; erlesene Küche, wunderbaren Wein und eine romantische Atmosphäre."

„Das klingt verlockend", gab ich zu.

„Und du mußt ja nicht spielen", fuhr er fort. „Du

kannst einfach am Swimming-pool sitzen, eingekühlte Getränke schlürfen und etwas von diesem ganz und gar trockenen Sonnenschein in dich aufsaugen."

„Ich werde schwach", sagte ich.

„Mein abschließendes Argument", schloß er, „und eines, von dem ich sicher bin, daß es an deine hausfraulichen Instinkte appellieren wird: Es ist eine völlig kostenlose Reihe. Alles frei. Es wird uns keinen Cent kosten."

„Abgemacht!" sagte ich. „Wann fliegen wir?"

Ich werde es nie lernen. Man sollte meinen, daß ich nach so vielen Jahren gelernt hätte, daß es so etwas wie „alles frei" nicht gibt. Das einzige, was ich jemals „frei" bekam, war ein Schokoladekuchen, den ich bei einem Wohltätigkeitsbasar der Kirche gewann, und wenn man die Anzahl der Lose betrachtet, die ich bei Wohltätigkeitsbasaren der Kirche schon gekauft habe, dann hat mich dieser Kuchen schätzungsweise vierhundert Dollar gekostet.

Dann gab es das Stipendium, das mein Sohn fürs College gewann. Nun, wir mußten zwar kein Schulgeld bezahlen, aber seine „außerplanmäßigen" Ausgaben erreichten beinahe zweitausend Dollar.

Wenn es etwas noch weniger freies als ein „schulgeldfreies" Stipendium gibt, dann ist es ein „spesenfreier" Urlaub.

Zugegeben, die Flugtickets wurden von jemand anderem bezahlt. Zugegeben, die Suite in unserem Hotel wurde mit Empfehlungen des Hauses zur Verfügung gestellt. Zugegeben, die Mahlzeiten waren inbegriffen. Zugegeben, alles wäre vielleicht frei gewesen... wenn der einarmige Bandit das nicht verhindert hätte.

Ich weiß; ich sagte, ich bin keine Spielerin. Aber das Spiel an den Automaten ist kein Glücksspiel. Ein Glücksspiel ist es, wenn man sein Geld auf das Abheben einer Karte, das Fallen eines Würfels, die Drehung eines Rades setzt und dabei weiß, daß es eben möglich ist (nicht wahrscheinlich natürlich, aber möglich), zu gewinnen. Beim Bakkarat kann man gewinnen. Beim Black Jack kann man gewinnen. Beim Roulette kann man gewinnen. Sogar beim Lotto kann man gewinnen, aber nicht bei Spielautomaten. Oh, Sie denken vielleicht, daß Sie gewinnen, aber das stimmt nicht.

Ich wußte, daß ich an den Spielautomaten nicht gewinnen konnte. Warum ließ ich mich dann von diesem aus vielen Augen funkelnden, einarmigen Ungeheuer verführen? Wieso stand ich da wie ein Idiot und verfütterte einen Vierteldollar nach dem anderen, wenn ich doch wußte, daß ich nichts aus ihm herauskriegen würde als eine schwarze Hand und einen leeren Papierbecher?

Ich hatte wirklich nicht die Absicht, einen Spielautomaten anzurühren. Doch so entschlossen ich auch war, die einarmigen Banditen zu meiden, ich entdeckte doch sofort, als ich aus dem Flugzeug stieg, daß niemand, einerlei wie entschlossen oder gewandt er auch sein mag, den Spielautomaten entgehen kann. Sie sind vor einem und hinter einem und rechts und links. Sie sind überall. Es gibt Spielautomaten in der Ankunftshalle des Flughafens, in der Warte-Lounge, auf der Toilette. Ich steckte ein Zehn-Cent-Stück in einen Apparat, um meine Hände zu trocknen, und statt heißer Luft bekam ich zwei Zitronen und eine Orange. Wenn Sie sehr lange bei der Gepäcksausgabe warten müssen, beschließen Sie vielleicht Ihren Besuch von Las Vegas, bevor Sie überhaupt aus dem Flughafen herauskommen.

Zu meiner Überraschung gab es keine Spielautomaten in dem Taxi, das uns zu unserem Hotel brachte. Damit will ich nicht sagen, daß es keine Glücksspielmöglichkeit in den Taxis von Las Vegas gibt. Die Fahrt allein ist ein

Risiko. Die Taxifahrer von Las Vegas absolvieren ihre Ausbildung wohl in Manhattan oder vielleicht sogar in Europa. Unser Chauffeur sauste die Flamingo Road hinunter, schlängelte sich durch den Verkehr und winkte anderen Taxifahrern in dem fröhlichen Wettkampf, als erster da zu sein. Wenn er vor sich einen Stau ausmachte, fuhr er auf den Gehsteig, wo erfahrene Fußgänger ihm einfach aus dem Weg sprangen, während er dahinpreschte und etwas von den „verrückten Fahrern in dieser Stadt, die unbedingt bei Rotlicht halten müssen" murmelte. Aber ich muß zugeben, die Chancen stehen gut im Taxispiel; fast alle Las Vegas-Touristen erreichen wohlbehalten ihr Hotel. Erst wenn sie das Hotel erreichen, ist es aus mit ihnen.

Wir stießen die gewaltigen Glastüren unseres Hotels auf und erwarteten eine geräumige Halle zu sehen, wie sie einer solchen Nobelherberge angemessen wäre, und erblickten statt dessen eine Menschenmenge, die so ins Spiel vertieft war, daß keiner auch nur aufgeschaut hätte, wenn ich splitternackt durch dieses Kasino getanzt wäre. Was eine Empfangshalle sein sollte, war ein Raum mit Hunderten von Spielautomaten, Spieltischen, Rouletterädern, Wechselschaltern, und ganz hinten in der Ecke, hinter einem Topf mit Efeu, war etwas wie ein Empfangspult, offenbar für die Idioten gedacht, die wirklich ein Zimmer wollten statt einen Haufen Chips.

„Ich bin enttäuscht", sagte ein Tourist, während wir an der Rezeption warteten. „Ich habe mir dieses Kasino immer voll weltgewandter Spieler vorgestellt, die in Smokings oder juwelenbesetzten Kleidern stecken. Sehen Sie sich diese Leute in ihren T-Shirts und Jeans an. Sie schauen alle aus wie ein Haufen Bauernlümmel aus Nebraska!"

„Augenblick mal", sagte ich, stets loyal meinem Heimatstaat gegenüber. „Das sind keine „Bauernlümmel' aus Nebraska. ‚Bauernlümmel' aus Nebraska sind zu sehr damit beschäftigt, Getreide zu bauen, Rinder zu züchten und Öl zu fördern, als daß sie hierherkommen und ihre Reichtümer an diese blöden Spielautomaten verfüttern würden!"

Doch natürlich gibt es für jede Regel eine Ausnahme, und wie es sich herausstellte, war *ich* dieser Ausnahmefall. Immer bevor ich nach oben zu unserer Suite gelangte, geriet ich in den Bann der Spielautomaten. Es ist da etwas an diesem „Plop-Plop-Plop" der Münzen, gekoppelt mit dem „Dingeling" der Jackpot-Klingeln, das den Willen des entschlossensten Touristen bricht.

Wenn man einen Vierteldollar in einen Spielautomaten steckt, ist es, als steckte man ein Kartoffelchips in den Mund. Es muß ihm ein weiteres folgen, und noch eins, und wieder eins, bis die Chips alle weg sind, und dann ist man süchtig.

„Komm doch, Teresa", flehte mein Mann, „gehen wir hinauf, bevor du anfängst, unser Geld zu verspielen!"

„Aber ich verspiele es ja nicht!" sagte ich triumphierend. „Ich gewinne! Sieh dir das an! Unglaublich, was für Glück ich habe! Jedesmal, wenn ich an diesem Griff ziehe, gewinne ich zwei Vierteldollar!"

„Aber Schatz", sagte mein Mann geduldig, „du wirfst doch auch jedesmal *drei* Vierteldollar hinein. Zwei für drei kann man kaum als Gewinn betrachten."

Endlich lockte er mich von dieser Maschine weg, doch erst als ich zwanzig Dollar verloren hatte. (Später erfuhr ich, daß ein Zwanzig-Dollar-Verlust in Las Vegas als Gewinn gilt.) Wir gingen auf unsere Zimmer, und die versprochene Penthouse-Suite war phantastisch.

„He, das ist wunderbar!" sagte mein Gemahl. „Sieh dir diese Aussicht an! Und probier diese Sofas!"

„Also, du kannst faulenzen, wenn du willst", sagte ich, „aber ich schaue mir die Sehenswürdigkeiten an! Ich habe gehört, daß es in dieser Stadt von Stars nur so wimmelt. Ich denke, ich bummle zu Caesar's Palace runter und seh nach, ob Sinatra oder Sammy Davis Jr. da sind. Ich bin in einer Stunde zurück."

Caesar's Palace hält, was es verspricht, und noch mehr. Es ist wirklich ein „Wunder der westlichen Welt", in riesiger Ausdehnung und mit unglaublicher Architektur, umgeben von Landschaftsgärten und lieblichen Springbrunnen, wie ich sie schöner nie gesehen habe, nicht einmal auf Bildern. Um dem Besucher einen besseren Ausblick auf die herrliche Umgebung zu ermöglichen, wurde Caesar's Palace mit einer Art Förderband ausgestattet, das einen über den Vorplatz direkt hinauf zu dem imposanten Eingang trägt.

Als ich auf diesem Förderband durch die Gärten fuhr, vorbei an dem Parkplatz, der mit Luxuslimousinen vollgepropft war, hörte ich einen Mann hinter mir zu seiner Frau murmeln:

„Du wirst sehen, sie machen es dir sehr leicht hier 'reinzukommen, aber ich wette, es wird nicht so leicht sein, wieder 'rauszukommen."

Er hatte recht. Es gab nicht nur keine Förderbänder, die von Caesar's Palace wegführten, es gab auch keine sichtbaren Ausgänge.

Mir fiel das nicht sofort auf, so bezaubert war ich von der Pracht dieses amerikanischen Palastes. Das Kasino interessierte mich überhaupt nicht; ein Spielautomat ist ein Spielautomat, wie Getrud Stein sagen würde. (Ach, was würde sie erst über Las Vegas sagen!) Doch das Ambiente des Hauses faszinierte mich. Die herrliche Einrichtung, die glitzernden Kronleuchter, die prächtigen Treppen, die Theater, immer weiter ging's, durch eine

Passage, unter Arkaden durch, noch eine Rolltreppe hinauf, eine andere hinunter, und immer gab's noch mehr zu sehen und mehr zu genießen.

Ich wanderte eine Weile umher, genoß all die Pracht und suchte nach den Berühmtheiten, von denen ich sicher wußte, daß sie da waren. Ist das Sinatra, der dort aus dem Fahrstuhl steigt? Nein, nicht mit dieser Frau. Sinatra hat viele Frauen gehabt, aber keine von ihnen sah so aus. He! Da ist Doris Day. Nein, das kann nicht sein. Sie macht ein finsteres Gesicht. Richard Gere! Dieser Bursche sieht genau so aus wie Richard Gere! Aber jeder in Las Vegas sieht ja ein bißchen aus wie Richard Gere. Also, das ist jetzt ein Gesicht, das ich ganz bestimmt kenne! Wo habe ich diesen Mann schon gesehen? Im Kino? Im Fernsehen? Auf einem der Anschlagbretter, die die Shows ankündigen? Ich habe ihn wohl angestarrt; er lächelt mich an. Er winkt! Oh! Es ist der Taxifahrer, der uns vom Flughafen hereingebracht hat.

Na ja. Das wären also die Berühmtheiten gewesen.

Erst als ich entschied, daß ich nun genug von Caesar's Palace gesehen hätte, wurde mir klar, daß es noch mehr von Caesar's Palace zu sehen gab. Ich fuhr eine Rolltreppe hinunter, in der Hoffnung, die Halle zu finden, und geriet in eine Zwischenetage neben einem kleinen Theater; eine weitere Rolltreppe brachte mich zu einer Einkaufspassage. Ich ging durch die Passage und landete wieder bei der Rolltreppe. Ich versuchte es mit einer anderen Passage, die zu einer weiteren Rolltreppe führte, die mich in eine andere Etage brachte. Da waren wieder Geschäfte, Salons, Restaurants, und natürlich Kasinos, aber keine Halle. Ich fühlte mich wie Tom Sawyer, als er versuchte, den Weg aus der Höhle zu finden.

Schließlich wurde mir die schreckliche Wahrheit bewußt. Caesar's Palace mit allen seinen großartigen Eingängen hatte keine Ausgänge. Ich suchte verzweifelt nach einem Telefon. Ich wollte meinen Mann anrufen. Es gab keine Telefone. Die einzigen Apparate in dem Haus, die Münzen annehmen, sind Spielautomaten. Endlich fand ich ein Haustelefon in einem Winkel versteckt, doch es hatte keinen Schlitz für die Münzen und keine Wählscheibe. Eine mitleidige Telefonistin erhörte mein Flehen und wählte die Nummer für mich, und endlich wurde ich mit meinem Hotel und meinem Mann verbunden.

„Wo, um Himmels willen, bist du, Teresa?“ fragte er. „Ich habe mir schreckliche Sorgen um dich gemacht. Du bist ja seit Stunden weg!“

„Ich bin irgendwo in Caesar's Palace“, sagte ich ihm, „und ich finde nicht heraus.“

„Soll das ein Witz sein, Teresa? Geh einfach zur Tür hinaus.“

„Du verstehst nicht. Es gibt keine Türen. Es gibt nur Räume und Passagen und Spielautomaten und Geschäfte und Treppen, aber keine Türen. Wenigstens kann ich keine finden.“

„Sei nicht lächerlich. Geh einfach in die Halle, und dort findest du die Eingangstür.“

„Du hast leicht reden. Du bist nicht in Caesar's Palace. Wenn es eine Halle in diesem Haus gibt, habe ich sie jedenfalls nicht gesehen, und ich bin im ganzen Haus gewesen. Ich glaube nicht, daß sie hier eine Halle haben.“

„Natürlich haben sie eine. Schau dich nur um. Wenn du Tageslicht siehst, geh darauf zu; dort ist die Halle.“

„Tageslicht!“ jammerte ich. „Was ist Tageslicht? Ich habe in den letzten drei Stunden kein Tageslicht mehr gesehen! Es gibt keine Fenster in diesem Haus! Es gibt keine Fenster in ganz Las Vegas! Ich sage dir, es gibt keinen Ausweg!“

Schließlich fand ich natürlich den Weg aus Caesar's Palace, aber ich würde dort nie wieder hineingehen, nicht einmal, um Frank Sinatra zu sehen. Wenn Frankie für mich singen will, wird er es auf meinem Rasen tun müssen.

Trotz des Umstandes, daß ich mein Geld und mich selbst in Las Vegas verlor, genoß ich die Woche, die wir dort verbrachten, sehr. Ich genoß die Lichter und das Lachen und den Glanz und die Fröhlichkeit, obwohl ich mich einmal, als wir um Mitternacht den Strip entlangspazierten, doch fragte, was geschehen würde, wenn irgend jemand den Stecker aus Las Vegas herausziehen sollte. Ich malte mir aus, wie eine einzige gigantische Sicherung — vielleicht am Hoover Dam — durchbrannte... und Las Vegas im Dunkel versank. Können Sie sich das vorstellen — die Lichter von Las Vegas verlöscht, die Einarmigen Banditen tot, die Croupiers können die Karten nicht sehen, die Touristen können die Revuetänzerinnen nicht sehen... Gott, was für einen Horrorfilm das ergeben würde!

Der Höhepunkt unserer Reise war, wie mein Mann versprochen hatte, das Dinner im Tropicana. Vielleicht ist das Las Vegas, wie der Tourist es sich vorstellt. Das Kasino erinnerte an Monte Carlo, oder zumindest an Filme über Monte Carlo, und man sah Smokings und wunderschöne Abendkleider in Hülle und Fülle. Der großartige Speisesaal war von Kerzen erleuchtet, es gab weiße Leinentischtücher, funkelndes Kristall, schweres Silber und eine Speisekarte voll der erlesensten Köstlichkeiten. Sogar die Kellner waren perfekt, sie hatten einen europäischen Akzent und die Manieren der alten Welt dazu. Das wird mir von Las Vegas immer in Erinnerung bleiben. Die wunderschönen, großzügigen Speisesäle schlugen die Kasinos wirklich spielend!

„War das nicht eine phantastische Woche?“ fragte ich meinen Mann, als wir nach Hause kamen. „Und wenn man bedenkt, daß es kostenlos war!“

„Na, ja, eigentlich war es nicht völlig kostenlos“, sagte er.

„Was soll das heißen? Unsere Flugkosten waren bezahlt, unser Hotel war bezahlt, unsere Mahlzeiten, sogar unsere Trinkgelder waren inbegriffen. Was müssen wir zahlen?“

„Die Steuern. Wir haben diese Reise gewonnen, weißt du; wir müssen dafür Steuer zahlen, Gewinnsteuer.“

„Das ist absolut lächerlich. Aber ich schätze, wir werden sie zahlen müssen. Sag mal… du hältst es doch nicht für möglich, daß der Fiskus sich für ‚Doppelt oder Nichts‘ begeistern könnte?“

19

Kleidersorgen

„Der sicherste Weg, einen verbilligten Wintermantel zu finden, ist der, ihn gestern zum vollen Preis gekauft zu haben."

„Ich finde, man sollte die Bekleidungsgeschäfte boykottieren", sagte ich zu meinem Mann, als ich erschöpft aufs Sofa sank und meine Schuhe von mir schleuderte.

„Es sieht so aus, als hättest du sie bereits boykottiert", sagte er. „Welche andere Frau würde mit Blanko-Schecks einkaufen gehen und mit leeren Händen nach Hause kommen? Und du bist nur ein paar Stunden fortgewesen! Ich dachte, du würdest den ganzen Nachmittag wegbleiben und mit Schachteln voll neuer Kleider nach Hause kommen. Erzähl mir nicht, daß du nichts gekauft hast."

„Ich habe nichts gekauft", gestand ich, „und du wärst nicht so lange ausgeblieben wie ich, wenn du in meinen Schuhen gesteckt hättest... im buchstäblichen Sinn, meine ich. Sieh dir nur meine geschwollenen Füße an! Hast du eigentlich eine Ahnung, wie schmerzhaft es ist, zwei Stunden lang auf so hohen Absätzen herumzulaufen?"

„Warum gehst du mit Stöckelschuhen einkaufen?" fragte er. „Du hast doch gewußt, daß du stundenlang laufen würdest."

„Ich muß hohe Absätze tragen, wenn ich schicke Kleider kaufen will", erklärte ich. „Man kann keine schicken Kleider anprobieren, wenn man Tennisschuhe trägt. Obwohl es eigentlich egal war, denn ich habe schließlich und endlich überhaupt keine Kleider anprobiert."

„Warum nicht? Hast du nichts gefunden, was dir gefiel?"

„Ich habe nicht einmal etwas gefunden, was mir nicht gefiel", seufzte ich. „Ich suchte einen Wintermantel und ein Kostüm aus Wollstoff, und da es Mitte Januar ist, haben sie natürlich keine Wintermäntel oder warme Kostüme auf Lager. Alles, was sie im Januar auf Lager haben, sind Sommerkleider und Badeanzüge. Und daher finde ich, daß man die Geschäfte boykottieren sollte, bis sie sich am Riemen reißen und Winterbekleidung im Winter und Sommerbekleidung im Sommer verkaufen. Wer kann sich für Bademode begeistern, wenn es draußen schneit? Und wer will mitten im August Pelzmäntel anprobieren?"

„Beinahe jede Frau außer dir", sagte er. „Du erstaunst mich; du bist die einzige Frau meiner Bekanntschaft, die sich überhaupt nichts aus Kleidern macht."

Mein Mann hat recht. Ich habe einfach überhaupt kein Interesse an Mode, Stilrichtungen, oder daran, wer in dieser Saison was trägt. Während die meisten Ehefrauen begeistert wären, wenn ihre Männer sie zum Einkaufen schickten, würde es mich viel glücklicher machen, wenn irgend jemand meine Kleider für mich kaufen, sie einfach nach Hause bringen und in meinen Schrank hängen wollte. Ich würde sie fröhlich und klaglos tragen, und mich gar nicht darum kümmern, wie sie aussehen, oder gar ob sie passen. Ich wäre froh, wenn ich nicht von Geschäft zu Geschäft latschen, Ständer um Ständer durchsuchen und ein Kostüm nach dem anderen anprobieren müßte, gezwungen, die ganze Zeit in diesen schrecklichen dreiteiligen Spiegel zu schauen, der meinen Verdacht bekräftigt, daß meine Rückenansicht allmählich größer wird als die vordere.

Ich glaube, meine Gleichgültigkeit gegenüber Kleidern ist vielleicht darauf zurückzuführen, daß ich mein halbes Leben in Schuluniformen und die andere Hälfte in Umstandskleidern verbracht habe.

Es gibt nichts, in dem sich ein Mädchen weniger anziehend findet, als eine Schuluniform. Ich glaube, eine Schuluniform sollte bezwecken, daß alle Mädchen gleich aussehen, damit kein Mädchen je das Gefühl haben könnte, weniger hübsch zu sein als ihre Altersgenossinnen. Und es funktionierte. Wir sahen alle gleich häßlich aus. Aus steifem, marineblauem Serge gefertigt, fühlten sich unsere Uniformen wie eiserne Rüstungen an. Dem schweren, kratzigen Rock und Bolero kam an Unbehaglichkeit nur die steif gestärkte, unkleidsame (aber jedenfalls bescheidene!) Bluse gleich. Weder Rock noch Bolero noch Bluse paßten richtig, wahrscheinlich, weil ihre äußerste Dauerhaftigkeit unsere Mütter veranlaßte, sie „ein bißchen größer zu kaufen, damit du hineinwachsen kannst". Als ich sechs Jahre alt war, schlurfte ich in einem Rock herum, dessen Saum zwei Handbreit maß; als ich ins sechste Schuljahr kam, hatte sich der Saum auf einen Fingerbreit reduziert, doch trug ich immer noch denselben Rock, und wenn er heute noch existierte, bin ich sicher, daß ihn meine Tochter tragen könnte. („Könnte", nicht „würde". Die willensstarken Töchter von heute würden sich nicht um alles in der Welt in einem solchen Aufzug erwischen lassen.)

Der einzige Grund, warum ich diesen selben Rock nicht durch die ganze High-School-Zeit hindurch trug, war der, daß die High-School-Uniform einen anderen Stil hatte (das wurde zumindest behauptet). Sie war angeblich mit Rücksicht auf den modebewußten Teenager entworfen worden, doch das war im Grunde eine Vergeudung von Zeit und Mühe gewesen, da wir Mädchen nach acht Jahren in der schrecklichen Grundschuluniform aus blauem Serge schon lange jegliches Modebewußtsein verloren hatten.

Der Tennager-Rock und der Bolero waren ebenfalls aus diesem scheußlichen marineblauen Serge (Gott, wie wir dieses kratzige Material haßten; die Nonnen sagten, es wäre seiner „Wärme und Tragbarkeit" halber ausgewählt worden, doch die Schülerinnen behaupteten, daß der Bruder der Ehrwürdigen Mutter das Zeug verkaufte), und sahen an allen absolut grauenhaft aus, außer bei Virginia Hartigan vielleicht, die auch in einem Kartoffelsack gut ausgesehen hätte.

Nach Abschluß der High School verbrannte ich freudig meine Uniform, und zur Belohnung für meine langen Leidensjahre in Uniform statteten mich meine Eltern mit einer wunderschönen, teuren und modischen College-Garderobe aus. Es gab nur ein Problem. Dies war das Jahr des „New Look", da „man" fast bis zum Knöchel reichende Röcke trug, und da sie so teuer gewesen waren, trug ich sie die nächsten vier Jahre, trotz des Umstandes, daß die Rocksäume in meinem dritten Jahr bereits drastisch nach oben rutschten. Aber das störte mich kein bißchen; was tat's, daß meine Kleider nicht modisch waren? Wenigstens waren sie nicht aus blauem Serge!

Meine Mutter versuchte neuerlich, mich in ein Modepüppchen zu verwandeln, als ich heiratete. Beim Kauf meiner Ausstattung bestand sie darauf, daß ich „das Allerbeste kaufe, aber suche dir diesmal zeitlose Modelle aus, die nicht so leicht unmodern werden". Also kaufte ich hübsche Schneiderkostüme, wunderschöne Blazer und Röcke, Tages- und Cocktailkleider und Sportkleidung im Überfluß, aber das meiste davon konnte ich nie anziehen, weil ich nach den ersten sechs Monaten Ehe immer in Umstandskleidern war.

Also, ich bin die erste, die anerkennt, daß Umstandsmode seit dem Sackkleid und der Kittelschürze einen weiten Weg in Stil und Dessin gegangen sind, aber es sind immer noch Umstandskleider, und keine Frau kann sich schön fühlen in einem Gewand, das sie einhundertzweiundneunzigmal getragen hat, besonders wenn sie ihre Taille sehen kann, ohne auch nur nach unten zu blicken. Nun ja, es stimmt zwar, daß ich nur zwölf Jahre lang Umstandskleider trug – das aber so beständig, daß ich jedenfalls das Gefühl hatte, sie schon immer getragen zu haben.

Wie meine Mutter vorausgesagt hatte, waren die Kleider meiner Aussteuer sogar noch nach zwölf Jahren modisch, doch was sie nicht vorausgesagt hatte, war, daß sie nicht passen würden. (Ich möchte die Frau sehen, die zehn Schwangerschaften hinter sich hat und dann noch Größe achtunddreißig trägt!) Also war ich gezwungen, in den nächsten Jahren mühsam meine Garderobe aufzufüllen, und obwohl ich von meinen Modellen sehr wenig verlange (sie müssen einen Gürtel haben und dürfen nicht aus blauem Serge sein), fürchtete ich das Einkaufen, da ich anscheinend nie etwas wirklich Kleidsames finden konnte.

Während ich das Kleiderkaufen zwar frustrierend finde, ist doch das Suchen, Auswählen und Entscheiden nicht annähernd so schwierig wie das Bezahlen der verdammten Dinger. Es sind nicht so sehr die hohen Preise, die mich fertigmachen, als die Formalitäten, die mit einem solchen Kauf verbunden sind.

„Bezahlen Sie bar oder haben Sie ein Konto bei uns?“ fragt dann die Angestellte, wenn ich endlich entschieden habe, daß der graue Wollstoff nicht ganz so schlimm aussieht wie der rote Gabardine, und ich weiß nie, wie ich antworten soll, weil ich die Absicht habe, mit Scheck zu zahlen, der genau genommen kein Bargeld ist (und in meinem Fall manchmal nicht einmal durch Bargeld gedeckt ist). Ich zahle nie bar, weil viele von den jüngeren Angestellten verwirrt werden, wenn sie es mit richtigem Geld zu tun haben, und ich weigere mich, Kundenkonten zu benützen, denn darin lauert — wie jede Frau, die jemals monatliche Raten für Kreditzinsen zahlen mußte, weiß — der Bankrott. Also wähle ich das kleinere von drei Übeln und schreibe einen Scheck aus, und das ist eben der Wahnsinn. Eine Kundin kann rasend werden, wenn sie nur darauf wartet, daß ihr Scheck angenommen wird.

Wenn Sie jemals so weit kommen, den Scheck auszuschreiben, Sie können alt werden und sterben, nur indem Sie darauf warten, daß die Angestellte die Rechnung ausstellt. Das ist nicht die Schuld der Angestellten; es ist die Schuld irgendeines unbekannten Idioten, der bei dem Versuch, ein Ungeheuer zu erschaffen, etwas beinahe ebenso Teuflisches erfand: den computergesteuerten Verkauf.

Bevor die Angestellte die Rechnung ausschreiben kann, muß sie zuerst siebzehn kleine Anhänger von dem Kleidungsstück reißen (inklusive, so hoffen Sie, des Anhängers, der die Alarmglocke auslöst, wenn das gute Stück aus dem Geschäft getragen wird.) Dann muß sie eine Reihe von Tabellen und Hauptbüchern konsultieren, um die abgerissenen Anhänger mit den Codes zu vergleichen, die dann das Modell des Kleidungsstücks, den Erzeuger, das Material und den Stil angeben, und ob es auseinanderfallen wird, bevor es einläuft, oder umgekehrt. Eine andere Tabelle muß konsultiert werden, um Daten, Zeit, Ort und Abteilung des Einkaufs festzuhalten, und ebenso die Erkennungsnummer der Verkäuferin. (Ja, es ist ihre eigene Nummer, aber in diesem ganzen Durcheinander erwarten Sie doch sicher nicht, daß sie sich daran erinnert, oder?) Und noch ein Buch muß kontrolliert werden, um nachzuprüfen, ob der auf dem Kleidungsstück vermerkte Preis aktuell ist, oder ob es vielleicht verbilligt angeboten wird. (Sie können wetten, daß das nicht der Fall ist; Sie haben gerade zufällig das einzige Kleidungsstück ausgewählt, das „eben erst heute hereingekommen ist; es hätte nicht bei der Ausverkaufsware sein dürfen".

Wenn die Verkäuferin mit dem Überprüfen und nochmals Überprüfen fertig ist, muß sie schließlich alle Daten einer computergesteuerten Registrierkasse eingeben, die darauf programmiert ist, alle Fehler festzustellen, alle Fragen zu beantworten und — wie ich an den Tagen, an denen meine Kinder mir beim Einkauf zuvorgekommen sind, stets befürchte — zu schreien: „Bloomingdale, T. Kein Kredit, keine Schecks. Abführen!"

Falls und wenn die Angestellte alle Daten in den Computer hinein- und wieder aus ihm herausbekommt, sagt sie mir dann den Preis des Kleidungsstückes, und erst wenn ich den halben Scheck ausgeschrieben habe, fügt sie hinzu „,.... plus zwei achtundzwanzig Mehrwertsteuer" und nötigt mich, diesen Scheck zu zerreißen und einen neuen zu schreiben.

Während sie meinen Scheck nimmt, macht sie die Feststellung, die zu hören ich am meisten fürchte:

„Ich muß das noch genehmigen lassen."

Dann verschwindet sie in den Hintergrund des Geschäftes, wo sie — wie ich immer argwöhne — ihr Mittagessen verzehrt, ein oder zwei Kapitel von *Stirb vor Sehnsucht* liest, mit dem stellvertretenden Geschäftsführer eine Verabredung für nach fünf trifft und sich endlich daran erinnert, ihn um die Genehmigung meines Schecks zu ersuchen.

Glauben Sie, das war's nun? Ich meine, glauben Sie,

daß ich an diesem Punkt meine lausige Neuerwerbung nehmen und nach Hause gehen kann? Gewiß nicht! Denn der Scheck ist zwar genehmigt, doch ich habe erst noch zu beweisen, daß ich ich bin und der Scheck der meine ist!

Mit anderen Worten, ich muß drei akzeptable Legitimationspapiere beibringen.

Ich habe bei meinen vielen peinlichen, demütigenden und frustrierenden Transaktionen gelernt, daß die folgenden Dokumente keine „akzeptablen" Legitimationspapiere sind: die kleine weiße Karte in Ihrer Brieftasche, auf die Sie sorgfältig alle Daten getippt haben, die zu Ihrer Legitimation dienen sollten; Ihr Bibliotheksausweis; Ihre Elternvereins-Mitgliedskarte; ein unbezahltes Strafmandat; Photos von Ihren Kindern (auch wenn sie Ihnen ähnlich sehen); die kleine Plastikkarte mit Ihrem Photo darauf, für die Sie zehn Dollar bezahlt haben, weil der Verkäufer Sie davon überzeugte, daß Sie sie brauchen würden, wenn Sie einen Scheck einlösen wollten. Die einzigen akzeptablen Legitimationspapiere sind: ein Führerschein und mindestens zwei Kreditkarten bekannter Banken.

Sie brauchen also drei Legitimationen, aber wer trägt schon *zwei* Bankkreditkarten mit sich herum? Ich sage Ihnen, wer: nicht kreditwürdige Personen und Verbrecher. Ich stand einmal hinter einem Burschen an, der einen Scheck für Waren im Wert von vierhundert Dollar ausschrieb, und ich war davon überzeugt, daß der Angestellte Verdacht schöpfen würde, als sein Kunde heiter die Brieftasche zückte und alle Arten von ordentlichen Legitimationen vorwies. Ich meine, welcher *ehrliche* Mann ist willens, all diese Sinnlosigkeiten über sich ergehen zu lassen? Der Kunde beendete seinen Einkauf und machte sich davon, ehe der Angestellte daran dachte, in diesem unter dem Ladentisch liegenden Buch nachzusehen (in dem ganz sicher eines Tages mein Name eingetragen sein wird, wenn er es nicht schon ist), und entdeckte, daß alle diese Kreditkarten sowie der Führerschein als gestohlen gemeldet waren.

Doch nur Halunken kommen mit so etwas davon. Ein andermal stand ich hinter einem gutgekleideten Herrn, einem angesehenen Rechtsanwalt, der einen Scheck über zwanzig Dollar für ein Hemd ausstellen wollte, das er gerade erworben hatte. Als die Angestellte um Legitimation ersuchte, brummte der Mann ein bißchen, zückte jedoch seine Brieftasche und zog eine Visa-Karte heraus, eine Geburtsurkunde, eine Clubmitgliedskarte mit Bild, die Mitgliedskarten der Vereinigung Amerikanischer Anwälte, der staatlichen Anwaltskammer und der Vereinigung der Prozeßanwälte Amerikas, plus vier Verkaufsquittungen der Abteilung, die bewiesen, daß er soeben sein Kundenkonto mit dreihundert Dollar belastet hatte. Er hatte auch ein Sparbuch mit seinem Namen, seiner Adresse, Sozialversicherungsnummer und Telefonnummer, das einen Kontostand von mehr als zehntausend Dollar auswies.

Trotzdem lehnte es die Verkäuferin ab, seinen Scheck einzulösen, weil dieser gutgekleidete, wohlbekannte, wohlhabende Herr keinen Führerschein besaß.

Ich dachte, er würde vieleicht eine Szene machen, doch er tat es nicht; Blinde verlieren selten die Beherrschung.

20

Über Horoskope

„Einerlei, unter welchem Sternzeichen Sie geboren sind, jedes andere Horoskop wird viel erfreulicher sein als Ihres.“

Ich gebe es ungern zu, aber ich bin fasziniert von Horoskopen. Ich weiß, Horoskope sind genauso albern wie rührselige Seifenopern, aber ich gehöre zu denen, die über Programme wie „Dallas“ und „Dynasty“ spotten und dann andächtig zusehen; ich lache über Mondphasen, Planeteneinflüsse und Sternzeichen, und dann schenke ich jedem, der auch nur vorgibt meine Zukunft voraussagen zu können, meine ungeteilte Aufmerksamkeit.

Und das ist lächerlich, denn wenn es überhaupt etwas gibt, was ich wirklich nicht wissen will, dann ist es meine Zukunft. Ich finde es schwierig genug, mit der Gegenwart fertigzuwerden, danke, und hätte ich meine Vergangenheit vorausgesehen, als sie noch meine Zukunft war, hätte ich alles in meiner Macht Stehende getan, um sie nicht Gegenwart werden zu lassen.

Ich lebe in der Tat schon lange genug, und ich brauche nicht den Mond und die Sterne dazu, daß sie mir sagen, was heute nachmittag oder morgen oder nächste Woche geschehen wird. Ich *weiß* bereits, was geschehen wird.

Zum Beispiel wird mich schätzungsweise um ein Uhr dreißig heute mittag die Schulkrankenschwester anrufen, um mir mitzuteilen, daß eines oder das andere meiner Kinder, die heute morgen alle gesund und munter zur Schule gingen, todkrank ist und sofort abgeholt werden muß. Ich weiß, daß das geschehen wird, weil ich für heute ein Uhr zwanzig Gäste zu einem Mittagessen eingeladen habe, das ich seit Monaten plante.

Und was morgen betrifft, so sagen die Planeten folgendes voraus: „Aus einer Meinungsverschiedenheit in finanziellen Belangen kann sich eine demütigende Situation ergeben." Natürlich wird es morgen eine Meinungsverschiedenheit über Finanzen geben. Morgen ist der Monatserste, und ich und die Hälfte aller Scheckaussteller Amerikas werden die Bank anrufen und argumentieren, daß unsere Kontoauszüge nicht stimmen. Und wir alle wissen, daß es nicht die Bank sein wird, die zuletzt gedemütigt wird.

Und nächste Woche? Mein Horoskop kündigt mir an, daß ich „wegen träger Mitarbeiter vielleicht mehr Verantwortung übernehmen werde müssen". Für eine Mutter von sechs noch zu Hause wohnenden Kindern ist das keine Vorhersage; es ist einfach eine Tatsache.

Etwas, das mich an Horoskopen wurmt, ist der Umstand, daß alle anderen Horoskope immer erfreulicher sind als meines. Ich scheine immer die „unheilvollen Konstellationen" und „Familienkrisen" und „unvorhergesehenen Ausgaben" zu kriegen, während meine Familie und Freunde mit „einträglichen Unternehmungen", „romantischen Beziehungen" und „Erfüllung geheimster Wünsche" rechnen können. Nun sagen Sie mir, ist das fair? Offen gesagt, ich finde, wir Löwen sollten protestieren. Als „gutmütige, optimistische, positive" Menschen sind wir auf solche Probleme nicht vorbereitet. Gebt sie den Jungfrauen. Diese „pessimistischen, ängstlichen, vorsichtigen" Leute erwarten ohnehin immer das

Schlimmste; warum sie mit angenehmen Überraschunten enttäuschen?

Erst letzte Woche wurde meinem Jungfrau-Mann ein Tag voll „Geheimnis, Verwicklung und Romantik" versprochen. Begeisterte ihn das? Natürlich nicht. (Obwohl ich sagen muß, daß er nicht so pessimistisch war wie sonst, nachdem er diese Voraussage gehört hatte.) Es interessierte ihn nicht einmal, während ich über eine solche Prophezeiung entzückt gewesen wäre. Und was dachten die Planeten an diesem Tag mir zu? „Sehen Sie emotionale Probleme in der richtigen Perspektive." Ich wußte, was *das* bedeutete; ich sollte kein Aufhebens machen um Sie-wissen-schon-wessen geheimnisvolle, verwickelte Romanze. Doch mein Entschluß, mit meinem Sternzeichen zu kooperieren, war vergeblich; als mein Mann nach Hause kam, sagte er mir, wenn es für ihn heute irgendeine Verwicklung oder Romanze gegeben hätte, wäre sie ihm ein Geheimnis geblieben. Natürlich. Jungfrauen sind so skeptisch, daß sie einen Antrag nicht erkennen würden, wenn sie einen bekämen.

Obwohl ich über Horoskope die Nase rümpfe, muß ich zugeben, daß es erstaunlich ist, wie oft sie sich bewahrheiten. Ob das nun auf zufällige Übereinstimmung oder großzügige Interpretation zurückzuführen ist; Tatsache ist, daß die Prophezeiungen oft eintreffen.

Zum Beispiel deutete mein Horoskop einmal an einem Montagmorgen an, daß ich „aus einer unerwarteten Quelle etwas Geld erhalten" würde, und das erhielt ich allerdings. Tim zahlte mir den Dollar zurück, den ich ihm am Tag zuvor geliehen hatte, und wenn es überhaupt eine „unerwartete Geldquelle" gibt, dann ist es ein vierzehnjähriger Junge, der seiner Mutter einen Dollar schuldet.

Am nächsten Tag schon lautete mein Horoskop: „Ein

finanzieller Verlust wird nicht überraschend kommen." Und ich muß wirklich zugeben, daß es keine Überraschung war, als ich meine Geldbörse öffnete und feststellte, daß irgend jemand den Dollar geklaut hatte, den ich gestern hineingelegt hatte.

Das Mittwoch-Horoskop sagte voraus, daß mein „Gesellschaftsleben sich intensivieren" würde, was mich faszinierte, bis mir einfiel, daß ich am Mittwoch die fünfte Klasse zu einer Exkursion in den Zoo begleiten mußte. Mein Gesellschaftsleben intensivierte sich tatsächlich... von der Snack-Bar zum Affenkäfig und retour.

Das Donnerstag-Horoskop warnte mich, „ein verzweifelter Verwandter wird um Geld bitten". Na und, das ist alles? In diesem Haushalt voll ewig bankrotter, ewig bettelnder Teenager wäre ich erleichtert, wenn solche Vorhersagen sich auf Donnerstage beschränkten.

Am Freitag las ich mein Horoskop und war entzückt. Endlich etwas Gutes! „Gelegenheit zu reisen, Ortswechsel möglich. Eine alte Romanze könnte Ihnen Glück bringen." Also, wirklich: es wäre schon an der Zeit!

„He, sieh dir das an!" sagte ich zu meiner alten Romanze, als er zum Frühstück herunterkam. „Meine Sterne strahlen endlich heller. Laß uns dieses Wochenende irgendwo hinfahren, nur du und ich. Die Kinder können selber auf sich aufpassen..."

Bevor ich Gelegenheit hatte, fortzufahren, lugte mein Mann über meine Schulter in die Zeitung und las *sein* Horoskop, worauf ich mich nur wundern konnte, woher die Sterne wissen, wer mit wem verheiratet ist.

Er las laut: „Ehegefährte mag unvernünftige Forderungen stellen. Bleiben Sie fest. Liefern Sie unwiderlegbare Argumente zu Ihren Gunsten."

„Ich weiß, du magst diese spontanen Urlaube nicht", sagte ich, „aber ich glaube nicht, daß du mit einem guten

Argument aufwarten kannst, warum wir nicht übers Wochenende wegfahren können!“

Worauf er stumm auf ein weiteres Horoskop deutete, das unseres jugendlichen Sohnes. Es lautete: „Eine Überraschung steht bevor; Betonung auf Vergnügen. Essen Sie, trinken Sie, unterhalten Sie sich!“

Und dann, als ob das nicht Argument genug wäre, deutete er auf mein Horoskop für den folgenden Montag. Es lautete: „Häusliche Reparaturen werden möglicherweise notwendig sein.“

Sie haben es erraten. Wir blieben zu Hause.

Ein anderes schreckliches Horoskop legte mir vor kurzem nahe: „Vielleicht sollten Sie eine Namensänderung in Betracht ziehen.“ Wer braucht einen neuen Namen? Was ich brauche, ist ein neuer Geburtstag!

Während manche Menschen von ihrer Zukunft fasziniert sind, machen andere ein Hobby aus dem Versuch ihre Träume zu deuten.

Haben Sie sich jemals gefragt, warum wir alle die gleichen Alpträume haben? Zum Beispiel ist da der allgemein bekannte Traum, in dem wir uns auf dem elegantesten Ball des Jahres oder im Sonntagsgottesdienst sehen und nur Unterwäsche anhaben, oder vielleicht sogar noch weniger. Menschen, die diesen Traum haben (und wer hat ihn nicht?), werfen oft ihren Müttern vor, sie andauernd ermahnt zu haben: „Zieh saubere Unterwäsche an, damit du dich nicht schämen mußt, wenn du von einem Lastwagen überfahren wirst und auf die Unfallstation kommst.“ Aber die Wahrheit ist natürlich, daß sowohl der Junge in seiner kurzen Unterhose als auch das Mädchen in seinem kurzen Nachthemd im Traum so gekleidet sind, weil sie diese Kleidungsstücke eben tragen, wenn sie diese Träume haben. So einfach ist das.

Ein weiterer bekannter Alptraum ist der, in dem wir rennen, mit bleischweren Beinen und versuchen, einem tückischen Angreifer zu entkommen, der uns dicht auf den Fersen ist. Als ich jung war, hatte ich diesen Traum andauernd, doch er hörte eines Nachts vor nicht allzu langer Zeit auf, als ich träumte, daß ich lief, lief, lief, und schließlich entschied: jetzt habe ich die Schnauze voll. Ich bin zu alt für sowas. Also blieb ich stehen, drehte mich um und sagte: „Ich gebe auf! Nimm mich! Ich gehöre dir!" Und wissen Sie, daß dieser gemeine Kerl an mir vorbeirannte, ohne auch nur „Pardon" zu sagen? (Und so die alte Prophezeiung meines Bruders erfüllte: „Mach dir nichts draus, Schwesterchen, er würde dich beim ersten Laternenpfahl stehenlassen.")

Mein schlimmster Alptraum ist der, in dem meine Mutter zu Besuch kommt und das neue Baby sehen will, und ich schreie: „Mein Gott, das Baby! Ich vegaß, daß wir ein neues Baby haben! Ich habe es seit Mittwoch nicht mehr gefüttert!" Das ist wirklich ein schrecklicher Traum, und ich kann ihn mir nicht erklären, denn ich war äußerst gewissenhaft im Füttern meiner Babies, obwohl besagte „Babies" Ihnen weismachen möchten, ich hätte sie seither verhungern lassen.

Mein am häufigsten wiederkehrender Traum jedoch ist einer, der sicherlich keiner Erklärung bedarf. Ich stehe am Spültisch in der Küche, spüle ein Geschirrstück nach dem anderen, während die schmutzigen Teller und Tassen und Breischüsseln auf den Anrichten rings um mich immer mehr werden. Dieser Alptraum hatte mir eines Nachts so zugesetzt, daß ich meinen Mann anflehte: „Ich halte das nicht mehr aus! Weck mich doch auf!"

Worauf mein Mann in die Küche kam und fragte: „Was ist los mit dir? Du *bist* doch wach!"

21

Der Stoff, aus dem Athleten sind

„Ein achtjähriger Junge, der um vier Uhr nachmittags zu müde ist, Papierkörbe auszuleeren, wird irgendwie die Energie finden, um vier Uhr dreißig Baseball zu spielen."

Ich konnte nie der ziemlich verrückten Vorstellung dieses Landes folgen, daß jeder kleine Junge ein Sportler sein soll. Sie ist vergleichbar mit der ebenso lächerlichen Theorie, daß jeder kleine Junge einen Hund haben soll. Wer sagt das? Ich werde Ihnen sagen, wer das sagt. Daddy sagt das. Sie können sicher sein, daß es nicht Mami ist. Sogar Müttern, die begeisterte Footballfans sind, wäre es lieber, wenn nicht *ihre* Söhne dort unten auf dem Spielfeld für eine Niederlage zerfleischt und zerstückelt und geschlagen würden. Sie würden es vorziehen, wenn ihre Söhne in der Musikkapelle spielten.

Tatsächlich, wenn es nach den Müttern ginge, würden ihre Söhne in einem sehr frühen Alter beginnen, die schöneren Dinge des Lebens zu schätzen, wie Musik und Kunst und wie man im Haushalt hilft, wobei der Sport auf Sandplatz-Baseball, Tennis und Schwimmen in einem Becken beschränkt wäre, das leicht zu Fuß erreicht werden kann.

Doch Väter scheinen besessen zu sein von Football, Baseball und Basketball, und kaum hören sie die magischen Worte: „Ihre Frau hat soeben einem strammen

Jungen das Leben geschenkt!", laufen sie sofort los und kaufen etwas für das Kind zum Werfen, Schlagen oder Stoßen.

Ich merkte zum erstenmal, daß mein Mann sportliche Ambitionen für seine Söhne hatte, als er es nicht erwarten konnte, daß unser ältester Sohn sich seinen ersten bedruckten Pullover verdiente; er kaufte ihm einen. Ich muß zugeben, es war ein wunderschöner Pullover, grob gestrickt, in dem hellen Rot der Universität von Nebraska, die eine Seite leer für die noch unverdiente Beschriftung, die andere Seite stolz verziert: „Jahrgang '77". Der Pullover war sogar modisch weit, Größe eins, während unser „Athlet" immer noch Kinderhemden Größe null (bis drei Monate) trug.

Nun, unser Sohn trug diesen Pullover zwar seinen ganzen ersten Winter hindurch, doch war er bereits vor dem Herbst '57 daraus hinausgewachsen, was aber nicht störte, weil er dann schon nichts anderes tragen wollte als einen „Bateball-Antug", komplett mit Schirmkappe und wasserdichten Knickerbockern.

In den nächsten drei Jahren bekamen wir noch drei Söhne, so daß mein Mann zu dem Schluß kam, daß da vielleicht ein Team im Werden wäre. Also wurden die Plüschtiere und Abc-Bausteine, die ich gekauft hatte, beiseite geschoben, und an ihrer Stelle wurden Schaumgummi-Fußbälle angeschafft, Plastik-Basebälle, bunte Basketbälle, und für das Baby ein Schnuller in der Form eines Tennisschlägers. Unser Wohnzimmer sah aus wie ein Turnsaal. (Roch auch so.)

Mein Mann lebte völlig seinem Ziel, aus unseren Söhnen Athleten zu machen. Sobald jedes Baby alt genug war, um in den Hinterhof hinauszuwatscheln, nahm es mein Mann nach draußen und lehrte es, einen Baseball zu schlagen. Leider lehrte er es nur, *wie* man schlägt, nicht *wohin* man schlägt, und in den nächsten Jahren flogen Basebälle durch unsere Küchenfenster, durch unsere Autofenster, und als die Kinder älter und stärker wurden, durch die Fenster der Nachbarn. Der örtliche Glasermeister liebte uns.

Während die Jungen Baseball und Basketball sehr gerne hatten (wird das jemals aufhören, dieses „Bumm-bumm-bumm-bumm" an meinen Ohren? Werden die Nachbarn jemals aufhören, sich über unser „Bumm-bumm-bumm-bumm" zu beschweren?), schwärmten sie doch mehr für Football. Die Gefahr, daß meine Kleinen den Ball durch unsere Fenster schlugen, war gering. Sie waren nicht daran interessiert, das Tor anzupeilen oder Vorlagen zustande zu bringen, oder überhaupt Tore zu schießen; alles, was sie wollten, war schießen, stoßen, stoppen und übereinander herfallen. Football ist der Wirklichkeit gewordene Traum eines kleinen Jungen. Sie können sich schlagen und wälzen und einander durch die Gegend prügeln, alles im Namen des Sports. Was für ein Spaß! Was für ein Lärm! Und das viele Blut!

Ich brauche wohl nicht zu sagen, daß ich Football haßte. Ich haßte es nicht so sehr, weil ich fürchtete, die Kinder könnten sich verletzen (wenn sie sich nicht beim Footballspielen verletzten, würden sie es tun, indem sie von ihren Dreirädern oder von den Bäumen herunterfielen; die Chancen standen sechs zu einem halben Dutzend), sondern weil ich fürchtete, sie würden dem Sport ganz und gar verfallen, und, wenn sie erst zur Schule gingen, verloren sein in diesem Horror-Labyrinth: dem organisierten Sport.

Jede Mutter, deren Kind einmal in die Netze des Schulsports geraten ist, weiß, was „organisierter Sport" mit sich bringt: fahrplanmäßiges Trainung und nichtfahrplanmäßige Mahlzeiten und verwirrende Fahrgemeinschaften und zornige Eltern und weinende Rechtsaußen-Spieler, die wissen möchten, warum jeder mit ihnen schreit, und verflucht nochmal, wie soll denn einer einen hohen Ball fangen, wenn ihm die Sonne direkt ins Gesicht scheint?

Was ist eigentlich mit dem Sandballplatz unten an der Ecke geschehen, auf dem die kleinen Kinder der Nachbarschaft einfach zusammenkamen und Ball spielten, ohne Regeln, ohne Dressen, und was am wichtigsten war, ohne Erwachsene? Ich weiß nicht, zu welchem Zeitpunkt entschieden wurde, daß Spiele für sechs-, sieben- und achtjährige Kinder „organisiert" werden sollten, aber ich verwünsche denjenigen, der angeordnet hat, daß die Spiele auf einem vorschriftsmäßigen Feld ausgetragen werden, die Spieler teure Dressen tragen, strengen Regeln gehorchen, und einer unabänderlichen Aufstellung folgen müssen, und ebenso jemandem, der die Punktezahl anschreibt. Nichts verdirbt einem kleinen Jungen das Baseballspiel so sehr wie das Anschreiben der Punktezahl.

Obwohl ich zugeben muß, daß es wirklich faszinierend ist zuzusehen, wie die kleinen Jungen bei einem Baseballspiel Punkte erzielen. Da das Koordinationsvermögen vieler der Jungen noch nicht so weit entwickelt ist, daß sie Schläger und Ball in Verbindung bringen, geht es nicht so sehr darum, die Punktezahl zu notieren, als Punkte zu machen. Ich weiß von einer Pfadfindermannschaft, die schließlich eine Regel einführte, derzufolge das Spiel nach dem sechsten Schlagabtausch beendet werden muß (auch bei einem Punktestand von 0:0), oder wenn ein Team das andere um dreißig Punkte überflügelt. Ich sah ein Spiel zwischen der ersten und der zweiten Klasse, das wegen Dunkelheit vorzeitig abgebrochen wurde... nach dem zweiten Schlagabtausch.

Nicht, daß die kleinen Jungen so schlechte Spieler wären; manche von ihnen sind wirklich sehr gut; sie sind nur so nervös und verkrampft, weil die Eltern im Außenfeld stehen und kreischen und brüllen und drohen, sie zur Adoption freizugeben, wenn sie einen Ball ins Out schlagen.

Was in aller Welt geschieht mit Eltern bei Little-League-Spielen? Ich habe beobachtet, wie die höflichste, sanfteste Mutter zur Hexe wurde, als ein Schiedsrichter es wagte, ihrem kleinen Liebling „Out!" zuzurufen. Und ich habe gesehen, wie ein Vater, von dem ich weiß, daß er ein Ausbund an Würde und Diplomatie im Büro und manchmal sogar zu Hause ist, schrie und tobte, weil sein siebenjähriger Sohn einen einfachen hohen Ball nicht fangen konnte. Ich habe Nachbarn gekannt, die jahrelang gute Freunde waren, aber aufhörten, miteinander zu sprechen, nur weil ihre Söhne in gegnerischen Mannschaften spielten. Ich habe sogar Eheleute gekannt, die nicht mehr miteinander redeten, weil sie sich nicht darüber einigen konnten, ob ihr Sohn versuchen hätte sollen, ohne Hilfe eines Schlages zum dritten Laufmal vorzurücken. Und das war auch der Grund, warum ich schließlich nicht mehr zu diesen Baseballspielen ging... Nicht, weil ich es nicht ertragen konnte, zu sehen, wie sich alle diese Leute idiotisch benahmen, sondern weil ich *meinen* Mund nicht halten konnte.

Um ehrlich zu sein, ich wohnte den Spielen nicht mehr bei, weil ich nicht mehr aus meinem Auto herauskam, um ein Spiel zu sehen. Schließlich nahmen sechs unserer Kinder an Little-League-Spielen teil (damals waren die Mädchen schon so aktiv im Sport wie die Jungen), und ich verbrachte den ganzen Sommer in meinem Wagen, chauffierte die verschiedenen Spieler zu verschiedenen Spielplätzen und machte dann den ganzen

Weg noch einmal, um sie alle abzuholen. Wie ich mich erinnere, war das der Sommer der Benzinknappheit. (Jetzt wissen Sie, was sie verursacht hat.)

Baseball war nicht mein einziges Schreckgespenst. Fußball kam gleich danach.

Als mein erstgeborenes Kind mit der Schule anfing, war Fußball ein in den Vereinigten Staaten wenig bekannter europäischer Sport. Als mein zehntes Kind in die Schule eintrat, hatte Fußball nicht nur in unsere Grundschulen Eingang gefunden, sondern war sogar so beliebt wie Baseball. Jedes Kind wollte in einem Fußball-Team sein, und jedes Team wollte jeden Tag spielen. In der Fußball-Saison (die – wie jede Fußballer-Mutter Ihnen sagen kann – etwa vierzehn Monate pro Jahr dauert) wurden beinahe jeden Abend Spiele angesetzt, und an Wochenenden wurde von acht Uhr morgens bis zum Einbruch der Dunkelheit gespielt.

Da jedes Kind in unserer Nachbarschaft sich verpflichtet hatte, irgendwo Fußball zu spielen, organisierten wir Mütter schließlich Fahrgemeinschaften, die so ausgelastet und leistungsfähig waren, daß wir jedes großstädtische Verkehrssystem in den Schatten stellten.

Ich betrieb eine Fahrgemeinschaft mit meiner Nachbarin Jean, deren Töchter Kyle und Jenny in denselben Teams wie meine Töchter Peggie und Annie spielten. Eine weitere Fahrgemeinschaft hatte ich mit meiner Freundin Sue, deren Söhne Mike und Bob mit meinen Söhnen Tim und Patrick spielten. Und manchmal, wenn ihre Spiele mit denen meiner Kinder zusammenfielen, chauffierte ich David und Jennifer, die Kinder meiner nächsten Nachbarin Mary Jo, zusammen mit Dirk und Eric, den Söhnen meiner Freundin Shari, die eine andere Schule besuchten, aber in derselben Liga spielten. Wir hatten einen riesigen Kombiwagen, und den Kindern schien es nichts auszumachen, sich zusammenzudrängen, alles funktionierte prächtig... bis zum letzten Samstag der Saison.

Die Saison war hektisch gewesen, und regnerisches Wetter hatte ständig dafür gesorgt, daß Spiele verschoben und neu angesetzt wurden, nur um neuerlich verschoben zu werden. Am letzten Wochenende hatten die Kinder immer noch vier Spiele auszutragen, um sich für die Ausscheidung zu qualifizieren.

Meine Peg mußte um acht Uhr morgens spielen, auf einem Platz draußen in West-Omaha, während Annie zur selben Zeit ein Spiel auf einem Platz in Ost-Omaha zu bestreiten hatte. Da Jeans Tochter Kyle im selben Team war wie Peg, sagte Jean, sie würde nach West-Omaha fahren, während ich zusagte, ihre Tochter Jenny zusammen mit meiner Tochter Ann nach Ost-Omaha zu bringen, und Sue sagte, sie würde sie abholen und nach Hause bringen, wenn sie ihren Bob und meinen Patrick zu ihrem Spiel brächte, das auf demselben Platz stattfand, aber zwei Stunden später.

Ich war sehr froh darüber, da ich wußte, ich würde meine Kinder nicht abholen können, weil ich Sues Mike und meinen Tim zu ihrem Spiel in Süd-Omaha bringen mußte, was in der Nähe des Platzes war, auf dem Dirk spielte, und David spielte auch dort, also würde ich sie ebenfalls mitnehmen. Dirks Bruder Eric spielte in der Nähe von Bob und Pat, also sagte Sue, sie würde Eric mitnehmen, wenn sie Bob und Pat fahre. Dirks Mutter Shari machte sich erbötig, sie alle abzuholen, aber Mary Jo sagte, nein, sie wolle das machen, weil sie ohnehin Jennifer abholen müßte, und ich sagte, das wäre dumm; Jennifer spielte gerade gegenüber von Patrick und ich könnte sie zusammen mit Dirk und David abholen, wenn ich Bob, Pat und Eric abholte. Jean hatte schon gesagt, sie würde Peg und Kyle abholen und nach Hause bringen, also sagten Mary Jo und Shari, sie würden dafür am nächsten Tag für sämtliche Fahrten sorgen.

Ich weiß, das klingt sehr kompliziert, aber es war wirklich sehr einfach, und alles funktionierte großartig. Alle kamen rechtzeitig zu ihren Spielen, und alle wurden rechtzeitig abgeholt. Es gab nur eine kleine Panne. Als ich nach Hause kam – nachdem ich die verschiedenen Kinder in den verschiedenen Häusern abgeliefert hatte –, fand ich bei mir zu Hause zwei Jennifers und einen Bob, aber keine Peg oder Ann, keinen Tim oder Patrick.

„Mach dir nichts draus", sagte mein Mann lachend, als er mich dabei antraf, wie ich den Kopf gegen das Lenkrad meines Wagens schlug.

„Was soll das heißen, mach dir nichts draus?" jammerte ich. „Ich habe in der ganzen Nachbarschaft Kinder abgesetzt, die wahrscheinlich gar nicht dort wohnen, und wo in aller Welt sind unsere Kinder? Wie soll ich das alles jemals in Ordnung bringen?"

„Sehr leicht!" sagte er. „Stopf sie morgen einfach alle wieder ins Auto und laß Shari und Mary Jo die Sache ausbaden. Ich garantiere dir, wir werden unsere eigenen Kinder zurückbekommen!"

Natürlich war es dann auch so, und zu meiner großen Erleichterung legten sie alle ihre Sportbesessenheit ab. Keines meiner Kinder ist in der High School oder im College auf dem Footballfeld fertiggemacht worden, und sie scheinen alle eine gehobenere Laufbahn im Versicherungswesen, Rechnungswesen, Ingenieurswesen oder Schulwesen anzustreben. Ein Sohn hat sich sogar nebenbei als Schriftsteller betätigt, und er hat kürzlich vom College zu Hause angerufen, um uns mitzuteilen, daß er um die gewaltige Summe von fünfhundert Dollar einen Artikel an eine Zeitschrift verkauft hat.

„Bist du nicht stolz auf ihn?" fragte ich meinen Mann, als ich ihm davon erzählte. „Denk doch nur, fünfhundert Dollar! Ich wette, seine Mitschüler sind grün vor Neid!"

„Alle außer Vince", sagte er.

„Vince Wer?"

„Du weißt schon, der nette Junge, der aus dem College ausgetreten ist, um Profi-Footballspieler zu werden. Zuletzt habe ich gehört, daß er für dreihunderttausend im Jahr in einer Mannschaft der Nationalliga spielt."

Irgendwie wünschte ich, er hätte mir das nicht erzählt. Doch irgendwie weiß ich auch, daß er es einfach mußte!

22

Der Untergang des CIA

„Wer behauptet, daß sein Kind niemals lügt, lügt.“

Der CIA hat seinen Meister gefunden... oder wird ihn bald finden, und ich muß gestehen, daß mir die Burschen leid tun. Ich habe mich mit ihren künftigen Widersachern gemessen und wünsche diesen Kampf niemandem, nicht einmal dem CIA.

Ich beziehe mich auf die jüngsten Meldungen, denen zufolge es dem CIA bald gestattet sein wird, häusliche wie auswärtige Angelegenheiten zu untersuchen, und ich nehme an, daß dann irgendwann auch beschlossen wird, die Verschrobenheiten, dunklen Machenschaften und heimlichen Affären von Amerikas jugendlichen Erwachsenen, oder schlimmer noch, Amerikas Jugendlichen zu untersuchen. Gott helfe ihnen. (Das heißt: dem CIA; die Jugendlichen werden das Ganze genießen.)

Ich weiß nicht, ob ich der Theorie zustimmen soll, wonach unsere Sicherheit wichtiger sei als unser Privatleben, und es dem CIA daher gestattet sein sollte, bei uns zu spionieren; aber die Frage ist müßig, denn wenn die CIA-Untersuchungen einmal die jüngere Generation erreicht haben, wird es mit dieser berühmt-berüchtigten „Gesellschaft“ aus und vorbei sein.

Ich stütze diese Annahme auf die Tatsache, daß ich Jahre damit verbracht habe, der jüngeren Generation nachzuspionieren, und es mir nichts eingetragen hat außer einem Magengeschwür, migräneartigen Kopfschmerzen und einem gelegentlichen Zucken über dem linken Auge. Kinder sind Meister darin, einem Verhör auszuweichen, eine Untersuchung zu vereiteln und Beziehungen zu verheimlichen. Nicht, daß sie lügen; es ist nur so, daß sie die Wahrheit umgehen, indem sie sich unwissend und unschuldig geben, was sie beides niemals sind.

Ehrlich, ich würde liebend gerne hören, wie ein CIA-Agent versucht, irgendeine meiner Töchter zu verhören, vorausgesetzt natürlich, daß er sie lange genug festhalten kann, um sie zu verhören. Es würde so klingen:

„Sie sind M. T. Bloomingdale; stimmt das?“

„Hmmmm? Oh. Hi. Was haben Sie gefragt?“

„Wie Sie heißen. Wie ist Ihr Name?“

„Mein Name? Antigone!“

„Was?“

„Antigone! Ich bin Antigone, Tochter des Ödipus, Sophoklos' größte Heldin!“

„Ich bin offenbar im falschen Haus; ich suche nach den Bloomingdales.“

„Unglücklicherweise *sind* das hier die Bloomingdales. Haben Sie eine Ahnung, wie schwer es in dieser verrückten Familie ist, in den Charakter einer Figur eines Theaterstücks zu schlüpfen? Um Antigone zu spielen, muß ich Antigone sein! Wenigstens, bis das Stück vorbei ist; das Stück ist das Wichtigste!“

„Versuchen wir's nochmal. Sind Sie oder sind Sie nicht M. T. Bloomingdale?“

„M. T.? Lassen Sie mich kurz nachdenken... Mutter? Wie war nochmal mein zweiter Vorname? Oh. Ja. Ich schätze, ich bin M. T. Bloomingdale. Aber ich bin nicht die Bloomingdale, die Sie suchen. Versuchen Sie's mit M. G. oder M. M.“

„Woher wissen Sie, daß Sie nicht diejenige sind, die ich suche?"

„Weil ich's, was immer es auch ist, nicht getan habe, und wenn es etwas ist, das erst noch getan werden muß, dann bin ich nicht dran. Also, wenn Sie mich jetzt entschuldigen wollen, ich komme zu spät..."

„Und wohin gehen Sie?"

„Aus."

„Aus, wohin?"

„Aus, dorthin! Warum muß ich jedesmal, wenn ich irgendwo hingehe, einen detaillierten Bericht abliefern? Wie alt muß ein Mädchen sein, damit es sein eigenes Leben leben darf? Ich gehe mit einem Burschen aus; wir gehen nur was trinken, und dann vielleicht ins Kino. Also, wenn Sie mich jetzt bitte entschuldigen..."

„Welcher Bursche? Wie heißt er?"

„Wenn Sie's unbedingt wissen wollen, er heißt Bill."

„Bill Wer? Wie ist sein Familienname?"

„Ich kenne seinen Familiennamen nicht. Wieso ist das wichtig? Was bedeutet schon ein Name? Als nächstes werden Sie mich fragen: ‚Was macht sein Vater?' Bill ist nur ein Junge, den ich bei der Arbeit kennengelernt habe; ich lasse mir nicht von jedem Burschen, mit dem ich ausgehen, Ausweispapiere zeigen!"

„Wohin gehen Sie und dieser Bill?"

„Ich finde nicht, daß Sie das irgendwas angeht; aber wenn Sie's unbedingt wissen wollen, wir gehen in meine Bude."

„Sie meinen... hierher?"

„Sind Sie verrückt? Ich würde niemanden hierher mitbringen! Ich habe zu viele Brüder und Schwestern; und was noch schlimmer ist, ich habe Eltern! Wissen Sie, wie unangenehm es ist, einundzwanzig Jahre alt zu sein und bei seinen Eltern zu wohnen?"

„Aber Sie sagten, Sie würden in *Ihre* Bude gehen. Soll ich das so verstehen, daß Sie eine Absteige haben? Für Techtelmechtel oder Rendezvous?"

„Kaum. Ich sagte, ich ging in ‚meine Bude'; ‚meine Bude' ist ein Lokal hier in der Gegend. Das ist eine tolle Kiste, da gibt's Fünf-Uhr-Cocktails... zum halben Preis. Oder wird es wenigstens geben, wenn ich hinkomme, bevor die Cocktailstunde vorüber ist."

„Ich habe nur noch eine Frage. Haben Sie und dieser Bill jemals über die zerstörerischen Eigenschaften der interplanetarischen Laser-Rakete sowjetischer Herkunft diskutiert?"

„Oh, natürlich; die ganze Zeit. Das ist unser Lieblingsthema."

„Ich scherze nicht. Ist Ihnen klar, was es bedeuten würde, wenn diese Waffen jemals zur Anwendung gelangten?"

„Ja. Es würde bedeuten, lebwohl, Erde, hallo, Himmel... und es würde ebenso bedeuten, wir sollten lieber essen, trinken und fröhlich sein, solange wir können, oder? Wollen Sie mitkommen in ‚meine Bude'?"

Wenn nicht die Verhöre den CIA ruinieren, dann werden es die Untersuchungen tun. Den CIA-Agenten möchte ich sehen, der überhaupt etwas in einem typischen Teenagerzimmer findet, außer natürlich den Dingen, die üblicherweise in einem Teenagerzimmer zu finden sind und die anzuführen hier wohl zu lange dauern würde.

Können Sie sich nicht einfach ein paar CIA-Agenten vorstellen, die versuchen, im Zimmer eines siebzehnjährigen Jungen etwas zu finden? Das Szenarium könnte etwa so aussehen:

Das Gesetz über Handfeuerwaffen ist verabschiedet

worden, möglicherweise unter Einbeziehung von Waffen aller Art, und zwei Geheimagenten sind gerade dabei, in das Zimmer eines Jugendlichen, männlich, siebzahn Jahre, einzudringen, der — selbstverständlich — nicht anwesend ist... da es nämlich nicht zwischen 1 Uhr früh und Mittag ist.

„Wir können nicht hinein; die Tür ist versperrt.“

„Sie kann nicht versperrt sein; das neue Gesetz verbietet das Versperren von Schlafzimmertüren. Vielleicht ist sie verstellt; lassen Sie mich versuchen. Ja, Sie müssen stoßen; da sind ein paar Dinge im Weg...“ (eine Feldkiste, Gitarrenkasten, Schreibmaschinentischchen, vierzehn Bibliotheksbücher und sechseinhalb Paar Turnschuhe).

„Ich hab's; jetzt geht's. Nimm deine Gasmaske! Das Zimmer ist voller Giftgas!“

„Das ist kein Giftgas; das sind schmutzige Socken. Ich habe selbst einen Sohn; bringe es nicht fertig, in sein Zimmer zu gehen. Okay, wonach suchen wir?“

„Alles Illegale; Waffen, Drogen, Acid-Rock-Schallplatten. Fang nur an zu suchen und laß es mich wissen, wenn du irgendwas Verdächtiges gefunden hast. Du untersuchst den Schreibtisch, und ich sehe mir den Schrank an.“

„Das ist nicht fair; du weißt, daß in dem Schrank nichts sein wird. Welches Kind hängt jemals seine Kleider auf?“

„Okay; ich übernehme die Schubladen, und du suchst unter dem Bett.“

„Bist du verrückt? Da gehe ich nicht runter. Ich hab mich nicht freiwillig für ‚Gewagte Projekte‘ gemeldet; ich bin nicht ausgebildet für gefährliche Situationen. Wie auch immer, wir haben ohnehin nur acht Stunden; es würde zwei Tage dauern, dieses Zeug zu sichten. Du nimmst die Kommodenladen; ich übernehme den Schreibtisch. He, schau her; das sieht aus wie ein Geheimdokument. Es ist in einer Art Code abgefaßt."

„Das ist nur eine Semesterarbeit, Blödmann; siehst du nicht die Zensur am Rand? Der Junge hat Sehr gut bekommen."

„Aber nein, das muß ein Code sein. Schau, wie falsch alle Worte geschrieben sind, und da sind Kommas und Punkte an lächerlichen Stellen. Lies es; es ergibt nicht einmal einen Sinn. Wenn es eine Semesterarbeit ist, wie konnte der Junge Sehr gut darauf bekommen?"

„Ganz einfach. Er ist in der Footballmannschaft. Jetzt komm schon; wir müssen suchen. He, schau, was ich in dieser Kommodenlade gefunden habe! Der Chef wird's nicht glauben!"

„Was denn? Ich sehe nur Socken und Unterwäsche."

„Ich weiß. Das meine ich ja. Verdächtig, hm? Welcher Teenager bewahrt schon seine Socken und Unterwäsche in einer Kommode auf? Ich sage dir, hier ist etwas faul! Wollen mal sehen, was er unter diesen Kleidungsstücken vergraben hat... auaaa! Ich bin verwundet! Hier drin *ist* eine Waffe!"

„Das nennst du eine Waffe? Für mich sieht das wie eine Mausefalle aus. He, da ist ein Zettel dran. Was steht drauf?"

„Schwesterchen: sag nicht, daß ich dich nicht gewarnt habe! Laß meine Sachen in Ruhe!"

„Aha! Und was sind das für Sachen, die er vor seiner Schwester versteckt? Wühlen wir ein bißchen tiefer... hier!... Was ist das? Gedichte? Dieser Bursche schreibt Gedichte? Was soll noch werden aus unserem Land, wenn ein anständiger, wohlerzogener Junge, der Talent für Vorlagen und Fallstöße hat, sich so weit erniedrigt, daß er Gedichte schreibt?"

Stunden später geben die Agenten auf. Während sie aus dem Zimmer klettern (über Stöße von Alben, Büchern und ungewaschenen Kleidern), übersehen sie (a) ein Springmesser, (b) eine doppelläufige Schrotflinte, (c) ein unbeschriftetes Pillenfläschchen, (d) einen Totschläger... Vielleicht, weil diese Dinge deutlich sichtbar auf der Kommode liegen. Das muß man diesen Kindern lassen; sie wissen wirklich, wie man etwas gut versteckt.

Was die „dunklen Machenschaften" betrifft, so sind alle Machenschaften von Kindern dunkel. Die Kinder würden es nicht anders haben wollen. Nicht, daß die Machenschaften illegal, kriminell oder auch nur fragwürdig wären; es ist eben so, daß alles viel mehr Spaß macht, wenn Mutter und Vater nichts davon wissen.

Das gleiche gilt für „heimliche Affären". In den Augen der Kinder sind das die besten. Und oft sind es auch die einzigen.

Von dem Tag an, an dem Ihr Kind in die Schule eintritt, bis zu dem Abend, an dem es einen Haufen Fremde zu Ihrer Totenwache schleppt, möchte es lieber nicht, daß Sie wissen, wer seine Freunde sind. (Oder, um genauer zu sein, es möchte lieber nicht, daß seine Freunde wissen, wer Sie sind.) Vielleicht ist das die Schuld der Eltern. Wenn es um die Freunde unserer Kinder geht, neigen wir dazu, neugierig zu sein. Wir neigen auch dazu, Snobs zu sein.

Ich erinnere mich an ein Gespräch, das wir vor Jahren mit einem unserer Söhne führten, der damals etwa sechzehn Jahre alt war. Er war am Abend zuvor lange aus gewesen, und nachdem wir ihn bezüglich des Warum und Wo verhört hatten, gelangten wir endlich zum Wer.

„Mit wem warst du aus?" fragte ich, nachdem ich herausgebracht hatte, daß unser Sohn so spät nach Hause gekommen war, weil er das Auto fuhr und sechs andere Kinder nach Hause bringen mußte.

„Nur mit ein paar Jungs", murmelte unser Sohn.

„Welchen Jungs? Haben sie keine Namen?"

„Es sind nur ein paar Jungs, mit denen ich zur Schule gehe. Reg dich nicht auf, Mami; es sind alles gute Jungs."

„Sicher sind sie das, aber ich möchte eben gerne wissen, wer deine Freunde sind."

„Also, da waren Sam Signatto und Heinie Rochman und Bill Ching und Lars Jorgenson und Chuck Juarez und Mike Anchokowvitz."

„Signatto... Ching... Juarez... Anchokowvitz... großer Gott! Läufst du nie mit irgendwelchen Amerikanern rum?"

„Aber ja", schnappte unser Sohn. „Mit Häuptling Joe Running Water."

Doch manchmal treiben die Kinder ihre „heimlichen" Beziehungen wirklich auf die Spitze. Das wurde mir vor kurzem klar, als mein Mann von der Zeitung aufsah und sagte:

„Na, sowas. Rate, wer sich verlobt hat und heiraten will!"

„Wer?" sagte ich. „Und seit wann liest du den Gesellschaftsklatsch?"

„Gewöhnlich tue ich das auch nicht, aber der Name sprang mir ins Auge. Er lautet Bloomingdale. Es sieht so aus, als wollte unser Sohn heiraten. Kennen wir ein Mädchen namens Debbie?"

„Debbie? Natürlich! Sie ist ein reizendes Mädchen! Und sie wird eine wunderbare Schwiegertochter sein! Aber es wundert mich, daß er uns nichts davon gesagt hat. Er weiß, wie gern ich Debbie habe!"

„Sei nicht albern, Teresa", sagte mein Mann. „Du weißt, er könnte sich nie dazu überwinden zuzugeben, daß er in ein Mädchen verliebt ist, das du gern hast. Also, wenn du ein bißchen Verstand hast, wirst du kein Wort darüber verlieren; wenn du es unbedingt erwähnen mußt, zieh ein böses Gesicht dabei. Falls es nämlich auch nur im geringsten so aussieht, als ob du glücklich wärst darüber, kannst du die ganze Hochzeit platzen lassen."

Ja, wirklich, es wird mir ein Vergnügen sein zuzusehen, wie es der CIA mit der Generation meiner Kinder aufnimmt; das sollte ein prächtiges Gemetzel geben.

Ich sehe nur ein Problem auf mich zukommen. Ich werde nicht wissen, für welche Seite ich Hurra schreien soll.

23

Wie man Mütter einschüchtert

„Fast jede Mutter ist der Typ Frau, die — auch wenn sie keinen Unterrock trägt — sicher ist, daß er vorsteht.“

„Du siehst furchtbar aus“, sagte mein Mann zu mir, als er mich mit einem Kuß begrüßte. „Was ist los? Du bist doch nicht krank, oder?“

„Nein“, versicherte ich ihm mit einem Seufzer. „Ich bin nicht krank. Ich bin nur erschöpft und gereizt und frustriert und wütend!“

„Laß mich raten“, sagte er. „Du hast entweder mit der Dingsda Bridge gespielt, wieder einmal mit dem Klempner gestritten, oder — und ich schaudere bei dieser Vermutung — du bist gerade vom Verkehrsgericht nach Hause gekommen.“

„Noch schlimmer“, sagte ich. „Ich bin gerade vom Elternsprechtag nach Hause gekommen. Ich bin erschöpft, weil ich — für jedes unserer Kinder — sechs Lehrer aufsuchen mußte; ich bin gereizt wegen einiger der Berichte und wütend über andere, und ich bin frustriert, weil ich mich nicht erinnern kann, wer was über welches Kind gesagt hat.“

Ich hasse Elternsprechtage. Ich weiß nicht, warum es sie gibt. Die Lehrer verabscheuen sie; die Eltern fürchten sie; und Gott weiß, die Kinder brauchen sie nicht. Warum gibt es sie also?

Ich besuche Elternsprechtage seit Ewigkeiten, und während ich die Besprechungen an meinen Fingern abzählen kann, bei denen man mir sagte, daß mein Kind sich gut in der Klasse mache und es eine Freude sei, es zu unterrichten, übersteigt die Zahl der Sprechstunden, in denen man mich über fehlende Aufgaben und versäumte Prüfungen und über Klassen-Clowns informierte, die „so intelligent sind, aber einfach nicht lernen wollen", die Anzahl der Haare auf meinem Kopf.

Jedes Semester sage ich mir, ich werde auf das „Vergnügen", diese Berichte zu hören, verzichten und es irgendwie fertigbringen, das Datum des Sprechtages zu „vergessen", doch das eine oder andere meiner Kinder schafft es immer, meine Aufmerksamkeit darauf zu lenken, indem es irgend etwas Stumpfsinniges sagt, wie: „Du kannst den Elternsprechtag diesmal auslassen, weil es wirklich sehr gut steht mit mir." Das bedeutet natürlich, daß es sehr schlecht steht, und dann fühle ich mich verpflichtet, den Sprechtag zu besuchen, wenn auch nur, um mich zu vergewissern, daß es unmöglich so schlecht stehen kann, wie ich vermute. (Und doch ist es so.) Und wenn ich erst zu dem Sprechtag erschienen bin, fühle ich mich bemüßigt, mit den Lehrern meiner anderen Kinder zu sprechen, wie auch mit jedermann sonst, der auch nur irgend etwas mit meinen Kindern zu tun hat, ob es nun die Direktorin ist, von der sie oft zur Rechenschaft gezogen werden, der Turnlehrer, der die fixe Idee hat, daß man Turnschuhe beim Turnen tragen muß, oder der Schulwart, der die Hälfte seiner Zeit damit verbringt, Kritzeleien von den Wänden zu kratzen und unanständige Sprüche abzuwischen, und sich anscheinend nie daran erinnern kann, wer sie geschrieben hat... bis er mich kommen sieht.

Beim letzten Elternsprechtag erhielt ich insgesamt

vierundzwanzig Berichte, darunter einige von Lehrern, die meine Kinder in einem Fach unterrichteten, manche von Lehrern, die meine Kinder in zwei Fächern unterrichteten, und einem von einem Lehrer, der zwei meiner Kinder im selben Fach unterrichtete. Ich sprach auch mit vier Studienberatern, zwei Schulwarten, und mit dem Direktor der High School. Als ich nach Hause humpelte, konnte ich mich nicht mehr daran erinnern, welches von meinen Kindern durchfallen würde, welches eine Auszeichnung zu erwarten hätte, und welches nächste Woche jeden Tag nach dem Unterricht in der Schule bleiben würde müssen, um gewisse Worte von den Wänden zu entfernen.

Ich weiß, ich sollte mir Notizen machen, aber ich bin zu nervös dazu. Die Wahrheit ist, daß die Lehrer mich einschüchtern. Die Lehrerin kann einundzwanzig Jahre alt sein und ihr Diplom so neu, daß es sich noch gar nicht aufgerollt hat, und trotzdem nähere ich mich ihr mit einem Gefühl, als sei ich schuld an Verbrechen, mit denen ich absolut nichts zu tun habe — nur die Tatsache, daß ich die Mutter der Verbrecher bin, macht mich schon zur Anstifterin zu den Verbrechen.

Ein Psychoanalytiker würde vermutlich sagen, meine Angst vor Lehrern sei ein Überbleibsel aus meiner Klosterschulzeit, als die ernst blickenden, schwarzgekleideten Nonnen so strenge Disziplin forderten. Aber das stimmt nicht. Diese längst dahingegangenen Nonnen haben mich nie eingeschüchtert, weil ich „Miss Superbrav" war, ein Umstand, der meine stets zu Streichen aufgelegten Mitschülerinnen von damals immer noch wurmt, und mir jetzt, da ich daran denke, ebenfalls ein wenig Übelkeit verursacht.

Nein, die einzige Nonne, die mich jemals eingeschüchtert hat, war eine weltgewandte, in Hosen gekleidete Feministin, die mich beim Bridge zu hoch reizen ließ und mich dann mit Sechs ohne Trumpf zerschmetterte. Und daß sie eine Nonne war, hatte nichts damit zu tun; auch daß sie eine Feministin war, störte mich nicht. Was mich einschüchterte, war ihr fanatischer Eifer beim Bridgespiel.

Es macht mir nichts aus, beim Bridge zu verlieren (was gut ist, weil ich meistens verliere), ich hasse es nur, mit Leuten zu spielen, die das Spiel ernst nehmen. Bridge ist für mich weniger ein Spiel als ein Vorwand, um mit meinen Freundinnen zusammenzukommen, zu plaudern und von meiner Diät abzuweichen. Wenn wir ein bißchen Karten spielen zwischen dem Schwatzen und dem feinen Dessert, dann ist das in Ordnung, aber nicht notwendig. Alle in meiner Bridgegesellschaft denken ganz genau so darüber, also kommen wir famos miteinander aus.

Doch gelegentlich brauchen wir eine Einspringerin, und nur zu oft ist es diese Dingsda, die mein Mann erwähnt hat. Sie besteht darauf, daß wir uns auf die Karten konzentrieren. Dann spiele ich so schlecht wie nie, denn einerlei, wie sehr ich mich konzentriere, ich kann mich nie daran erinnern, wer was gespielt hat, und gewiß nicht daran, wer was geboten hat. Während ich mich täppisch herumplage, beginnt die Einspringerin zu seufzen wie ein gelangweilter Teenager, der mit seiner kleinen Schwester Schwarzer Peter spielen muß.

Letzte Woche brauchte unsere Bridgegesellschaft wieder einmal einen Ersatz und ich war sehr erleichtert, als die Dingsda nicht kommen konnte. Doch die Einspringerin, die wir bekamen, war noch schlimmer. Sie seufzte nicht, oder rollte auch nur die Augen, wie meine Mutter es gerne tut, wenn ich meinen eigenen Stich steche. (Obwohl ich eiligst hinzufügen muß, daß mich meine Mutter niemals einschüchtert, außer manchmal, sonntags, wenn sie Zitronenbaiser-Kuchen serviert, den sie aus dem Nichts hervorzaubert.) Diese Bridgespielerin machte keine einzige Bemerkung über meine Fehler. Ja, sie machte während des ganzen Nachmittags überhaupt keine Bemerkung. Sie sprach nur, um zu bieten — selbstsicher und abgehackt —, oder um so Offenkundiges festzustellen wie: „Sie sind zwei zu kurz; das ist unser Spiel und Rubber." Wir waren alle so eingeschüchtert, daß wir den ganzen Nachmittag in beinahe völligem Schweigen spielten. Es war schrecklich. Ich wurde so nervös, daß ich nicht anders konnte, als eine zweite Portion Schokoladencreme zu verschlingen.

Was mich nun zu einer weiteren Art der Einschüchterung führt: einschüchternd ist auch die Person, die sich weigert, Schokoladencreme zu essen, oder irgendein anderes Dessert, denn „Ich muß auf meine Figur achten, weißt du!" Ich weiß nicht, warum sie darauf achten muß; alle anderen tun das schon für sie.

Ich habe zwei Freundinnen, die mir lieb und teuer sind, aber sie wären mir noch viel teurer, wenn sie nicht so verdammt gut aussähen. Sie sind beide Mütter in mittleren Jahren und haben zusammen insgesamt zehn Kinder, trotzdem ist es ihnen gelungen, so schlank zu bleiben, daß sie beide als professionelle Photomodelle arbeiten. Wissen Sie, was mit mir geschieht, wenn ich mit ihnen gesehen werde? Ich bin wie ausradiert. Denn wenn ich mit ihnen zusammen bin, sieht mich niemand. Es stimmt zwar, keine von ihnen hat jemals meine Figur, meine Kleidung oder meine Frisur kritisiert, doch ich habe immer das Gefühl, sie müßten eigentlich bei meinem bloßen Anblick erschauern.

Ich erwähnte diesen Umstand gestern beim Frühstück, und mein Sohn sagte:

„Warum sollten sie erschauern? Ich wette, sie lieben dich, so wie du aussiehst; sie sehen dadurch so viel besser aus!" (Mein Sohn ist ein Herzblatt, doch es fehlt ihm etwas an Taktgefühl. Er sagte einmal zu seiner Schwester bei einer Tanzveranstaltung in der Schule: „Mir ist es gleich, was die anderen sagen, Schwesterchen; ich finde, du siehst toll aus!" Sie wußte nicht, ob sie ihn umarmen oder prügeln sollte.)

Dieser selbe Sohn setzt mich nur zu oft einer weiteren Form der Einschüchterung aus: dem Verkehrsgericht. Nun, ich habe mich niemals in meinem Leben eines Vergehens schuldig gemacht, das mein Erscheinen vor dem Verkehrsgericht erfordert hätte, außer man stellt in Rechnung – und das leuchtet auch ein –, daß ich Söhne geboren habe, die sich anscheinend nicht an die Verkehrsregeln halten können. Da ich zahlreiche Söhne durch die Pforten des Verkehrsgerichtes geschleust habe, bin ich im Lauf der Jahre mit jedem Richter auf der Richterbank unserer Stadt persönlich bekannt geworden. Nun, es ist schon peinlich genug, als gewöhnicher Fall vor dem Richter zu stehen, aber noch peinlicher ist es, sich einem Richter als alte Bekannte zu nähern. Irgendwie hätte ich es lieber, wenn er sagte: „Fall Nummer 7777, sind Sie die Mutter dieses jugendlichen Delinquenten?", als „Hi, Teresa! Schon wieder da mit dem Straßenschreck, wie ich sehe!"

Doch wenn ein Richter mich einschüchtert, ist das nichts im Vergleich zu dem Schuldgefühl, das ich empfinde, wenn ich meinem Klempner gegenübertreten muß. Ich nenne ihn „meinen" Klempner, weil ich ihm im Lauf der Jahre so viel bezahlt habe, daß ich das Gefühl habe, er gehört eigentlich schon mir. Ich habe diesen selben Klempner schon zu Hilfe gerufen, als meine Kinder noch klein waren und im Alter von zwei, drei, vier und fünf Jahren die Hälfte der Zeit mit dem Versuch zubrachten, ihre Spielsachen durch die Toilette zu spülen, und die andere Hälfte damit, den Deckel des Wasserkastens zu demolieren, den sie immer wieder abnahmen, um zu „sehen, wo alles hinkommt, wenn ich runterspüle“. Sie hatten auch die Gewohnheit, ihre Zahnbürsten in den Abfluß des Waschbeckens im Badezimmer zu stecken (um sich so eine Ausrede zu verschaffen, warum sie sich nicht die Zähne putzten), und mehr als einmal „reinigten“ sie das Aquarium, indem sie dessen gesamten Inhalt – Wasser, Fische, Futter und drei Becher Ziersand – in die Badewanne kippten (was erklärt, warum in unserer Nachbarschaft die Abwässer manchmal so träge abflossen).

Immer, wenn ich dann den Klempner rief, begann ich das Gespräch mit einer Entschuldigung: ich wüßte natürlich, daß er Wichtigeres zu tun hätte als an anderer Leute Rohrleitungen zu arbeiten usw. Wenn er kam, entschuldigte ich mich neuerlich, nicht nur für das Spielzeug, das in der Toilette steckte, sondern auch für den Zustand des Badezimmers, das – wie jede Mutter sich wohl denken kann – dauernd in Unordnung war. Als für den Klempner und mich das zehnte Jahr unserer ständigen Beziehung anbrach, entschuldigte ich mich nicht nur für das Benehmen meiner Kleinen, sondern auch für ihre Existenz an sich. Es stimmt zwar, daß sich der Klempner kein einziges Mal über meine mißratenen Kinder äußerte, oder über ihre wachsende Zahl, doch ich wußte, was er dachte; sein Schweigen allein war eine Strafpredigt.

Endlich entwuchsen meine Kinder dem Alter der Badezimmerstreiche, doch dann schwangen sie sich zu ausgeklügelten Dummheiten auf, indem sie zum Beispiel den Abfall in den Küchenausguß warfen. Wie viele Küchen hat die unsere ein doppeltes Spülbecken mit einem Müllzerkleinerer in dem einen Becken. Doch meine Kinder schaben den Abfall unweigerlich in das andere Becken und spülen ihn gedankenverloren den Abfluß hinunter, wo er sich hartnäckig im Rohr festsetzt, bis der Klempner kommt, um ihn wieder herauszubefördern.

Die Kinder behaupten, es mache ohnehin keinen Unterschied, weil der Müllzerkleinerer so empfindlich sei, daß er nichts anderes schlucke als verdünnte Suppe und vielleicht Kartoffelbrei, und wahrscheinlich haben sie recht. Ich weiß sehr wohl, das Ding ist so regelmäßig verstopft, daß mein Klempner mich jetzt als ständig in seinem Terminkalender führt.

Ich habe schon seit langem aufgehört, mich bei meinem Klempner dafür zu entschuldigen, daß ich ihn reich mache, und er hat schon seit langem mit seinen stummen Predigten aufgehört. Wir kennen einander schon so lange, daß er sich nun berechtigt fühlt, mein Verhalten gegenüber dem Rohrleitungssystem offen zu kritisieren.

Erst gestern bat ich ihn, wieder einmal den Müllzerkleinerer von Unrat zu befreien, und während er ihn mühsam ausbaute, brummte er: „Wie oft habe ich Ihnen das schon von Sellerieherzen und Bananenschalen gesagt! Sie können so grobes Zeug nicht da hineinwerfen!"

„Ich werfe keine Bananenschalen oder Sellerieherzen da hinein", sagte ich gereizt. „Was glauben Sie, das ich bin? Eine Idiotin?"

Ich weiß, mein Klempner und ich sind sowohl alte Freunde als auch Geschäftspartner, doch er hätte es sicher nicht nötig gehabt, diese Frage so prompt zu beantworten... oder so wörtlich.

24

Requiem für eine Sockenfresserin

„Kindersocken sind so beschaffen, daß einer aus jedem Paar beim Waschen entweder die Farbe verliert, einläuft oder sich überhaupt auflöst."

„Was ist das?" fragte mein Mann eines Morgens beim Frühstück. Und er spitzte ein Ohr, um besser zu hören.

„Was ist was?" fragte ich.

„Was ist das, was ich nicht höre?" fragte er. „Hörst du es nicht auch nicht?"

„Geht's dir gut?" erkundigte ich mich, während ich mich fragte, ob er vielleicht ein bißchen Schnaps in seinen Morgenkaffee gegossen hätte.

„Horch!" sagte er. „Es ist überhaupt kein ‚Sst-plumps-sst-plumps' aus der Waschküche zu hören! Was glaubst ist, ist passiert?"

„Es muß die Waschmaschine sein", sagte ich, „oder vielmehr, es ist die Waschmaschine *nicht*... ich meine, die Waschmaschine muß stillstehen... Was sage ich da? ... Jemand muß die Waschmaschine ausgemacht haben!"

„*Aus*gemacht?" fragte mein Mann mit gespieltem Erstaunen. „Ich wußte gar nicht, daß unsere Waschmaschine eine Aus-Taste hat. Sie ist *immer* an. Sie muß kaputt sein."

„Sie kann nicht kaputt sein!" rief unsere Tochter Mary. „Ich muß meine Unterwäsche waschen, und ich muß zu Mittag bei meiner Arbeit sein. Ich habe gewiß nicht die Absicht, ohne Unterwäsche zur Arbeit zu gehen!" (Und ich bin gewiß froh, das zu hören!)

„Wasch deine Unterwäsche im Becken", schlug ich vor. „Als ich in deinem Alter war, mußte unsere gesamte Unterwäsche mit der Hand gewaschen werden."

„Auch die Reifröcke?" witzelte unser Sohn Dan.

„Paß auf, was du sagst, Junge", gab ich zurück. „Wenn diese Maschine kaputt ist, dann ist das wahrscheinlich deine Schuld. Hab ich nicht deine Turnschuhe gestern abend dort drin herumpoltern gehört? Wie oft habe ich dir schon gesagt, daß du deine Turnschuhe nicht in der Waschmaschine waschen sollst?"

„Es waren nicht seine Turnschuhe, die so viel Lärm gemacht haben", sagte seine Schwester Peg. „Es waren seine Turnsocken."

Ich lief in die Waschküche hinunter und traf unsere sechzehnjährige Ann dabei an, wie sie verzweifelt an Hähnen rüttelte und Knöpfe drückte.

„Bitte, sei nicht kaputt", flehte sie die Maschine an. „Du kannst jetzt nicht aufgeben! Nicht mitten in meinen neuen Jeans! Ich habe nichts anderes anzuziehen!" (Das ist wahr. Die Tatsache, daß Anns Schrank voller Kleider ist, hat nichts zu bedeuten; diese Kleider sind schon von ihren Klassenkameradinnen gesehen worden und können offenbar nicht wieder getragen werden, bevor wir nicht aus diesem Staat wegziehen.)

„Also, laß mich versuchen", sagte ich. Ich verbrachte die nächsten zwanzig Minuten damit, Verbindungsstücke an Röhren festzuziehen, Schläuche zu säubern und Treibriemen zu überprüfen; ich wechselte sogar die Glühbirne an der Waschküchendecke aus. (Ich habe diesen Trick schon einmal versucht, und er hat funktioniert; die Waschmaschine begann sofort zu arbeiten. Zugegeben, es konnte ein Zufall gewesen sein, aber in diesem Haushalt, wer weiß?) Zu meiner Bestürzung nützte nicht einmal das; die Maschine wollte mehr.

„Ich werde den Kundendienst anrufen", sagte ich. „Bete nur darum, daß diese Maschine repariert werden kann; wir können uns keine neue leisten."

„Sie ist nicht zu reparieren", sagte der herzlose Kerl, der nach einem einzigen Blick in das Innere der Maschine den Kopf schüttelte, die ungeöffnete Werkzeugkiste hochhob und mir eine Rechnung über fünfundzwanzig Dollar reichte.

„Fünfundzwanzig Dollar!" rief ich aus. „Wofür?"

„Das ist die Mindestgebühr für einen Reparaturauftrag", antwortete er.

„Aber Sie haben nichts *getan*!" sagte ich.

„Ich bin *gekommen*", entgegnete er wahrheitsgemäß, und ich mußte zugeben, es war nicht nur gekommen, er war auch prompt gekommen... am selben Tag noch, an dem ich den Kundendienst angerufen hatte. Aber ich zahle eine solche Rechnung wirklich sehr ungern; es ist genau so, als bezahlte man einen Chirurgen, wenn auch der Patient auf dem Operationstisch gestorben ist. Ich weiß natürlich, daß man diesen Burschen für seine Mühe entschädigen muß, aber sollte es bei Mißerfolg nicht einen Rabatt geben?

„Ich sage Ihnen, was ich tun werde", meinte der Servicemann heiter. „Ich schleppe sie Ihnen kostenlos weg. Es tut mir wirklich leid, daß ich sie nicht reparieren kann, aber diese Maschine ist tot!"

„Woran ist sie gestorben?" fragte ich. „Überarbeitung?"

„Altersschwäche", antwortete er sinnend. „Ich bin schon seit zehn Jahren Waschmaschinentechniker, aber so ein Modell habe ich überhaupt noch nicht gesehen."

Obwohl die Feststellung, daß meine Waschmaschine tot sei, mich erschütterte, kam sie doch nicht überraschend, denn sie hatte eine normale Lebensspanne weit überdauert. Sie hatte mir siebzehn Jahre lang treu gedient, Stunden lang mühsame Arbeit verrichtend, und ich bin ganz sicher, der einzige Grund, warum sie nicht schon vor langem das Zeitliche gesegnet hat, war der, daß sie wußte, wie sehr ich sie liebte.

Kann man denn umhin, etwas zu lieben, das so viel mit einem durchgemacht hat? Zu ihren Lebzeiten hatte diese Maschine Tausende von Windeln gewaschen, Hunderte Blue Jeans, und Millionen und Abermillionen von Socken in allen Größen. Sie hatte sich vom Babysack bis zu Basketball-Uniformen hinaufgearbeitet; sie hatte mir bei Pfadfinderhemden geholfen, Miniröcken, Schuluniformen und Collegekleidern, hatte von kurzen Hosen über Blue Jeans bis zu Kimonos und dreiteiligen Polyester-Anzügen alles gereinigt, und nun, da wir Enkelkinder haben, war sie erneut bei Babywäsche angelangt. Das ist viel Leben für eine Waschmaschine. (Das ist viel Leben für eine Mutter!)

Ich war nicht die einzige, die nostalgische Gefühle für unsere Waschmaschine entwickelte. Als der Handwerker sie zum Abtransport zerlegte, versammelten sich unsere Kinder, um in Erinnerungen zu schwelgen.

„Denkt doch nur“, sagte Annie liebevoll, „diese Waschmaschine ist älter als ich.“ Annies Zuneigung war verständlich. Seit sie ein modebewußter, anspruchsvoller Teenager ist, hat sie mehr Zeit in der Waschküche verbracht als in der Schule.

„Ich erinnere mich an den Tag, an dem wir sie bekamen“, sagte Mary mit einem Seufzer. „Mami war so aufgeregt; man häte meinen können, wir bekämen einen neuen Wagen.“

„Ich brauchte sie mehr als einen neuen Wagen“, sagte ich. „Wie ich mich erinnere, hatten wir damals zwei Babies in Windeln... waschbaren Windeln... und die alte Maschine war schon seit fast einer Woche defekt. Ich war verzweifelt! Ich glaube, ich hatte diese Maschine laufen, bevor der Installateur noch sein Werkzeug eingepackt hatte.“

„Und sie ist seither immer gelaufen“, sagte Dan, dessen Schlafzimmer direkt über der Waschküche liegt.

„Mann, diese Maschine ist wirklich alt“, warf Patrick ein, für den alles, was mehr als fünf Jahre zählt, „alt“ ist. „Wenn die reden könnte — denkt doch nur an die Geschichten, die sie erzählen würde!“

„Ja“, entgegnete Tim, „zum Beispiel, wie sie den Wirbelsturm überlebt hat! Wißt ihr noch, wie unser Haus von dem Tornado zerstört wurde und unsere ganze Einrichtung entweder demoliert oder weggefegt worden war? Und als es dann ein paar Tage später wieder elektrischen Strom gab, hörten die Nachbarn ein Geräusch in unserem Schutthaufen, und es war die Waschmaschine, die den Waschvorgang beendete!“

„Das stimmt“, sagte ich. „Ich hatte es vergessen. Und es war kaum ein Kratzer an ihr; nur diese kleine Delle an der Seite.“

„Ach ja, was diese Delle betrifft“, meldete sich Dan zu Wort, „da ist etwas, das du ruhig erfahren kannst, Mami, da die Verjährungsfrist schon abgelaufen ist. Der Tornado hat diese Delle nicht gemacht. Das war ich.“

„Du hast diese Delle gemacht?“ fragte ich. „Wann? Warum? Wie?“

„Es war an dem Tag vor dem Tornado“, berichtete Dan. „Jim hatte mein neues Zehngangrad draußen im Regen gelassen, und da es *mein* Rad war, hat Daddy beschlossen, *mich* zu bestrafen; er befahl mir, den Keller aufzuräumen. Ich war böse darüber, daß ich ungerecht bestraft worden war, also ging ich hinunter und versetzte der Waschmaschine einen Tritt. Junge, war ich froh über diesen Tornado; Dad hätte mich umgebracht, wenn er diese Delle gesehen hätte!"

„Sehen Sie!" sagte ich, als der Mechaniker die Maschine herumdrehte, bevor er sie auf den Transportwagen hob. „Dieses geheimnisvolle Wandgemälde hier! Wir sind nie draufgekommen, wie diese grauen Farbflecken an die Seitenwand der Maschine gelangt sind!"

„Gibt es auch eine Verjährungsfrist für Lügen?" fragte Peg. „Ich habe nämlich gelogen, Mami, damals an dem Tag, als wir alle antreten mußten und du uns wegen dieser Farbflecke ins Kreuzverhör genommen hast."

„Ich erinnere mich daran", sagte Mary lachend. „Mami hatte uns alle antreten lassen, um uns ein Loch in den Bauch zu fragen, und du hast darauf bestanden, daß du fünf Jahre alt und folglich schon alt genug wärst, um an dem Appell teilzunehmen. Du bist dort am Ende der Reihe gestanden, du warst so stolz auf dich selbst und hast genauso gezittert wie wir anderen. Sie hätte dich doch nie verdächtigt, Peg; du warst blöd!"

„Ich war auch schuldig", erwiderte Peg, „aber ich hatte eine Komplizin! Zugegeben, ich habe das Schloß zu Daddys Werkstatt geknackt und bin hinaufgeklettert, um Farbe und Pinsel zu holen, aber Annie hat die eigentliche Malerei besorgt."

„Du meinst, ihr Mädchen habt vorsätzlich versucht, die Waschmaschine zu bemalen?" fragte ich. „Aber um Himmels willen, *warum?* Und warum ausgerechnet *grau?*"

„Weil du gesagt hast, du magst keine einfache alte weiße Waschmaschine", sagte Peggy. (Wie kommt es, daß ein Mädchen, das sich nicht daran erinnern kann, daß es mit dem Geschirrspülen an der Reihe ist, noch die Details eines Unfugs im Gedächtnis hat, den es vor zwölf Jahren ausheckte?)

„Ich kann mich nicht daran erinnern, daß ich das gesagt habe", antwortete ich. „Warum hätte ich so etwas sagen sollen?"

„Weil du eifersüchtig auf Tante Madeleine warst", antwortete Peg. „Sie hatte gerade eine gelbe Waschmaschine gekauft, und du sagtest: ‚Ach, es muß schön sein, eine farblich abgestimmte Waschküche zu haben.' Also beschlossen wir, deine Waschküche farblich abzustimmen, in „Kellergrau', aber es war eine Schwerarbeit, und wir haben's nicht fertiggekriegt. Tut mir leid."

„Was tut dir leid?" fragte ich. „Daß ihr die Waschmaschine bemalt habt, oder daß ihr nicht fertiggeworden seid?"

„Such's dir aus", meinte Peg fröhlich.

„He, wo sind denn alle?", rief unser Sohn Mike, als er die Kellertreppe herunterlief. „Ich bin gerade von Lincoln heraufgekommen; dachte, ich bleibe vielleicht zum Essen." (Hundert Kilometer weit weg, und er riecht einen Braten in der Minute, in der ich ihn in den Herd schiebe.)

„Du kommst gerade rechtzeitig", sagte ich. „Ich habe eine neue Waschmaschine bestellt; du kannst mit Dan zum Einkaufszentrum 'rüberfahren und sie abholen."

„Was ist denn mit der da?" fragte er. „Erzähl mir nicht, daß ihr sie loswerden wollt?"

„Wir müssen", sagte ich. „Sie ist nicht mehr zu reparieren."

Worauf Michael über die Maschine herfiel und die Hinterwand herunterzureißen begann.

„Was tust du da?" rief ich. „Ich habe dir doch gesagt, daß sie nicht mehr repariert werden kann!"

„Ich versuche nicht, sie zu reparieren", schrie Mike, „ich werde ihr die Eingeweide herausreißen!"

„Aber warum?" fragte ich.

„Um zu sehen, was da drin ist! Meine Socken! Mein Schulring! Mein Geld! Dieses Ungeheuer hat jahrelang meine Sachen gefressen! Und soviel ich weiß, sind sie immer noch irgendwo hier drin!"

Ist es möglich? Sollte meine treue, geduldige, schwerarbeitende Waschmaschine Socken gestohlen haben? Und Schmuck? Und Geld? Unmöglich!

Wie auch immer, es gehört sich nicht, schlecht von den Toten zu denken.

25

Nennt mich Großmama!

„Ist Ihr Baby ‚wunderschön und vollkommen, macht es nie unnötigen Lärm, schläft es nach Plan und rülpst es auf Verlangen, ist es zu jeder Zeit ein Engel'..., dann sind Sie die Großmama."

„Ich bin zu jung, um Großmama zu sein!", sagte ich, während ich erregt in meinem Schlafzimmer auf und ab schritt und zusah, wie die Zeiger der Uhr allmählich gegen Mitternacht vorrückten.

„Also, ich bin zu alt, um Großvater zu sein!" sagte mein Mann. „Das ist ja zum Aus-der-Haut-Fahren, jetzt komm endlich ins Bett und schlaf ein bißchen! Lee wird dich anrufen, wenn das Baby da ist. Karen ist doch erst um drei Uhr ins Krankenhaus gefahren, und es ist erst kurz nach elf. Das ist nicht lang bei einer ersten Entbindung. Hör auf, dir Sorgen zu machen!"

„Das ist schlimmer als ein eigenes Baby zu kriegen!" sagte ich. „Und das war es von Anfang an. Wer hatte die Morgenübelkeit, als Karen schwanger wurde? Ich. Wer hat zuenommen? Ich." (Eine Mutter wird nervös, wenn sie beobachtet, wie ihre Schwiegertochter Diät hält.) „Wer hatte die ersten Wehen? Lee. Und welche Mutter würde sich die Wehen nicht mit ihrem Sohn teilen? Ich hätte mit ihnen ins Krankenhaus gehen sollen. Wenigstens könnte ich Lees Hand halten."

„Nein, das könntest du nicht", sagte mein Mann

schläfrig. „Er hält Karens Hand. Hast du vergessen, er wird während der ganzen Sache bei ihr sein! Ja, ich glaube, er will alles photographieren." (Das tat er; wir haben jetzt ein nur beschränkt jugendfreies Photoalbum.)

Ich wußte, es wäre dumm von mir, wenn ich ins Krankenhaus liefe und dort ganz allein im Korridor auf und abspazierte, also blieb ich zu Hause und spazierte ganz allein im Wohnzimmer auf und ab. Die Kinder hatten kurz vor drei Uhr angerufen und gesagt, daß Karen „leichte Schmerzen" hätte und sie ins Krankenhaus fahren würden. Sie hatten sich seither nicht mehr gemeldet, doch wiederholte Anrufe in ihrer Wohnung überzeugten mich davon, daß die Schmerzen die richtigen gewesen waren, und nun wartete ich auf den Anruf, daß das Baby auf der Welt wäre.

„Es sind schon mehr als acht Stunden!" sagte ich zu meinem Mann. „Ich werde das Krankenhaus anrufen; irgendwas muß schiefgegangen sein!"

„Wöchnerinnenabteilung", sagte eine schläfrige Stimme.

„Ist Karen Bloomingdale da?" fragte ich.

„Wer?" fragte die Stimme.

„Karen Bloomingdale", wiederholte ich.

„Ist sie eine Schwester?" fragte die Stimme.

„Nein, sie ist eine Patientin! Das heißt, sie ist eine Mutter, oder sie wird Mutter. Ich möchte wissen, wie es ihr geht."

„Sie ist nicht in der Wöchnerinnenabteilung registriert", sagte die Stimme, „aber ich glaube, ich erinnere mich an den Namen. Möchten Sie, daß ich den Kreißsaal anrufe?"

„Ja, bitte", sagte ich ungeduldig.

„Kreißsaal; kann ich Ihnen helfen?" Gott sei Dank, diese Stimme war nicht so schläfrig.

„Ich hoffe es", sagte ich verzweifelt. „Ist Karen Bloomingdale bei Ihnen?"

„Karen Bloomingdale? Ja, ich glaube, sie ist dort hinten. Möchten Sie, daß ich nachsehe?"

„Oh, bitte!"

Kurz darauf meldete sich die Stimme wieder.

„Nein; ich habe mich geirrt. Sie ist nicht dort."

„Wo ist sie dann?" rief ich. „Hat sie ihr Baby schon bekommen?"

„Wir können Ihnen diese Information nicht geben", sagte die Stimme. (Ich schwöre, die meisten Krankenhausstimmen kommen vom Tonband.)

„Aber Sie verstehen nicht", jammerte ich. „Ich bin ihre Schwiegermutter, und sie sollte mich auf dem laufenden halten; ich erwarte nicht von Ihnen, daß Sie mir sagen, ob sie einen Jungen oder ein Mädchen oder Zwillinge oder gar Drillinge bekommen hat. Ich will nur wissen, ob das Baby angekommen ist und ob es allen gutgeht! Das können Sie mir doch sicher sagen; ich bin die Großmama!"

„Tut mir leid", sagte die Stimme, „wir können überhaupt keine Information geben." Dann ein leises Einlenken... „Ich kann den Ruheraum anrufen. Vielleicht kann Ihnen dort jemand helfen." Als ich begann, meinen Dank zu stammeln, hörte ich die Stimme im Hintergrund murmeln: „He Kleiner, gehen Sie lieber in den Ruheraum nach hinten und nehmen Sie den Telefonhörer ab; es ist Ihre Mami, und sie regt sich furchtbar auf!"

„He, Mami! Wie geht's dir?" fragte mein Sohn fröhlich, als er im Ruheraum ans Telefon kam. „Weißt du was? Karen hat gerade einen kleinen Jungen bekommen! Er wiegt sieben Pfund vierzehn, und er sieht genau so aus wie ich! Was sagst du dazu?"

„Warum hast du mich nicht angerufen?" jammerte

ich. „Ich warte schon seit Stunden! Wann wurde das Baby geboren?"

„Schätzungsweise vor siebeneinhalb Minuten", sagte er. „Du mußt eine Hellseherin sein! Ich bin gerade aus dem Kreißsaal gekommen, als mir eine Schwester sagte, daß du angerufen hast. Warte, bis du dieses Baby siehst, Ma; wann werden du und Dad am Morgen kommen?"

„Am Morgen?" schrie ich. „Wer wird bis zum Morgen warten? Wir kommen jetzt gleich! Mir ist es egal, wie spät es ist; geh hinunter und sorge dafür, daß uns der Sicherheitsbeamte hineinläßt! Ich will nicht acht Stunden warten, bis ich meinen Enkelsohn sehen kann!"

Ich hatte vergessen, wie wunderschön ein neugeborenes Baby ist. Es ist ein Märchen, daß alle Babies gleich aussehen. Manche neugeborene Babies sind rot und verschrumpelt und kreischen entsetzlich; andere sind rosa und kuschelig und süß. Vermutlich denken Sie, daß ich – als Großmutter – bezüglich dieses speziellen Babys voreingenommen bin, doch meine Jahre als Journalistin haben es mir möglich gemacht, objektiv zu beobachten, und daher muß ich gestehen, daß Joshua Lee Bloomingdale im Alter von dreiundfünfzig Minuten das wunderschönste Baby war, das Gott jemals geschaffen hat.

Mein Mann und ich glotzten und winkten selig durch die Glasscheibe des Säuglingszimmers zu unserem Enkelsohn hinein, bis wir ihm schließlich Gute Nacht wünschen mußten.

Als wir über den Parkplatz gingen, seufzte der frischgebackene Großpapa:

„Ich glaube nicht, daß mir das gefallen wird."

„Es gefällt dir nicht, Großvater zu sein?" fragte ich überrascht. „Ich dachte, du würdest entzückt sein von der Vorstellung, ein Kind zu haben, das du nach Hause schicken kannst, wenn es schlimm ist. Oder ist es der

Gedanke, mit einer Großmutter verheiratet zu sein, der dir zu schaffen macht?"

„Ich finde es aufregend, Großvater zu sein", sagte er, „und ich werde mich zweifellos an die Vorstellung gewöhnen, mit einer Großmutter verheiratet zu sein. Was ich nicht ertragen kann, ist die Erkenntnis, daß dieses Baby nicht uns gehört."

„Aber es *gehört* uns!" sagte ich. „Es ist unser Enkelkind."

„Ich weiß, aber es ist nicht unser *Kind.* Wir können es nicht mit nach Hause nehmen! Es wird uns seltsam vorkommen, zu sehen, wie Lee und Karen es nach Hause tragen."

„Es wird uns seltsam vorkommen, Lee und Karen überhaupt nach Hause gehen zu sehen!" neckte ich ihn, während ich mich an die vielen Mahlzeiten erinnerte, zu denen sie so zufällig und so rechtzeitig vorbeikamen. „Mach dir keine Sorgen; du wirst dieses Baby noch oft zu sehen bekommen."

„Ich glaube, einfach dadurch, daß ich alle diese neugeborenen Babies gesehen habe, möchte ich jetzt wieder eines haben; ich liebe neugeborene Babies!"

„Seit wann?" scherzte ich. „Du warst derjenige, der immer wünschte, daß sie schon stubenrein zur Welt kämen und sofort imstande wären, Baseball zu spielen! Du hattest überhaupt keine Geduld mit den kreischenden Säuglingen, die an beiden Enden trieften und jedes Hemd anspuckten, das du besessen hast. Erst als sie im schrecklichen Alter von zwei Jahren waren, hast du gefunden, daß Kinder es wert sind, behalten zu werden!"

„Das ist nicht wahr, und du weißt es", sagte er mit einem Seufzer. „Ich habe diese Kleinen wirklich geliebt, sogar diejenigen, die nicht wußten, wie spät es war und uns die ganze Nacht hindurch auf Trab hielten. Und du hast sie auch geliebt! Erzähl mir nicht, daß du nicht liebend gerne nochmal von vorne anfangen würdest!"

„Okay, ich erzähle es dir nicht", sagte ich. „Aber ich werde es der ganzen übrigen Welt erzählen. *Ich will nicht nochmal von vorne anfangen.* Zugegeben, es hat mir große Freude gemacht, jedes Jahr wieder ein Baby zu bekommen... als ich noch jung und kräftig war, und noch nicht besonders schlafbedürftig. Aber in unserem Alter? Nein, danke. Ich bin zu alt, um wieder Mutter zu werden!"

Während wir nach Hause fuhren, begann ich mich zu fragen, ob ich vielleicht auch zu alt wäre, um Großmama zu sein. Es war lange her, daß ich ein an Durchfall leidendes Baby herumgetragen und die Schlachten der vorschriftsmäßigen Fütterung und der Windelallergien und Tropfnasen geschlagen hatte. Trotzdem beschloß ich, meinem Sohn und meiner Schwiegertochter eine ebensogroße Hilfe zu werden, wie es meine eigene Mutter für mich gewesen war. Jedesmal, wenn ein Baby geboren war, kam meine Mutter, um eine Woche bei uns zu verbringen; sie stand nachts mit dem Baby auf; sie lehrte mich Flaschen sterilisieren, den Trank vorbereiten, Windeln falten (auf die eine Art für die Jungen, auf die andere für die Mädchen), einen sich sträubenden Säugling baden... ich hätte diese erste Woche ohne sie nicht überlebt.

Ich wußte, daß ich nie die perfekte Großmama sein konnte, die meine Mutter gewesen war (und ist!), aber ich war entschlossen, es zu versuchen. Ich wußte, daß die „andere Großmama", Karens Mutter, weit weg wohnte und gerade eine neue Stelle angetreten hatte; sie konnte sich jetzt unmöglich freimachen, um ihrer Tochter zu helfen. Also... herrlich, herrlich!... konnte ich die Sache übernehmen! Ich würde Karen über Sterilisierapparate und Rezepte und doppelt saugende Windeln unterrichten. Ich würde mich sogar darauf vorbereiten, die ersten Nächte bei Karen zu verbringen, bis sie ihre Kraft wiederhätte. Ich hoffte nur, daß ich nicht zu alt für diese Aufgabe sein würde.

Ich stellte bald fest, daß ich nicht zu alt war, sondern eher zu jung.

Als sich mein Sohn darüber beklagte, daß das Baby alle zwei Stunden aufwachte und mitten in der Nacht gefüttert werden wollte, sagte ich:

„Das habe ich erwartet; ich sage dir, was ich tun werde. Ich werde eine Woche lang oder so jeden Abend kommen und im Kinderzimmer schlafen. So kann ich aufstehen, und Karen bekommt ihren Schlaf."

„Danke für das Angebot, Mami", sagte mein Sohn, „aber wir haben schon jemanden, der das macht."

„Ihr habt schon jemanden?" fragte ich überrascht. „Du meinst, ihr habt eine Kinderschwester engagiert? Aber das ist lächerlich! Einer Mutter zu helfen, sich um ihr neugeborenes Baby zu kümmern, ist Großmamas Aufgabe!"

„Ich weiß", antwortete er lächelnd. „Sie ist es ja, die uns hilft."

„Lisa ist hier?" fragte ich, wobei ich Karens Mutter meinte. „Ich dachte, sie könnte nicht kommen."

„Sie konnte auch nicht", sagte Lee, „aber *ihre* Mutter konnte. Du kennst doch Karens Großmama Brammer, nicht wahr? Sie wird ein paar Tage bei uns bleiben. Ist das nicht furchtbar lieb von ihr?"

„Bestimmt", sagte ich, während ich es kaum glaublich fand, daß die reizende weißhaarige Dame, die ich auf der Hochzeit der Kinder kennengelernt hatte, nun Urgroßmutter war! „Aber du solltest dich schämen, eine Frau in ihrem Alter so auszunützen!"

„Ich habe tatsächlich gezögert, ihr Angebot anzunehmen“, gestand er, „aber nicht wegen ihres Alters. Es ist ihre Arbeit, derentwegen ich mir Sorgen mache. Sie hat uns aber versichert, daß das Pflegepersonal im Krankenhaus ein paar Tage ohne sie auskommen kann.“ (Ihre Arbeit? Gütiger Gott, wird denn niemand mehr alt?) „Es ist wirklich großartig, so jemanden zu haben“.

„Da bin ich sicher“, schmollte ich und fühlte mich sehr untüchtig. „Also, ich bin da, wenn du mich brauchst!“

Ich hätte nicht zu schmollen brauchen. Ein paar Tage später brauchten sie mich schon.

Wie jeder, der einmal ein „erstes Kind“ gehabt hat, weiß, gibt es da viel zu tun. Ich muß erst noch herausfinden, warum das erste Baby die ständige Aufmerksamkeit von drei erwachsenen Frauen erfordert, während das zweite Baby bereits von einer gelegentlichen Umarmung durch einen anderweitig beschäftigten Elternteil gedeiht. Es dauerte nicht lange, bis mein Enkelsohn mit einer Ausrede seiner Eltern auf meiner Türschwelle abgelegt wurde:

„Könntest du diesen Abend auf Josh aufpassen? Wir müssen ein bißchen Zeit für uns selbst haben!“

„Hatten wir jemals Zeit für uns selbst?“ fragte ich meinen Mann, als wir beglückt die Decke auseinanderschlugen, die unseren vortrefflichen Enkelsohn umhüllte.

„Müssen wir wohl gehabt haben. Sonst hätten wir niemals die anderen neun bekommen. Brauchst du Hilfe?“

„Ja, allerdings. Das Baby muß neu gewickelt werden, und ich kann die Windeln nicht finden. Karen sagte, sie wären in dieser Tasche, aber da ist nichts drin außer diesen Dingern…“

„Diese ‚Dinger‘ sind Pampers, Teresa. Hast du noch nie eine Wegwerfwindel gesehen?“

„Hör mal, für einen Burschen, der vier Babies in die Welt gesetzt hat, bevor er jemals *irgendwelche* Windeln angerührt hat, besitzt du eine große Portion Unverfrorenheit, so über mich zu lachen. Wo sollte ich eine Wegwerfwindel gesehen haben?"

„Im Fernsehen natürlich. Wie hast du bloß all diese schönen Werbesendungen versäumen können?"

„Ich versäume alle Werbesendungen, die ich nur kann", gab ich zu. „Okay, das sieht allmählich wirklich aus wie eine Windel; also, wenn ich jetzt noch draufkomme, wie man sie faltet..."

„Sie sind schon in der richtigen Form, Teresa", sagte der Experte. „Sie sind so gemacht."

„Was für eine kluge Idee. Aber ich kann die Nadeln nicht finden. Du hast dem Baby die Windel abgenommen; wo hast du die Nadeln hingelegt?"

„Welche Nadeln? Da waren keine Nadeln."

„Es müssen Nadeln dagewesen sein!" sagte ich, während ich verzweifelt unter dem Baby suchte. „Wie, glaubst du, hat er seine Windel anbehalten?"

„Ganz einfach", antwortete Mr. Alleswisser. „Siehst du die kleinen Laschen? Sie sind selbsthaftend; du drückst die Windel einfach an. Hier, laß es mich dir zeigen."

„Vergiß es. Es ist zu spät; das Baby muß schon wieder trockengelegt werden."

„Das kannst du nicht."

„Ja, ich kann. Ich weiß jetzt, wie man es macht..."

„Nein, ich meine, du kannst ihn noch nicht trockenlegen; Lee sagte, er kann nur zweimal pro Stunde trockengelegt werden."

„Warum nur zweimal?"

„Weil ihr Budget nicht mehr erlaubt. Bei zwölf Cent die Windel macht ein zweimaliger Wechsel pro Stunde mehr als fünf Dollar am Tag aus!"

„Mir ist gerade etwas eingefallen. Paß einen Moment auf das Baby auf; ich komme gleich zurück.“

Ich lief hinauf und kramte im Speicherschrank, fand wonach ich suchte, lief zurück und traf meinen Mann dabei an, wie er ein sehr feuchtes Baby auf seinen Knien auf und nieder hopsen ließ.

„Hier“, sagte ich. „Wir legen das dem Baby um.“

„Was ist das?“

„Was glaubst du? Es ist eine Windel. Eine richtige. Mir ist eben eingefallen, daß ich in den Weißen Wochen letzten Januar ein Dutzend Gaze-Windeln gekauft habe.“

„In der Erwartung des neuen Enkelkindes?“

„Nein“, gestand ich, „in der Erwartung des Frühjahrsputzes. Ich weiß nicht, was moderne Mütter als Putzlappen verwenden; ich persönlich habe nie etwas anderes dazu verwendet als Windeln.“

„Aber was ist mit den Windelnadeln?“

„Ich habe welche mitgebracht“, sagte ich und zog ein ziemlich abgenutztes Paar babyblauer Häschen-Sicherheitsnadeln hervor.

„Wo in aller Welt hat du die gefunden?“ fragte er staunend.

„In meinem Bademantel“, gestand ich.

„Machst du Witze?“ Er lachte. „Bist du sentimental... oder einfach schlampig?“

„Keines von beidem“, gab ich zu. „Nur sparsam. Ich dachte, ich würde sie eines Tages vielleicht brauchen können.“

Nun, wie sollte ich wissen, daß Windelnadeln einmal genau so passé sein würden wie Windeleimer?

Während das Baby sein Schläfchen machte, ging ich in den Keller und schaffte traurig alle anderen Dinge fort, von denen ich geglaubt hatte, daß ich sie eines Tages würde verwenden können: den Sterilisierapparat (in dieser Ära der Wegwerfflaschen nicht länger benötigt), die gläsernen Saugflaschen, den alten, treuen (wenn auch etwas wackligen) Laufstall, den niemals auf seine Sicherheit erprobten Autositz, den hohen Schaukelstuhl. Ich fühlte mich genauso altmodisch wie sie. Was wußte ich von neuzeitlicher Babypflege, von Dosennahrung und Papierwindeln und dem kombinierten Auto-Klapp-Fütterungssitz? Mein Enkelsohn würde das allerneueste Modell von Kinderwagen, Schaukelstuhl, Hochstuhl und Kinderbettchen haben. Welchen Bedarf hatte er an einer Mutter „alten Modells" wie ich?

Und dann sah ich ihn, in einer Ecke des Kellers. Verstaubt, verbeult und zerkratzt von zehn kleinen Kindern, die ihn einst als Auto benützt hatten, als Raumschiff, als Segelschiff, als Eisenbahn. Wie viele glückliche Stunden hatten meine Babies und ich in Großmamas Schaukelstuhl verbracht?

Ich schleppte ihn hinauf, staubte ihn ab und stellte ihn in die Ecke des Wohnzimmers. In dem Augenblick, in dem mein Enkelsohn unruhig zu werden begann, hob ich ihn sanft aus seinem Bettchen, nahm ihn auf den Schoß und begann zu singen: „Guten Abend, gut' Nacht, mit Rosen bedacht..." Ich sang die altvertrauten Wiegenlieder; ich summte die altvertrauten Kirchenlieder, und ich fühlte die altvertraute Liebe, die Ehrfurcht und den Frieden, die nur eine Mutter oder ein Vater kennen... und nur eine Großmutter oder ein Großvater schätzen können.

Ich glaube, ich bin doch im richtigen Alter für eine Großmama.